ALÉM DO BEM E DO MAL

NIETZSCHE

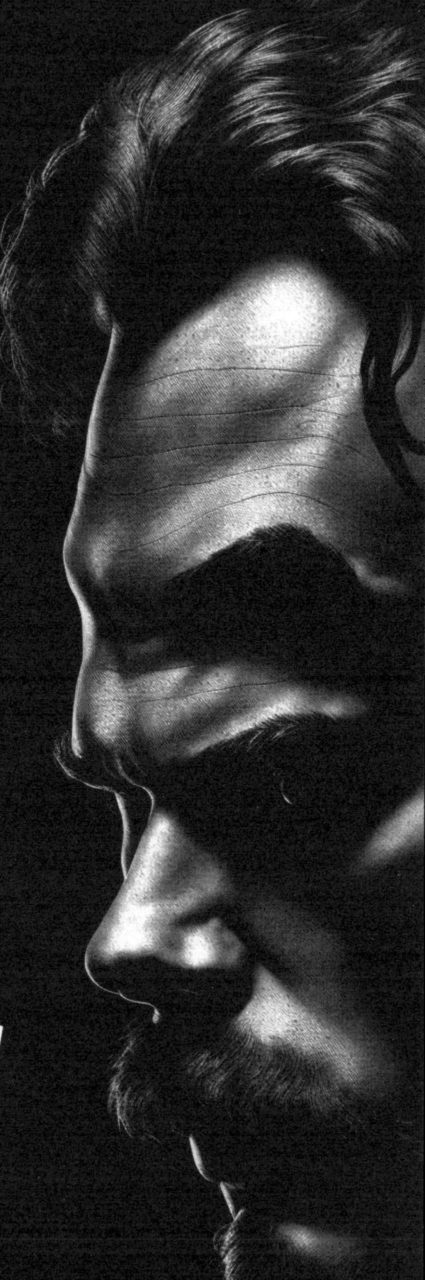

ALÉM DO BEM E DO MAL

Camelot
EDITORA

CONHEÇA NOSSO LIVROS
ACESSANDO AQUI!

Título original: Beyond Good and Evil

5ª Impressão 2025

Presidente: Paulo Roberto Houch
MTB 0083982/SP

Coordenação Editorial: Priscilla Sipans
Coordenação de Arte: Rubens Martim (Capa)
Produção Editorial: Eliana Nogueira
Diagramação: Raissa Ribeiro
Revisão: Mariângela Belo da Paixão
Apoio de Revisão: Leonan Mariano e Renan Kenzo
Tradução: Eduardo Sather Ruella

Vendas: Tel.: (11) 3393-7727 (comercial2@editoraonline.com.br)

Foi feito o depósito legal.
Impresso na China

Dados Internacionais de Catalogação na Publicação (CIP)
de acordo com ISBD

N677a Nietzsche, Friedrich

Além do Bem e do Mal / Friedrich Nietzsche. - Barueri :
Camelot Editora, 2023.
176 p. ; 15,1cm x 23cm.

ISBN: 978-65-87817-80-4

1. Literatura alemã. 2. Ficção. I. Título.

2023-1127 CDD 869.8992
CDU 821.134.3(81)

Elaborado por Vagner Rodolfo da Silva - CRB-8/9410

IBC — Instituto Brasileiro de Cultura LTDA
CNPJ 04.207.648/0001-94
Avenida Juruá, 762 — Alphaville Industrial
CEP. 06455-010 — Barueri/SP
www.editoraonline.com.br

SUMÁRIO

PRÓLOGO

Supondo-se que a verdade fosse uma mulher. Isso não justificaria a suspeita de que todos os filósofos, na medida em que eram excessivamente dogmáticos, também se davam mal com as mulheres? Este terrível excesso de seriedade e uma estranha intromissão com a qual eles ainda se mostram acostumados ao se aproximarem e abordarem a verdade, não seriam também maneiras desajeitadas e inadequadas de atrair para si mesmos o desejo de uma mulher? O certo é que, assim, ambas não se permitem serem cortejadas; e no caso da dogmática, ela permanece ainda hoje por aí, perdida com uma atitude triste e desanimada.

Se ela ainda se mantém firme, de pé? Pois há zombadores que afirmam que toda a dogmática caiu, está estatelada ao chão. E mais do que isso, toda ela está agonizante, dando seus últimos suspiros. E para afirmar a verdade, há excelentes razões para se acreditar que toda a dogmatização na filosofia, que sendo tão solene, tão necessária e definitiva como era, resultou apenas em mais indícios de tosca infantilidade; ao contrário de princípios nobres que bem poderiam ter sido. E é bem próximo o momento em que se entenderá novamente o que seja realmente o necessário para se estabelecer as bases para tais construções filosóficos tidas como sublimes e incondicionais. Ideologias que alguns catedráticos construíram até agora — a partir inclusive de algumas superstições populares de tempos imemoriais (como a superstição da alma, que ainda hoje não deixou de ser fonte de argumentações, além de pura crendice do indivíduo e do ego); e ainda há os jogos de palavras, os equívocos gramaticais ou ainda uma generalização mais ousada de eventos pessoais, tudo muito humano, nada além de humano.

Esperávamos que a filosofia dos dogmáticos fosse apenas promessas ao longo de milênios; como era nos tempos antigos a astrologia, a cujo serviço direcionou-se excedente trabalho, dinheiro, agudeza e paciência; e tem sido direcionado até agora para qualquer outra ciência real. E deve-se à astrologia bem como ao seu caráter "sobrenatural" a influência que teve na arquitetura na Ásia e no Egito, pois nos parece que todas as grandes coisas para a humanidade são eternas e devem ser escritas com letras perenes no coração do homem, mas que antes deve assolar a terra como uma carranca terrível e maléfica assombrando a todos. Essa carranca era a filosofia dogmática, e como por exemplo, temos a Doutrina Vedanta na Ásia e Platonismo na Europa.

Nós não somos ingratos a eles, no entanto, certamente deve ser admitido que o pior, o mais duradouro e perigoso de todos os erros pregados até agora foi um erro dogmático, ou seja, a ilusão platônica de que o espírito é puro e bom por si só. Mas agora que superamos essa ideia, a Europa dá um suspiro de alívio pelo fim desse pesadelo e podemos agora ter ao menos um sono mais saudável; nós, cujo trabalho é a própria vigília, somos herdeiros de grande força; força esta gerada pela luta contra este grave erro. Era necessário, então, que a verdade fosse virada de ponta-cabeça e que se mudasse a perspectiva, a condição básica de toda a vida, negar a si mesmo, e então falar sobre o espírito do bem, como Platão fez. Sim, poderíamos, como médico, perguntar: como surgiu essa enfermidade no mais belo produto da Antiguidade, em Platão? O malicioso Sócrates o teria corrompido? Seria Sócrates um corruptor da juventude? Teria mesmo merecido o seu veneno? Mas a luta contra Platão, ou para ser mais compreensível ao "povo", dizer a luta contra a pressão da milenar igreja cristã — porque o Cristianismo é como um Platonismo para o "povo" — trouxe para a Europa uma esplêndida tensão de espíritos como ainda não se havia visto na terra; e com um arco vergado com tanta força pode-se agora alcançar os alvos mais distantes. E claro, os europeus sentem essa tensão como sendo uma emergência e profundo mal-estar; pois isso já havia sido tentado em grande escala outras duas vezes; uma através do jesuitismo; e a segunda vez através do iluminismo democrático. Onde contou-se com a colaboração da liberdade de imprensa e leitura dos jornais, devemos conseguir que o espírito não mais se sinta projeto necessário de si mesmo! (Os alemães inventaram a pólvora, e que isto os sirva como mérito; mas eles inventaram também a imprensa, e de novo cometeram um grave erro.)

Mas nós que não somos jesuítas, não somos democratas, nem mesmo alemães genuínos; o que somos mesmo? Bons europeus e espíritos livres, muito livres; embora ainda tenhamos a nos pressionar toda a angústia do espírito e toda a tensão de seu arco! E também a flecha e ainda, quem sabe ainda; sejamos também o alvo...

Sils-Maria, Alta Engadina. Junho de 1885.

CAPÍTULO I

OS PRECONCEITOS DOS FILÓSOFOS

- 1 -

O amor pela verdade tem nos colocado a correr inúmeros riscos, e essa famosa veracidade da qual todos os filósofos até agora falaram com reverência — em quantos graves problemas já nos colocou; problemas únicos, problemas malignos e questionamentos ambíguos. E embora seja uma história de longa data, ela nos parece ser bastante recente. Que extraordinário aconteceria se finalmente nos cansássemos, ficássemos desconfiados e perdêssemos nós mesmos a paciência? É estranho que esta Esfinge nos ensine a questionarmos a nós mesmos, nos ensine a formularmos perguntas? Quem está realmente nos interrogando aqui? O que em nós realmente deseja "a verdade"? Na verdade, ficamos paralisados diante da questão da origem desta vontade — até que nos estacamos frente a outra questão ainda mais profunda. Perguntamos sobre o real valor dessa vontade? Sentimos que desejamos a verdade; mas por que não a inverdade? A incerteza? E até a ignorância? O problema do valor da verdade surgiu diante de nós — ou fomos nós que escolhemos enfrentá-lo? Quem entre nós está aqui como Édipo? Quem está como Esfinge? Este encontro se parece com uma encruzilhada de perguntas e pontos de interrogação. E você deveria acreditar que finalmente queremos considerar como se o problema nunca tivesse existido ou sido colocado até então. É como se o tivéssemos visto pela primeira vez, nele posto os olhos abertos, olhos ousados. Porque há um risco envolvido, e talvez não exista outro risco maior que este.

- 2 -

"Como algo poderia surgir daquilo que lhe é oposto? Por exemplo, como a verdade poderia resultar do erro? Ou a vontade do verdadeiro surgir da vontade do equívoco? Ou ainda um ato de altruísmo originar-se de algo movido por interesse próprio? Ou o olhar puro do homem sábio ser transformado em cobiça?

Essas ideias parecem impossíveis; quem sonha com isso é um tolo. Sim, e pior; as coisas de maior valor devem ter sua origem em outra que lhe seja apropriada, que tenha a mesma origem. Não teriam sua gênese neste efêmero, sedutor, ilusório, neste mundo miserável, nesta turbulência de engano e ganância, eles não poderiam ter sua fonte. Mas, em vez disso, no colo do Ser, no intransitório, no deus oculto, na 'Coisa em Si' — essa deve ser sua fonte, e em nenhum outro lugar!"

"Este modelo de raciocínio revela o preconceito típico pelo qual os metafísicos de todos os tempos podem ser reconhecidos, este modo de avaliação baliza todo o seu procedimento lógico; e eles, por meio dessa 'crença', esforçam-se por seu pretenso 'conhecimento', por ideias que ao final são solenemente batizadas de 'a verdade'. A crença essencial dos metafísicos é 'A Crença na Antítese dos Valores'."

Nunca ocorreu, nem mesmo ao mais cauteloso deles, a dúvida; nem mesmo no limite em que a dúvida, no entanto, se faz mais necessária; e embora eles houvessem feito um voto solene, "*De Omnibus Dubitandum*"[1]. Pois pode-se duvidar, em primeiro lugar, se as antíteses realmente existem; e em segundo lugar, se as avaliações populares e antíteses de valor sobre as quais os metafísicos colocaram seu selo não seriam talvez meras estimativas superficiais, meras perspectivas provisórias, além de serem provavelmente feitas de algum ângulo, talvez inferior — "perspectivas de rãs", por assim dizer, para usar uma expressão corrente entre os pintores. Embora possamos atribuir qualquer elevado valor ao verdadeiro, ao positivo e ao altruísta, pode ser possível que um valor ainda mais elevado e mais fundamental para a vida em geral seja atribuído ao fingimento, à vontade ilusória, ao egoísmo e ao interesse. Pode inclusive ser possível que aquilo que constitui o valor desses elementos bons e respeitáveis consista precisamente em serem traiçoeiramente relacionados, costurados e unidos a esses elementos maus e aparentemente opostos — talvez possam até mesmo serem intimamente idênticos a eles. É possível! Mas quem deseja preocupar-se com tão perigosos "poréns"? Essa pessoa deverá se contentar em esperar o advento de uma nova geração de filósofos, que terão outros gostos e inclinações, opostos àqueles que adotam seus antecessores — filósofos do perigoso "talvez" em todas as concepções do termo. E para falar com muita seriedade, eis que vejo esses novos filósofos começando a aparecer.

1 Do latim: Duvidamos de tudo! (N. do T.)

- 3 -

Depois de manter um olhar atento sobre os filósofos, e tendo lido as entrelinhas de seus ideais por tempo suficiente, agora afirmo que a maior parte do pensamento consciente deve ser contada entre as funções instintivas, e é assim mesmo no caso do pensamento filosófico; aqui é preciso aprender de novo, assim como se aprendeu novamente a respeito da hereditariedade e das referências "inatas". Assim como o ato do nascimento pouco entra em consideração em todo o processo hereditário, tampouco é o "ser consciente" uma oposição ao instintivo em qualquer sentido decisivo. Grande parte do pensamento consciente de um filósofo é secretamente influenciado por seus instintos e forçado a caminhos definidos. E por trás de toda lógica e sua aparente autonomia de movimentos, existem avaliações, ou mais claramente, demandas fisiológicas, para a manutenção de um padrão de vida. Temos como exemplo que o certo vale mais que o incerto, que a ilusão é menos valiosas que a "verdade". Tais avaliações, apesar de sua importância reguladora para nós, podem ser apenas avaliações superficiais, tipos especiais de relações, tais como podem ser necessárias para a manutenção de seres como nós. Supondo, com efeito, que o homem não seja apenas a "medida das coisas".

- 4 -

A falsidade de uma opinião não nos parece uma objeção a ela, e talvez seja aqui que a nossa nova abordagem soe mais estranha. A questão é: até que ponto uma opinião promove e preserva a vida, ou cria e preserva uma espécie. Estamos fundamentalmente inclinados a sustentar que as opiniões mais falsas, às quais pertencem os julgamentos sintéticos *a priori*, nos são indispensáveis. O homem não poderia viver sem o reconhecimento de ficções lógicas, sem uma comparação da realidade com o mundo ideal imaginado, absoluto e imutável; não resiste sem uma falsificação constante do mundo por meio de números. E a renúncia dessas falsas opiniões seriam uma renúncia à vida, uma negação da vida. Reconhecer a incerteza como condição de vida para contestar ideias tradicionais de valor certamente é um caminho perigoso. E uma filosofia que se aventura a fazer isso, só aí já se pôs além do bem e do mal.

- 5 -

O que faz com que os filósofos sejam vistos com desconfiança e zombaria não é a constatação sempre repetida sobre como eles são inocentes

— pois, em suma, sempre cometem os mesmos erros e se perdem, tão infantis que são. E não há tratamento que seja honesto o suficiente para com eles, principalmente quando se levanta algum clamor alto e virtuoso acerca do problema da sua verdade, mesmo quando isso é sugerido da maneira mais elementar. Todos eles se apresentam como se suas verdadeiras opiniões tivessem sido descobertas e alcançadas através da autoevolução de uma dialética fria, pura, divinamente indiferente, em contraste com todos os tipos de místicos, que, sendo mais justos e tolos, falam em nome de uma "inspiração". Mas na verdade, essa proposição, ideia ou "sugestão" cheia de preconceitos, em geral, são os desejos de seu coração abstraído e refinado, e são defendidas por eles com argumentos criados após o evento. Todos são defensores de seus preconceitos, e mesmo que não desejem ser considerados como tais, são advogados astutos daquilo que chamam suas "verdades". E estão muito longe de ter a consciência para admitir essas coisas, muito longe do bom gosto e da coragem para se permitir a compreensão disso. Mesmo que seja para advertir um amigo, ou mesmo um inimigo, ou ainda a si mesmo para que se perceba como um tolo. Este é o espetáculo de hipocrisia do velho Kant, igualmente rígido e decente, com o qual ele nos induz aos atalhos dialéticos que conduzem, ou enganam, ao seu "imperativo categórico". — Nos faz divertir e sorrir ao espiar meticulosamente os truques sutis dos velhos moralistas e dos pregadores éticos. Ou ainda mais, assim como o *hocus pocus*[2] em forma matemática, por meio do qual Spinoza revestiu sua filosofia com cota de malha e máscara de verdade. O "amor por sua sabedoria", para traduzir o termo com justiça e franqueza, é argumento para assim semear o terror no coração dos agressores que se atreveriam a lançar um olhar sobre aquela sua donzela invencível, aquela sua Palas Atena. Quanta timidez e vulnerabilidade pessoais essa máscara de solitário doentio trai!

- 6 -

Pouco a pouco torna-se claro a mim em que consistiu toda essa grande filosofia até agora — a saber, a confissão de seu criador é uma espécie de autobiografia involuntária e inconsciente; e, além disso, que o propósito moral (ou imoral) em toda filosofia constituiu o verdadeiro germe vital do qual toda a planta sempre cresceu. Na verdade, para se entender como as mais abstrusas afirmações metafísicas de um filósofo foram alcançadas,

2 Nietzsche se refere a uma espécie de magia apresentada como matemática, buscando expressar a dificuldade de compreensão e magnificência do estudo das fórmulas. (N. do R.)

é sempre bom (e sábio) primeiro perguntar-se: "Qual é a moralidade almejada por eles?" Consequentemente, não acredito que um "salto para o conhecimento" seja o ancestral da filosofia; mas que outro impulso, tanto aqui como em outros lugares, apenas fez uso do conhecimento (e conhecimento equivocado!) como um instrumento. Mas quem considera os impulsos fundamentais do homem com o objetivo de determinar até que ponto eles tenham agido como gênios inspiradores (ou mesmo como demônios ou duendes), descobrirá que todos eles praticaram filosofia em um momento ou outro, e também que todos eles se deram por muito satisfeitos em se considerarem o fim último da existência e os senhores legítimos sobre todos os outros impulsos. Pois todo impulso é imperioso e, como tal, precisa filosofar. Certamente, há o caso dos estudiosos, de homens realmente científicos, que podem ser realmente melhores. Pode haver nestes algo como um "ímpeto ao conhecimento", algo como um pequeno relógio independente, que, quando lhe é dada corda suficiente, trabalha diligentemente para esse fim, sem sofrer interferência de qualquer outro impulso acadêmico que lhe poderia tomar parte. Os verdadeiros "interesses" do estudioso, portanto, são geralmente de outra ordem — a família, talvez, ou o ganho financeiro, ou a política; é, de fato, quase indiferente em que ponto da pesquisa sua pequena engrenagem é colocada; e se o jovem trabalhador esperançoso se torna um bom filósofo, um especialista em cogumelos ou um químico; ele não será caracterizado por se tornar isso ou aquilo. Nos filósofos, ao contrário, não haverá absolutamente nada impessoal. E acima de tudo, sua moralidade fornecerá um testemunho sóbrio e decisivo sobre quem ele é, ou seja, como se organiza a hierarquia dos impulsos mais profundos de sua natureza.

- 7 -

Como os filósofos podem ser maliciosos! Não conheço nada mais pungente do que a piada que Epicuro tomou a liberdade de fazer sobre Platão e seus adeptos; ele os chamou de *Dionysiokolakes*. Em seu sentido original, e à primeira vista, a palavra significa "*Bajuladores de Dionísio*"; — o que seria o mesmo que dizer: "Eles são todos atores, não há nada verdadeiro neles!" (pois Dionysiokolax era um nome popular para um ator). E a última é realmente a censura maligna que Epicuro lançou sobre Platão. Ele ficou irritado com a maneira grandiosa, o estilo *mise en scene*[3] com que Platão e seus discípulos se mostravam como mestres —

3 Forma como os elementos de cenário são dispostos em uma cena, termo usado principalmente no cinema e teatro. (N. do R.)

característica que Epicuro não tinha! Ele, o antigo professor de Samos, que se sentava escondido em seu pequeno jardim em Atenas, e escrevera seus trezentos livros, talvez por raiva e inveja ambiciosa de Platão, quem sabe? A Grécia teria demorado cem anos para descobrir quem realmente era aquele deus dos jardins, Epicuro. Se é que já descobriu.

- 8 -

Há um ponto em toda a filosofia em que a "convicção" do filósofo aparece em cena, ou, para colocá-la nas palavras de um antigo mistério: "*Adventavit asinus, Pulcher et fortissimus.*"[4]

- 9 -

Oh, nobres estoicos! Quanta mentira há nas palavras daqueles que afirmam desejar viver "de acordo com a Natureza!"? Imagine um ser como a Natureza, infinitamente extravagante, infinitamente indiferente, sem propósito ou consideração, sem piedade ou justiça, ao mesmo tempo fecundo, estéril e incerto. Imagine a indiferença como um poder — como se poderia viver de acordo com ela? Viver não é apenas procurar ser diferente desta Natureza? Não é viver valorizando, preferindo, sendo injusto ou limitado; sendo diferente? E, admitido que esse seu imperativo, "viver de acordo com a natureza", na verdade significa o mesmo que "viver de acordo com a vida" — como poderia viver de forma diferente? Por que a princípio teria que se transformar no que você mesmo já é ou deveria ser? Na realidade, porém, o que ocorre é bem diferente: enquanto finge encontrar com êxtase o cânone de sua lei na Natureza, você na verdade quer algo bem ao contrário. São extraordinários os atores de palco e se enganam mutuamente! Neste orgulho, desejam ditar sua moral e ideais à Natureza, à própria Natureza, e se misturarem a eles. Insistem que a Natureza será como de acordo com o Estoicismo, e que tudo seja feito à sua imagem, como uma vasta e eterna glorificação e generalização do estoicismo! E com todo esse amor pela verdade, vocês se enganaram por muito tempo, e foram tão persistentes e rígidos nessa hipnose a olhar a Natureza estoicamente. Não são mais capazes de ver de outra forma — e coroam tudo com essa arrogância insondável que dá a vocês a tola esperança de que são capazes de se tiranizar — estoicismo é autotirania — e que a natureza também se permitirá ser tiranizada. O estóico não é uma parte desta natureza? Mas isso é uma história antiga e eterna: o que aconteceu nos tempos antigos aos estoicos acontece ainda hoje; e assim

4 Do latim: O burro chega, belo e valente. (N. do R.)

uma filosofia começa a acreditar em si mesma. Sempre cria um mundo à sua própria imagem; não pode fazer de outra forma; a filosofia é o próprio impulso tirânico, a mais espiritual Vontade de Poder, a vontade de "criação do mundo", a ânsia de ser causa primeira.

- 10 -

A ânsia e a sutileza, ou melhor, a astúcia com que o problema do "mundo real e aparente" é tratado atualmente em toda a Europa, fornece alimento para atenta reflexão. Aquele que ouve apenas uma "vontade de verdade" ao fundo e nada mais; certamente não pode se orgulhar de ter os ouvidos mais argutos. Em casos raros e isolados, pode realmente ter acontecido que tal Vontade de Verdade — uma extravagante e aventureira coragem, uma ambição metafísica da esperança perdida — tenha participado disso: aquilo que no final sempre prefere um punhado de "certeza" a uma carroça lotada de belas possibilidades. Pode até haver fanáticos puritanos de consciência que preferem colocar sua última confiança em nada seguro do que em algo incerto. Mas isso é niilismo, e sinal de uma alma desesperada e mortalmente cansada, apesar do porte corajoso que tal virtude possa exibir. No entanto é diferente com os pensadores mais fortes e vivos que permanecem ansiosos pela vida. Nisso eles ficam contrários a esta aparência, e falam arrogantemente de "perspectiva", no sentido de que classificam a credibilidade de seus próprios corpos tão abaixo quanto a credibilidade da evidência visual de que "a terra esteja parada" e, portanto, aparentemente, permitindo complacentemente a sua posse mais segura (pois em que se acredita atualmente com mais firmeza do que em seu corpo?), quem sabe se eles não estão realmente tentando recuperar algo que era uma posse segura, algo do antigo domínio da fé, pode ser a "alma imortal", talvez "o velho Deus" — ideias pelas quais poderiam viver melhor, ou seja, com mais vigor e alegria, do que pelas "ideias modernas"? Há uma descrição dessas ideias modernas neste modo de ver as coisas. Uma descrença em tudo o que foi construído ontem e hoje; talvez haja uma ligeira mistura de saciedade e desprezo, que não pode mais suportar o *bric-à-brac*[5] de ideias de origens diversas, como o chamado positivismo atualmente lança ao mercado. Há uma repulsa do gosto mais refinado pela heterogeneidade e fragmentação das feiras livres de todos esses filósofos da realidade, nos quais nada há de novo ou verdadeiro, exceto essa heterogeneidade. Nisto, vejo que devemos

5 O termo se refere a uma variedade de objetos com pouco valor, geralmente vendidos na rua. (N. do R.)

concordar com aqueles antirrealistas e microscopistas do conhecimento céticos dos nossos dias; seu instinto, que os afasta da realidade moderna, não é refutado... o que nos preocupa são seus desvios retrógrados! A principal coisa sobre eles não é que desejam "voltar", mas que desejam partir. Um pouco mais de força, impulso, coragem e poder artístico, e eles estariam fora — e não voltariam!

- 11 -

Parece-me que hoje há em toda parte uma tentativa de desviar a atenção da influência real que Kant exerceu sobre a filosofia alemã, e especialmente de ignorar prudentemente o valor que ele mesmo se deu. Kant se orgulhava principalmente de sua Tabela de Categorias; e com ela em mãos dizia: "Esta é a coisa mais difícil que poderia ser empreendida em nome da metafísica." Vamos apenas entender este "poderia ser"! Ele estava orgulhoso por haver descoberto uma nova faculdade no homem, a faculdade do juízo sintético *a priori*. Admitindo que ele se enganou neste assunto; o desenvolvimento e o rápido florescimento da filosofia alemã dependeram, no entanto, de seu orgulho e da rivalidade ansiosa de uma geração mais jovem para descobrir, se possível, algo — ou, em todo caso, "novas faculdades" — para que ficassem ainda mais orgulhosos! Vamos refletir sobre o momento — é hora para fazer isso. "Como os julgamentos sintéticos seriam possíveis *a priori*?" Kant se pergunta — e qual é realmente sua resposta? "Por meio de uma academia (corpo docente)", mas infelizmente não em apenas cinco palavras, mas tão cerimonioso, imponencial, e com tal demonstração de profundidade alemã e floreios verbais que alguém perde totalmente de vista a cômica *niaiserie allemande*[6] envolvida em tal resposta. Os deleitosos ficaram até fora de si com essa nova faculdade, e o júbilo atingiu seu clímax quando Kant descobriu uma faculdade moral no homem — pois àquela época os alemães ainda eram morais; ainda não se intrometiam na "*Política da realidade*". Chegou então a lua de mel da filosofia alemã. Todos os jovens teólogos de Tubingen foram imediatamente para os bosques em busca de "faculdades". E o que eles não encontraram naquele período inocente, rico e ainda jovem do espírito alemão, no qual o Romantismo, uma fada maliciosa, cantava e encantava, quando ainda não se podia distinguir entre "encontrar" e "inventar"! Acima de tudo, encontraram uma faculdade para o "transcendental"; Schelling a batizou de intuição

6 Do alemão: babaquice alemã. (N. do T.)

intelectual e, assim, satisfez os anseios mais fervorosos dos alemães de inclinação natural. Não se pode cometer injustiça contra todo esse movimento exuberante e excêntrico (que foi realmente juvenil, embora se disfarçasse de tanta ousadia, em velhas e senis concepções) do que levá-lo a sério, ou mesmo tratá-lo com indignação moral. Entretanto, o mundo envelheceu e o sonho desapareceu. Era o momento em que as pessoas coçavam a testa, e ainda hoje coçam. As pessoas estavam sonhando e, acima de tudo, o velho Kant. "Por meio de uma academia" — ele havia dito, ou pelo menos pretendia dizer. Mas isso é uma resposta? Uma explicação? Ou não é apenas uma repetição da pergunta? Como o ópio induz o sono? "Por meio de uma faculdade", ou seja, o *virtus dormitiva*, responde o médico em Molière,

> *Quia est in eo virtus dormitiva,*
> *Cujus est natura sensus assoupire*[7].

Mas tais respostas pertencem ao reino da comédia, e já passou da hora de substituir a questão kantiana: "Como os julgamentos sintéticos são, *a priori,* possíveis?" — outra pergunta: — "Por que a crença em tais julgamentos é necessária?" Com efeito, é mais que tempo de entendermos que tais julgamentos devem ser considerados verdadeiros, para o bem da preservação de criaturas como nós. Embora ainda possam ser falsos julgamentos! Ou, de forma mais clara, rude e imediata — julgamentos sintéticos, *a priori,* não deveriam "ser possíveis" de forma alguma; não temos direito a eles; em nossas bocas nada mais são do que julgamentos falsos.

Apenas, é claro, a crença em sua verdade é necessária, como crença plausível e evidência ocular pertencente à visão perspectiva da vida. E, finalmente, para lembrar a enorme influência que a "filosofia alemã" — espero que entenda o direito às aspas — exerceu em toda a Europa, não há dúvida de que um certo *virtus dormitiva* teve sua participação; graças à filosofia alemã, foi um deleite aos nobres preguiçosos, aos virtuosos, aos místicos, aos artistas, aos três quartos cristãos e aos obscurantistas políticos de todas as nações encontrar um antídoto para o sensualismo ainda avassalador que transbordava do século passado, em síntese — "*sensus assoupire.*"

7 "Porque há nele uma faculdade dormitiva, cuja natureza é fazer os sentidos adormecerem." Frase retirada da sátira *O Doente Imaginário*, de Molière. (N. do R.)

- 12 -

No que diz respeito ao atomismo materialista, este pertence às teorias mais bem refutadas já apresentadas, e talvez não haja na Europa ou no mundo erudito alguém tão pouco acadêmico a ponto de atribuir um significado sério a essa teoria, exceto para o uso diário conveniente (como uma abreviatura dos meios de expressão). Graças principalmente ao polonês Boscovich, além do próprio Copérnico, por terem sido até agora os maiores e mais bem-sucedidos oponentes dessa evidência ocular. Pois enquanto Copérnico nos persuadiu a acreditar, ao contrário de todos os sentidos, que a terra não permanece firme, Boscovich nos ensinou a renunciar à crença na última coisa que "permaneceu firme" na terra — a crença na "substância", na "matéria", no resíduo da partícula da terra, o átomo: é o maior triunfo sobre os sentidos que foi alcançado até agora na terra. No entanto, é preciso ir ainda mais longe, e também declarar implacável guerra à faca, contra os "requisitos atomísticos" que ainda levam uma perigosa vida após a morte em lugares onde ninguém suspeita, como os mais celebrados "requisitos metafísicos". É preciso também, antes de tudo, dar o golpe final àquele outro atomismo, melhor e mais portentoso que o cristianismo ensinou por longo tempo, o "atomismo da alma". Aqui designo a crença que considera a alma como algo indestrutível, eterno, indivisível, como uma mônada, como um átomo; crença que deve ser extirpada da ciência! Entre nós, não é absolutamente necessário nos livrarmos da "alma" por meio disso, e assim renunciar a uma das hipóteses mais antigas e veneradas — como sempre acontece com a falta de jeito dos naturalistas, que dificilmente podem tocar na alma sem perdê-la. Mas o caminho está aberto a novas acepções e entendimentos da hipótese da alma; e concepções como "alma mortal" e "alma da multiplicidade subjetiva" e "alma como estrutura social dos instintos e paixões" desejam, doravante, ter direitos legítimos na ciência. Na medida em que o novo psicólogo está prestes a pôr fim às superstições que até agora floresceram com exuberância quase tropical em torno da ideia da alma, digamos que ele está realmente se lançando em um novo deserto e em uma nova desconfiança — é possível que os psicólogos mais velhos tenham se divertido melhor e mais confortavelmente. Eventualmente, entretanto, ele descobre que justamente assim ele também está condenado a inventar — e quem sabe: talvez a descobrir o novo.

- 13 -

Os psicólogos devem pensar em si mesmos antes de colocar o senso de preservação pessoal como o instinto central de um ser orgânico. Um ser vivo procura acima de tudo descarregar sua força — a própria vida é Vontade de Poder; a autopreservação é apenas um de seus resultados indiretos e mais frequentes. Em síntese, tanto aqui como em outro lugar qualquer, tenhamos cuidado com princípios teleológicos supérfluos — um dos quais é o instinto de autopreservação (e devemos isto à inconsistência de Spinoza). É assim, com efeito, que o método ordena o que deve ser essencialmente economia de princípios.

- 14 -

Talvez esteja começando a ocorrer em cinco ou seis mentes que a filosofia natural é apenas uma disposição e um arranjo do mundo (seguindo nossos passos, se assim posso dizer!), e não uma explicação do mundo. Mas, na medida em que se baseia na crença nos sentidos, ela passa e ainda deverá passar por muito mais tempo até ser considerada como suficiente, ou seja, como uma explicação plausível. Ela tem visão e tato próprios, tem evidências oculares e plausibilidade; e isso tudo operando de forma fascinante, persuasiva e convincente em uma época com preferências fundamentalmente plebeias; na verdade, segue instintivamente o cânone da verdade do eterno sensualismo popular. O que é claro, o que é "explicado"? Somente aquilo que pode ser visto e sentido; — até esse ponto devem ser trazidos todos os problemas existentes. Obviamente, no entanto, o encanto do modo platônico de pensamento, modelo aristocrático, consistia precisamente na resistência à evidência sensorial óbvia — talvez entre homens que desfrutavam de sentidos ainda mais fortes e exigentes do que nossos contemporâneos, mas que sabiam como encontrar um triunfo maior em seus mestres remanescentes. E isso por meio de redes conceituais pálidas, frias e cinzentas que eles lançaram sobre o turbilhão heterogêneo dos sentidos — a multidão dos sentidos, como disse Platão. Nessa superação do mundo, e na interpretação do mundo à maneira de Platão, houve um gosto diferente daquele que os físicos de hoje nos oferecem — ou da mesma forma os darwinistas e antiteleólogos contra os trabalhadores da fisiologia, com seu princípio de o "menor esforço possível" e o maior erro crasso possível. "Onde não há mais nada para ver ou manusear, não haverá nada mais para os homens fazerem" — esse é certamente um imperativo diferente do platônico, mas pode, não obstante, ser o imperativo certo para uma raça de maquinistas resistente e laboriosa e os construtores de pontes para o futuro, que nada têm além de trabalho duro a executar.

- 15 -

Para estudar fisiologia com a consciência limpa, deve-se insistir no fato de que os órgãos dos sentidos não são fenômenos no sentido da filosofia idealista; como tais, certamente não poderiam ser as causas! Sensualismo, portanto, pelo menos como hipótese reguladora, senão como princípio heurístico. O quê? Há outros que afirmam que até o mundo externo é obra de nossos órgãos? Mas então nosso corpo, sendo parte deste mundo externo, seria o trabalho de nossos órgãos! Então nossos próprios órgãos seriam obra de nossos órgãos! Parece-me que se trata de uma *Reductio ad Absurdum*[8] completa, se a concepção *causa sui* é algo fundamentalmente absurdo. Consequentemente, o mundo externo não seria obra de nossos órgãos?

- 16 -

Ainda existem narcisistas inofensivos que acreditam que existem "certezas imediatas", por exemplo, "eu penso" ou, como diz a superstição de Schopenhauer, "eu vou"; como se a cognição aqui se apoderasse de seu objeto pura e simplesmente como "a coisa em si", sem que ocorresse qualquer falsificação por parte do sujeito ou do objeto. Repito, porém, inúmeras vezes, que tanto a "certeza imediata" como o "conhecimento absoluto" e a "coisa em si" envolvem uma *contradictio in adjecto*[9]. Realmente devemos nos libertar do significado enganoso das palavras! As pessoas, por sua vez, podem pensar que cognição é saber tudo sobre as coisas, mas o filósofo deve dizer a si mesmo: "Quando analiso o processo que se expressa na frase, 'eu penso', encontro toda uma série de afirmações ousadas, a prova argumentativa de que seria difícil, talvez impossível, por exemplo, que sou eu quem pensa, que deve haver necessariamente alguém que pensa, que pensar é uma atividade e operação por parte de um ser que é pensado como uma causa, que existe um 'ego' e, finalmente, que já está determinado o que deve ser designado pelo pensamento — que Eu Sei o que é o pensamento. Pois se eu já não tivesse decidido dentro de mim o que é, por qual padrão poderia Eu determinar se o que está apenas

8 É um método de argumentação em que você prova que uma afirmação é falsa, mostrando que ela leva a uma conclusão absurda ou contraditória. (N. do R.)

9 Do latim: Contradição no adjetivo. (N. do T.)/ Erro lógico onde a característica de algo entra em contradição com a natureza do objeto a ser descrito. (N. do R.)

acontecendo não é talvez 'querer' ou 'sentir'? Resumindo: a afirmação 'eu penso' pressupõe uma comparação de meu estado no presente com outros estados pessoais que eu conheço, a fim de determinar o que seja; por causa desta retrospectiva conexão com mais 'conhecimento'; assim não teria, de qualquer forma, nenhuma certeza imediata para mim."

No lugar da "certeza imediata" em que as pessoas podem acreditar, o filósofo encontra assim uma série de questões metafísicas apresentadas a ele, verdadeiras questões de consciência do intelecto, a saber: "De onde tirei a noção de 'pensar'? Por que acredito em causa e efeito? O que me dá o direito de falar de um 'ego', ou desse mesmo 'ego' como causa e, finalmente, de um 'ego' como causa do pensamento?" Aquele que se aventurar a responder a essas questões metafísicas imediatamente apelando para uma espécie de percepção intuitiva, como alguém que diz: "Eu penso e sei que isso, pelo menos, é verdadeiro, real e certo" — encontrará um sorriso e duas notas de interrogação em um filósofo atual. "Senhor, 'o filósofo talvez lhe dê a entender', é improvável que você não se engane, mas por que deveria ser a verdade?"

- 17 -

No que diz respeito às superstições dos lógicos, nunca me cansarei de enfatizar um simples fato, que é involuntariamente reconhecido por essas mentes crédulas — a saber, que um pensamento surge quando "ele" deseja, e não quando "eu" desejo. Desse modo, é uma perversão dos fatos afirmar que o sujeito "eu" é a condição do predicado "pensar". Um pensa, mas esse é precisamente o famoso e conhecido "ego"; é, para rasamente dizer, apenas uma suposição, uma afirmação, e certamente não uma "certeza imediata". Afinal, já se foi longe demais com esse "pensar" — e até mesmo esse "que afirma" contém apenas uma interpretação do processo e não pertence a este mesmo processo. Infere-se aqui que de acordo com a fórmula gramatical em uso: "Pensar é uma atividade; toda atividade requer uma agência que seja ativa; logo..." Era nestas mesmas linhas que o atomismo antigo buscava, além do "poder operacional", a partícula material em que reside e na qual opera — o átomo. Mentes mais rigorosas, no entanto, aprenderam finalmente a conviver sem esse "resíduo da terra", e talvez um dia nos acostumaremos, mesmo do ponto de vista lógico, a conviver sem o pequeno "ser" (ao qual o velho e digno "ego" refinou-se).

- 18 -

Certamente não é a melhor qualidade de uma teoria o fato de ser refutável; e é justamente por ser assim que atrai as mentes mais sutis. Parece que a teoria cem vezes refutada do "livre-arbítrio" deve sua persistência apenas a esse encanto; sempre irá aparecer alguém que se acha forte o suficiente para refutá-la.

- 19 -

Os filósofos costumam falar da vontade como se fosse a coisa mais conhecida do mundo; com efeito, Schopenhauer deu-nos a compreensão de que só a vontade é realmente conhecida por nós; sim, absoluta e completamente conhecida, sem qualquer dedução ou adição. Mas, reiteradas vezes, parece-me que Schopenhauer também fez apenas o que os filósofos têm o hábito de fazer nestes casos — ele parece ter adotado um preconceito popular e exagerou nele. O querer parece-me algo complicado; algo que é uma unidade apenas no nome — e é precisamente no nome que se esconde o preconceito popular, e este tem dominado as precauções inadequadas dos filósofos em todas as épocas. Portanto, sejamos, por uma vez, mais cautelosos, sejamos "não filosóficos": digamos que em todo querer há, em primeiro lugar, uma pluralidade de sensações, a saber, a sensação da condição do estado do qual nos afastamos, a sensação do estado em direção ao qual nos aproximamos, a sensação desse "afastar" e "aproximar" em si e, além disso, uma sensação de força que a acompanha; e que, mesmo sem colocarmos em movimento "braços e pernas", inicia sua ação pela força de hábito, e diretamente "desejaremos" qualquer coisa. Portanto, assim como as sensações, e de fato muitos tipos de sensações, devem ser reconhecidas como ingredientes da vontade, também, em segundo lugar, o pensamento deve ser reconhecido; em cada ato da vontade há um pensamento dominante — e não imaginemos que seja possível separar esse pensamento do "querer", como se a vontade então permanecesse terminada! Em terceiro lugar, a vontade não é apenas um complexo de sensação e pensamento, mas é antes de tudo uma emoção, e de fato a emoção do comando. Aquilo que é denominado "liberdade de vontade" é, na essência, a emoção da supremacia em relação àquele que deve obedecer: "Eu sou livre, e 'ele' deve obedecer" — esta consciência é inerente a toda vontade; e igualmente o esforço da atenção, o olhar direto que se fixa em uma coisa, o julgamento incondicional de que "isso é, e nada mais é necessário agora", a certeza interior de que a obediência será prestada — e todo o conjunto pertencente à posição do comandante.

Um homem que deseja, comanda primeiro algo dentro de si que o torna obediente, ou que ele acredita que o torna obediente. Mas agora observemos o que há de mais estranho nesta vontade — esse caso tão extremamente complexo, para o qual as pessoas têm apenas um nome. Na medida em que nas circunstâncias dadas, somos ao mesmo tempo comandante e comandado; e como a parte obediente, conhecemos as sensações de constrangimento, impulsão, pressão, resistência e movimento, que geralmente começam imediatamente após o ato de vontade. Na medida em que, por outro lado, estamos acostumados a desconsiderar essa dualidade, e a nos iludir por meio do termo sintético "eu", toda uma série de conclusões errôneas, e consequentemente de falsos julgamentos sobre a própria vontade, vem se apegar ao ato de querer — a tal ponto que aquele que deseja acredita com firmeza suficiente para executar a ação. Visto que na maioria dos casos só houve exercício da vontade quando o efeito da ordem — por consequência, obediência e, portanto, ação — era esperada, a aparência traduziu-se no sentimento, como se houvesse uma necessidade de efeito. Em uma palavra, aquele que deseja acredita com uma boa dose de certeza que vontade e ação são únicas. Assim atribui o sucesso, a realização da vontade, à própria vontade, e assim desfruta de um aumento da sensação de poder que acompanha todo esse sucesso. "*Liberdade de Vontade*" — que é a expressão do complexo estado de deleite de quem exerce a vontade, que comanda e ao mesmo tempo se identifica com o executor da ordem — que, como tal, goza também do triunfo sobre os obstáculos, mas pensa consigo mesmo que realmente foi sua própria vontade que os venceu. Desse modo, a pessoa que exerce a vontade acrescenta os sentimentos de deleite de seus instrumentos executivos bem-sucedidos, as úteis "intenções" ou subalmas.

Na verdade, nosso corpo é apenas uma estrutura social composta de muitas almas. — Aos seus sentimentos de deleite como comandante. *L'effet c'est moi*[10]*;* o que acontece aqui é o que acontece em toda sociedade bem construída e feliz, a saber, que a classe governante se identifica com os sucessos do grupo. Como toda vontade, trata-se absolutamente de comandar e obedecer; como já foi dito, com base em uma estrutura social composta de muitas "almas". Razão pela qual um filósofo deve reivindicar o direito de incluir a real vontade na esfera moral — considerada como a doutrina das relações de supremacia sob a qual o fenômeno da "vida" se manifesta.

10 Expressão parodiada da famosa frase de Luís XIV, *L'etat c'est moi* (O Estado sou eu). Em tradução livre, significa "o efeito sou eu", apontando para o egocentrismo tão questionado e criticado na obra do autor. (N. do R.)

- 20 -

As ideias filosóficas individuais não são ocasionais ou uma evolução autônoma, mas crescem em conexão e relação umas com as outras; por mais repentina e arbitrária que pareçam surgir na história do pensamento, elas pertencem, no entanto, tanto a um sistema como os membros coletivos da fauna de uma região — e isso é confirmado ao final pelas circunstâncias como os mais diversos filósofos sempre preenchem um esquema fundamental definido por filosofias possíveis. Sob um mover invisível, eles sempre giram em torno da mesma órbita, por mais independentes que possam se sentir uns dos outros, com suas vontades críticas ou sistemáticas, algo dentro deles os conduz, os impele em ordem definida um após o outro — para a sagacidade, a metodologia e a relação inata de suas ideias. O pensamento deles é, na verdade, muito menos uma descoberta que um novo reconhecimento, uma relembrança, um retorno ou volta para uma casa comum longínqua e antiga da alma; de onde essas ideias surgiram anteriormente. Filosofar é até agora uma espécie de atavismo da mais alta ordem. A maravilhosa semelhança familiar de todas as filosofias indianas, gregas e alemãs é facilmente explicada. Na verdade, onde há afinidade de linguagem, devido à filosofia comum da gramática — quero dizer, devido à dominação inconsciente e à orientação de funções gramaticais semelhantes — não pode deixar de ser que tudo esteja preparado no início para um desenvolvimento e sucessão semelhantes de sistemas filosóficos, assim como o caminho parece impedido contra certas possibilidades de interpretação do mundo. É bem provável que os filósofos no domínio das línguas Ural-Altaicas (onde a concepção do sujeito é menos desenvolvida) olhem de outra forma "para o mundo" e sejam encontrados em caminhos de pensamento diferentes dos indo germânicos e muçulmanos. O encanto de certas funções gramaticais é, em última análise, também o encanto das avaliações fisiológicas e das condições raciais. Suficiente, portanto, para rejeitar a superficialidade de Locke com respeito à origem das ideias.

- 21 -

A *causa sui*[11] é a melhor contradição pessoal já concebida, é uma espécie de violação antinatural e lógica; mas o orgulho extravagante do homem conseguiu se enredar profunda e assustadoramente nessa

11 Causa de si mesmo. Esta expressão indica que algo não precisa de um fator externo para ser gerado ou criado. (N. do R.)

mesma loucura. O desejo de "liberdade de vontade" no sentido superlativo, metafísico, tal como ainda prevalece, infelizmente, nas mentes dos semieducados, o desejo de assumir a responsabilidade total e final pelas próprias ações e absolver Deus, o mundo, os ancestrais, o acaso e a sociedade. Daí decorrente envolvem nada menos do que ser precisamente este *causa sui* e, com mais do que a ousadia de Munchausen, puxar-se pelos cabelos para a existência, saindo assim da lama do nada. Se alguém descobrir desta maneira a estupidez crassa da célebre concepção de "livre-arbítrio" e tirá-la de sua cabeça, eu imploro que dê um passo adiante em sua "iluminação" e também saia da contramão desta concepção monstruosa de "livre-arbítrio"; quero dizer "não livre-arbítrio", que é equivalente a um mau uso de causa e efeito. Não se deve materializar erroneamente "causa" e "efeito", como fazem os filósofos naturais (e quem como eles se naturaliza no pensamento). De acordo com a estupidez mecânica prevalecente que faz com que a causa pressione e empurre até que "efetue" seu fim; deve-se usar "causa" e "efeito" apenas como concepções puras, isto é, como ficções convencionais com o propósito de designação e compreensão mútua — não para explicação. Em "ser-em-si" não há nada de "conexão casual", de "necessidade" ou de "não liberdade psicológica"; lá o efeito não segue a causa, lá a "lei" não prevalece. Somente nós concebemos a causa, a sequência, a reciprocidade, a relatividade, a restrição, o número, lei, liberdade, motivo e propósito; e quando interpretamos e misturamos este mundo-símbolo, como um "ser-em-si", com as coisas, agimos mais uma vez como sempre agimos — mitologicamente. O "não livre-arbítrio" é mitologia; na vida real, é apenas uma questão de vontade forte ou vontade fraca. É quase sempre um sintoma do que está faltando em si mesmo, quando um pensador, em cada "conexão causal" e "necessidade psicológica", manifesta algo de compulsão, indigência, subserviência, opressão e falta de liberdade; será suspeito de ter tais sentimentos — a pessoa trai a si mesma. E em geral, se bem observei, a "não liberdade da vontade" é vista como um problema de dois pontos de vista inteiramente opostos, mas sempre de uma maneira profundamente pessoal: alguns não abrirão mão de sua "responsabilidade", de sua crença em si mesmos, o direito pessoal aos seus méritos, a qualquer preço; outros, pelo contrário, não desejam ser responsáveis por nada, ou culpados por nada, e devido a um autodesprezo interior, procuram sair dos negócios, não importa como. Estes, quando escrevem livros, costumam, atualmente, tomar partido dos criminosos; uma espécie de simpatia socialista é seu disfarce favorito. E, de fato, o fatalismo dos fracos de vontade se embeleza surpreendentemente quando pode posar como "*La religion de la souffrance humaine*[12]"; e este é o seu "bom gosto".

- 22 -

Perdoe-me, sou como um velho filólogo que não resiste à maldade de colocar o dedo em modos de interpretação ruins, mas "conformidade da Natureza com a lei", da qual vocês físicos falam com tanto orgulho, como se — ora, ela existisse apenas devido a sua má interpretação filológica. Não é uma questão de fato, nenhum "texto", mas apenas um ajuste ingênuo e uma perversão de significado, com as quais se fazem concessões demais aos instintos democráticos da alma moderna!

"Em todos os lugares existe igualdade perante a lei — e a Natureza não é diferente a esse respeito, nem melhor do que nós": um belo exemplo de dissimulação, em que o antagonismo popular tem a tudo o que é privilegiado e autocrático — igual a um outro ateísmo mais refinado — que mais uma vez é disfarçado. "*Ni dieu, ni maitre*" — isso, também, é o que você quer; e, portanto, "Viva a lei natural!" — não é? Mas, como já foi dito, isso é a interpretação, e não propriamente o texto; e alguém pode entender, que, com intenções e modos de interpretação opostos, se pode ler a mesma "Natureza"; e com relação aos mesmos fenômenos, apenas uma imposição tirânica inconsiderada e implacável das reivindicações de poder — um intérprete em que deveríamos colocar a isenção e a incondicionalidade de toda "Vontade de Poder" diante de seus olhos, de modo que todas as palavras, e a própria palavra "tirania", acabariam parecendo inadequadas, ou como uma metáfora enfraquecedora e suavizante — como sendo muito humana; e quem deveria, no entanto, terminar afirmando sobre este mundo o mesmo que você; a saber, que ele tem um curso "necessário" e "calculável". Não, porém, porque as leis o prevalecem, mas porque são absolutamente insuficientes, e todo poder efetiva suas últimas consequências de cada momento. Admitindo que isso também seja apenas interpretação — e que você esteja ansioso o suficiente para fazer essa objeção? — Bem, ainda bem!

12 A religião do sofrimento humano. O termo foi usado pelo autor para criticar religiões que colocam o sofrimento das pessoas como uma peça central. (N. do R.)

- 23 -

Toda psicologia até agora encalhou em preconceitos morais e timidez; e não ousou lançar-se às profundezas. Na medida em que é permitido reconhecer naquilo que até aqui foi escrito, evidências daquilo que até agora foi silenciado, parece que ninguém ainda abrigou a noção de psicologia como a *Morfologia e Doutrina do Desenvolvimento da Vontade do Poder*, tal como eu a concebo. O poder dos preconceitos morais penetrou profundamente no mundo intelectual, o mundo aparentemente mais indiferente e sem preconceitos, e obviamente operou de maneira injuriosa, obstrutiva, cegante e distorcida. Uma fisiopsicologia adequada tem que lidar com o antagonismo inconsciente no coração do investigador, ela tem "o coração" contra ela, mesmo uma doutrina do condicionamento recíproco dos impulsos "bons" e "maus", causa angústia e aversão em uma consciência ainda forte e viril — ainda mais, uma doutrina da derivação de todos os impulsos bons partindo dos maus. Se, no entanto, uma pessoa deve considerar até mesmo as emoções de ódio, inveja, cobiça e arrogância como emoções condicionantes da vida, como fatores que devem estar presentes, fundamental e essencialmente, na economia geral da vida (que deve, portanto, ser mais desenvolvida se a vida há de ser desenvolvida), ela sofrerá de tal visão das coisas um enjoo como alguém que veleja ao mar pela primeira vez. E, no entanto, essa hipótese está longe de ser a mais estranha e dolorosa neste imenso e quase novo domínio de perigosos conhecimentos; e há, de fato, uma centena de boas razões para que todos aqueles que podem, se afastem dela e devam se manter afastados! Por outro lado, se alguém foi arrastado a estas águas pelo batido do mar, bem! Muito bem! Vamos agora cerrar os dentes com firmeza! Vamos abrir os olhos e manter a mão firme ao leme! Navegamos para longe e passamos sobre a moralidade; nós esmagamos, destruímos os restos de nossa própria moralidade ao ousar fazer nossa viagem para lá — mas o que nos importa? Nunca um mundo profundo de luz e saber se revelou a viajantes e aventureiros ousados, e o psicólogo que "faz um sacrifício" — não é o *sacrifizio dell'intelletto*[13], pelo contrário — terá pelo menos o direito de exigir em troca que a psicologia seja mais uma vez reconhecida como a rainha das ciências, a cujo serviço e equipamento existem as outras ciências. Pois a psicologia é mais uma vez o caminho para os problemas fundamentais.

13 Sacrifício do intelecto. Refere-se ao ato de desistir do pensamento crítico e se ater à religião e seus dogmas. (N. do R.)

CAPÍTULO II

OS ESPÍRITOS LIVRES

- 24 -

O sancta simplicitas[14]! Em que insólita simplificação e falsificação vive o homem!

Nunca se pode parar de questionar, uma vez que temos olhos para contemplar esta maravilha! Como tornamos tudo ao nosso redor claro, gratuito, fácil e simples! Temos sido capazes de dar aos nossos sentidos livre acesso a tudo o que é superficial; nossos pensamentos têm um desejo divino por travessuras lascivas e inferências equivocadas! Como, desde o início, temos planejado manter nossa ignorância a fim de desfrutar de uma inconcebível liberdade, imprudência, irresponsabilidade, cordialidade e alegria — para aproveitar a vida! E somente sobre essa base de ignorância sólida e granítica o conhecimento poderia erguer-se até agora. A vontade de conhecimento na base de uma vontade muito mais poderosa, a vontade de ignorância, do incerto, do falso! Não como oposto mas, como refinamento! É de se esperar, de fato, pois que a linguagem, tanto aqui como em outros lugares, não supere sua estranheza, e que continue a falar de opostos onde há apenas graus e outras gradações; é de se esperar que a "*tartufice*" (hipocrisia) da moral encarnada, que agora pertence a nossa invencível "carne e sangue", faça girar as palavras na boca de nós, que somos os mais perspicazes. Aqui e ali nós entendemos, e rimos da maneira precisa como o melhor conhecimento busca nos reter neste mundo simplificado, completamente artificial, adequadamente idealizado e falsificado; e da maneira como, voluntário ou não, ama o erro porque, como se vivendo, ama-se a vida!

---

14 Do latim: "Ó, santa simplicidade!". A frase é atribuída ao reformador religioso da Boêmia Jan Hus (1372-1415), relatando-se que teria exclamado a frase quando uma camponesa jogou outro pedaço de madeira ao fogo, enquanto ele era queimado na fogueira. (N. do R.)

- 25 -

Depois de um começo tão alegre, uma palavra séria seria de bom grado; apelo às mentes mais sérias. Cuidado, filósofos e amigos do conhecimento, cuidado com o martírio! De sofrer "pela causa da verdade"! Mesmo que seja em sua própria defesa! Isso estraga toda a inocência e a fina neutralidade de sua consciência; torna você um obstinado contra objeções e trapos vermelhos; entorpece, animaliza e brutaliza, quando na luta contra o perigo, a calúnia, a suspeita, a expulsão e as consequências ainda piores da inimizade, vocês têm ainda que jogar suas últimas cartas como protetores da verdade na terra — como se "a Verdade" fosse uma criatura tão inocente e incompetente que carecesse de protetores! E vocês, entre todas as pessoas; logo vocês, cavaleiros da triste figura, folgados e enroladores de teias de aranha do espírito! Finalmente, vocês sabem muito bem que não pode ter nenhuma consequência se vocês apenas levarem suas interrogações; vocês sabem que até agora nenhum filósofo defendeu seus pontos, e que pode haver uma veracidade mais louvável em cada pequena interrogação que vocês colocam após suas palavras especiais ou doutrinas favoritas (e ocasionalmente após vocês mesmos) do que em todas as pantomimas solenes e jogos de trava-línguas perante acusadores e tribunais! Em vez disso, saiam do caminho! Fujam para o esconderijo! E vistam suas máscaras e seus artifícios, para que possam ser confundidos com outros, ou de alguma forma assustarem alguém! E rezem, não se esqueçam do jardim, aquele com treliça dourada! E tenham pessoas ao redor que sejam como um jardim — ou como música nas águas ao entardecer, quando o dia já se tornou uma memória. Escolham a boa solidão, a solidão livre, devassa e leve, que também lhe dá o direito de permanecerem bons em todos os sentidos! Quão venenosa, astuta e ruim, é uma longa guerra, que não pode ser travada claramente por meio da força! Quão pessoal torna-se um longo medo, uma longa vigilância de inimigos, de possíveis inimigos! Esses párias da sociedade, esses tão duramente perseguidos e — também os reclusos por arbitrariedade, como os Spinozas ou Giordano Brunos — sempre se tornam no final, mesmo sob uma máscara intelectual, e talvez sem eles mesmos se darem conta, vingativos refinados e venenosos (apenas para desnudar os fundamentos da ética e da teologia de Spinoza!), para não falar da estupidez da indignação moral, que é o sinal infalível em um filósofo de que o senso de humor filosófico já o deixou. O martírio do filósofo, seu "sacrifício pela causa da verdade", traz à luz tudo o que o rebelde e o ator escondeu em si; e se até agora o contemplamos apenas com curiosidade artística, em relação a muitos filósofos é fácil compreender o perigoso desejo de vê-los também em sua deterioração; (deteriorado o "mártir", em um palhaço de palco e tribuna). Apenas, seria necessário que com tal desejo de ser óbvio que espetáculo veremos em todo caso — seria apenas uma peça satírica, apenas o epílogo de uma farsa, apenas a prova contínua de que a longa e real tragédia chega ao final, supondo que toda a filosofia tenha sido uma longa tragédia desde sua origem.

- 26 -

Todo homem de classe luta instintivamente por uma cidadela e por sua privacidade, onde esteja livre da multidão, da gentalha, da maioria — onde ele possa esquecer-se dos "homens que são a regra", como sua exceção — exceto quando ele for levado a esses homens por um instinto ainda mais forte, como um discernidor no grande e excepcional sentido. Qualquer que, nas relação humanas, não brilhe ocasionalmente em todas as cores verdes e cinzas da angústia, devido ao nojo, saciedade, simpatia, melancolia e solidão, certamente não é um homem de gostos elevados. Supondo, entretanto, que ele não assume voluntariamente todo esse fardo e repulsa sobre si mesmo, ele persistentemente o evita, e permanece, como eu disse, silenciosa e orgulhosamente escondido em sua cidadela. Uma coisa é então certa: ele não foi feito para, ele não estava predestinado ao conhecimento.

Pois, como tal, ele um dia teria que dizer a si mesmo: "O diabo que leve meu bom gosto! Mas 'a regra' é mais interessante que a exceção — que eu, a exceção!" Iria ele para baixo, e acima de tudo, iria ele "para dentro". O estudo longo e sério sobre o homem médio — exigiria, consequentemente, muito disfarce, autossuperação, familiaridade e inimizades (pois todas as relações pessoais são ruins, exceto com outros iguais): que constituem parte necessária da história de vida de todo filósofo; e talvez a parte mais desagradável, odiosa e decepcionante. Se ele tiver sorte, entretanto, como deve ser um filho favorito do conhecimento, ele encontrará auxiliares adequados que irão encurtar e tornar sua tarefa mais leve; refiro-me aos chamados cínicos, aqueles que simplesmente reconhecem o animal, o lugar-comum e "a regra" em si mesmos; e ao mesmo tempo têm tanta espiritualidade e cócegas que os fazem falar de si mesmos e de seus semelhantes antes das testemunhas. Às vezes eles chafurdam, até mesmo em livros, como em seu próprio chiqueiro. O cinismo é a única forma pela qual as almas vis se aproximam do que é chamado de honestidade; e o homem superior deve abrir seus ouvidos para todo o cinismo grosseiro ou refinado, e se congratular quando o palhaço se torna desavergonhado bem diante dele, ou o sátiro científico falar. Há até casos em que o encantamento se mistura com a repulsa — a saber, onde, por uma aberração da natureza, o gênio é ligado a algum bode e macaco indiscretos, como no caso do Abade Galiani, o mais profundo, mais agudo e talvez também o mais sujo homem de seu século — ele era muito mais profundo que Voltaire e, consequentemente, muito mais silencioso. Acontece com mais frequência, como já foi sugerido, que uma cabeça científica é colocada no corpo de um macaco, uma compreensão excelente e excepcional em uma alma vil, uma ocorrência de forma alguma rara, especialmente entre médicos e fisiologistas morais. E sempre que alguém fala sem amargura, ou melhor, com inocência, sobre o homem como uma barriga com duas exigências e uma cabeça com apenas uma. Sempre que alguém procura, busca e deseja apenas saciar a fome, o instinto sexual e a vaidade como os reais e únicos motivos das ações humanas; em suma, quando alguém fala "mal" — e nem mesmo "mal" — do homem, o amante do conhecimento deve ouvir com atenção e diligência; ele deve, em geral, ter ouvidos abertos onde quer que haja conversa sem indignação. Para o homem indignado, e aquele que perpetuamente se despedaça e se dilacera com os próprios dentes (ou, no lugar de si mesmo, o mundo, Deus ou a sociedade), pode de fato, moralmente falando, ficar mais alto do que o sátiro risonho e satisfeito consigo mesmo, mas em todos os outros sentidos ele é o caso mais comum, mais indiferente e menos instrutivo. E ninguém é tão mentiroso como um homem indignado.

- 27 -

É muito difícil de ser compreendido, especialmente quando se pensa e vive ao *gangasrotogati*[15]. Entre aqueles que pensam e vivem de outra forma — a saber, *kurmagati*[16], ou, na melhor das hipóteses, "parecido com um sapo", *mandeikagati*[17]. (Eu mesmo faço de tudo para ser "dificilmente compreendido"!) — e devemos ser profundamente gratos pela boa vontade de alguém que tenha uma interpretação mais refinada. Pois, no que se refere aos "bons amigos"; são sempre muito tranquilos e pensam que, como

15 Gangasrotogati: Presto, ágil, ligeiro como o rio Ganges. (N. do T.)
16 Kurmagati: Vagaroso, lento como a tartaruga. (N. do T.)
17 Mandeikagati: Destacado como um sapo.(N. do T.)

amigos, têm direito a facilidades. Faz bem, no início, conceder-lhes um espaço para jogos e brincadeiras de mal-entendidos — pode-se rir muito assim; ou livre-se deles; livre-se desses bons amigos — e ria disso também!

- 28 -

O que é mais difícil de traduzir de uma língua para outra é o contexto de seu estilo, que tem sua base no caráter da raça, ou para falar mais fisiologicamente, no tempo médio da assimilação de seu processamento. Existem traduções honestas, que, como vulgarizações involuntárias, são quase falsificações do original, simplesmente porque seu contexto vivo e alegre (que se sobrepõe e evita todos os perigos em palavra e expressão) também não pôde ser traduzido.

Um alemão está quase incapacitado para a agilidade em sua língua; consequentemente também, como pode ser razoavelmente inferido, para muitas das mais encantadoras e ousados nuances do pensamento livre e do espírito livre. E assim como o bufão e o sátiro lhe são estranhos em corpo e consciência, Aristófanes e Petrônio serão intraduzíveis para ele. Tudo muito pesado, viscoso e pomposamente desajeitado, todas as espécies de estilo prolixo e enfadonho, são desenvolvidos em profusa variedade entre os alemães — perdoe-me por afirmar o fato de que mesmo a prosa de Goethe, em sua mistura de rigidez e elegância, não é exceção, como um reflexo dos "bons velhos tempos" a que pertence e como uma expressão do gosto alemão numa época em que ainda existia um "gosto alemão", que era um gosto rococó *in moribus et artibus*[18]. Lessing é uma exceção, devido a sua natureza histriônica, que entendia muito e era versado em muitas coisas; ele não foi o tradutor de Bayle inutilmente, pois que se refugiou de bom grado à sombra de Diderot e Voltaire, e ainda mais voluntariamente entre os escritores da comédia romana — Lessing também amava o meditar do espírito livre no contexto e a fuga da Alemanha. Mas como poderia a língua alemã, mesmo na prosa de Lessing, imitar o tempo de Maquiavel, que em seu "Príncipe" nos faz respirar o ar seco e fino de Florença, e não pode deixar de apresentar os acontecimentos mais graves em um *alegríssimo* turbulento — talvez não sem um senso artístico malicioso do contraste que ele se aventura a apresentar —, pensamentos longos, pesados, difíceis, perigosos, e o ritmo do galope, e do melhor e mais desenfreado humor? Finalmente, quem se aventuraria a fazer uma tradução para o alemão de Petronius, que, mais do que qualquer grande

18 Do latim: Nos costumes e nas artes. (N. do R.)

músico até então, foi um mestre da agilidade em invenção, ideias e palavras? O que importa no final dos pântanos do mundo doente e mau, ou do "mundo antigo", quando como ele, se tem os pés de um vento, a pressa, a respiração, o desprezo emancipador de um vento, que faz tudo saudável, fazendo tudo se mover! E no que diz respeito a Aristófanes — aquele gênio transfigurante e complementar, por causa de quem se perdoa todo o helenismo por ter existido, desde que se tenha compreendido em sua profundidade tudo que ali requer perdão e transfiguração; não há nada que me tenha feito meditar mais sobre o segredo de Platão e a natureza enigmática do que o *petit fait*[19] bem preservado de que sob o travesseiro de seu leito de morte não foi encontrada nenhuma "Bíblia", nem nada egípcio, pitagórico ou platônico — mas um livro de Aristófanes. Como poderia até mesmo Platão ter suportado a vida — uma vida grega que ele repudiou — sem um Aristófanes!

- 29 -

O ser independente é tarefa para pouquíssimos; é um privilégio dos fortes. E quem tenta essa independência, mesmo sem ser obrigado a isso, mesmo que tenha o melhor direito, mostra que provavelmente não é apenas forte, mas também ousado além da medida. Ele entra em um labirinto, multiplica mil vezes os perigos que a vida em si já traz consigo; não menos importante é que ninguém possa ver como e onde ele se extravia, se isola e é dilacerado por algum minotauro de consciência. Supondo que tal pessoa venha a sofrer, tudo está tão longe da compreensão dos homens que eles nem sentem, e menos ainda tem empatia com a pessoa. E ele não pode mais voltar! Ele não pode nem mesmo voltar à simpatia desta plateia!

- 30 -

Nossas percepções mais profundas precisam — e devem mesmo — parecer loucuras e, ou até mesmo crimes em certas circunstâncias, quando chegam sem autorização aos ouvidos daqueles que não estão dispostos e predispostos a elas. O exotérico e o esotérico, como eram anteriormente distintos pelos filósofos — tanto entre os índios, como entre os gregos, os persas e os muçulmanos; em suma, onde quer que as pessoas acreditassem em níveis de posição e não em isonomia e direitos iguais — não são tanto uma contradição ao outro com respeito à classe

19 Do francês: Pequeno fato. (N. do R.)

exotérica, ficando do lado de fora e vendo, projetando, medindo e analisando de fora, e não de dentro; a distinção mais essencial é que a classe em questão vê as coisas de baixo para cima — enquanto a classe esotérica vê as coisas de cima para baixo. Existem níveis de alma a partir das quais a própria tragédia não parece exercer sua tragicidade; e se todas as desgraças do mundo fossem tomadas em conjunto, quem se atreveria a decidir se a visão disso necessariamente seduziria e constrangeria outros à simpatia e, portanto, à duplicação da angústia?... O fato que serviria a uma classe superior de homens para consolo ou refrigério, deve ser quase um veneno para uma outra classe diferente e inferior de seres humanos. As virtudes do homem comum talvez signifiquem vício e fraqueza em um filósofo; pode ser possível que um homem altamente desenvolvido, supondo que ele se degenere e vá à ruína, adquira excelentes qualidades somente com isso, e por causa dessas qualidades recentemente adquiridas ele teria que ser homenageado tal como um santo no mundo inferior em que havia mergulhado. Existem livros que têm um valor inverso para a alma e a saúde conforme o espírito e a vitalidade inferiores; ou mesmo os superiores e mais poderosos, fazem uso deles. No primeiro caso, eles são livros perigosos, perturbadores e inquietantes; no último caso, são chamados de arautos que convocam os mais bravos para sua bravura. Os livros para o leitor em geral são sempre livros malcheirosos, o odor de gente mesquinha se apega a eles. E ali é onde a população come e bebe, e mesmo onde o que se reverência tem o péssimo costume de cheirar mal. Não se deve ir às igrejas se quiser respirar ar límpido.

- 31 -

Em nossos anos de juventude, ainda veneramos e desprezamos, sem a arte da sutileza, que é o maior dos ganhos da vida, e temos que pagar uma dura penitência por ter respondido a respeito de homens e coisas com os absolutos Sim e o Não. Tudo é arranjado de forma que o pior de todos os gostos, o gosto pelo incondicional, seja cruelmente ludibriado e abusado, até que a pessoa aprenda a introduzir um pouco de arte em seus sentimentos e, ainda melhor, prefira tomar decisões com a face artificial, como fazem os verdadeiros artistas da vida. Um espírito irado e reverente, peculiar à juventude, parece não se permitir a paz, até que falsifique adequadamente os homens e as coisas, e assim ser capaz de desabafar sua paixão sobre eles: a juventude em si mesma é bastante falsa e enganosa. Mais tarde, quando a jovem alma, torturada por contínuas desilusões, finalmente se volta desconfiada de si mesma — ainda ardente e selvagem mesmo em sua suspeita e remorso de consciência: como se censura, com que impaciência se rasga, como se vinga por seu longo tempo errante, como se fosse uma cegueira voluntária! Nessa transição, a pessoa se pune por desconfiar de seus sentimentos; tortura-se o entusiasmo com a dúvida; sente-se até a boa consciência como um perigo, como se fosse a ocultação e a lassidão de uma retidão mais refinada; e, acima de tudo, a pessoa defende por princípio a causa contrária à "juventude". E uma década depois, mais calmos, compreende-se que tudo isso também era — juventude!

- 32 -

Na vigência do mais longo período da história humana — a que chamamos pré-histórico — o valor ou não valor de uma ação era deduzido a partir de suas consequências; a ação em si não é levada em consideração mais do que sua origem; mas, do mesmo modo como ocorre atualmente na China, onde a distinção ou a desgraça de uma criança se reverte para seus pais. Assim é o poder retroativo do sucesso ou do fracasso que induz os homens a pensar bem ou mal de determinada ação. Podemos chamar esse período da humanidade de Pré-Moral; época em que o imperativo, "*Conheça a si mesmo!*" era ainda desconhecido. Nos últimos dez mil anos, por outro lado, em vastas porções da terra, avançou-se tanto, que não são mais as consequências de uma ação, mas a sua origem, é que decide algo relativo ao seu valor: é uma grande conquista como um todo, um importante refinamento de visão e de critérios, o efeito inconsciente da supremacia dos valores aristocráticos e da crença na "origem", a marca de um período que pode ser designado em sentido mais restrito como Moral: assim é feita a primeira tentativa de autoconhecimento. Em vez das consequências, a origem — que inversão de perspectiva! E certamente uma inversão realizada somente depois de longa luta e hesitação! Com certeza, uma nova superstição sinistra; uma limitação de interpretação peculiar alcançou a supremacia precisamente assim: a origem de uma ação foi interpretada no sentido mais definido possível como a origem de uma intenção; as pessoas concordavam na crença de que o valor de uma ação reside no valor de sua intenção. A intenção como única origem e primórdio de uma ação: sob a percepção desse preconceito moral é que se elogiou ou culpou, e assim os homens têm julgado e até mesmo filosofado até os dias atuais. Não é possível, entretanto, que a necessidade agora possa ter surgido para que novamente decidamos em relação a essa reversão e mudança fundamental de valores, devido a uma nova consciência própria e agudeza no homem — não é possível que estejamos no limiar de um período que, para começar, se distinguiria negativamente de Supramoral: hoje em dia, pelo menos entre nós, imorais; quando se ventila a suspeita de que o valor decisivo de uma ação esteja justamente naquele que é Não Intencional, e que toda essa sua intencionalidade; tudo isso o que é visto, sensível ou "sentido" nele, pertence a sua superfície ou sua pele — que, como toda pele, revela algo; mas o conceito revela ainda mais? Resumindo, acreditamos que a intenção seja apenas um sinal ou um sintoma que primeiro requer uma explicação — um sinal; aliás, que possui muitas interpretações e, consequentemente, quase nenhum significado em si mesmo; essa moralidade, no sentido em se entende até agora, como "intenção-moralidade", tem sido um preconceito, talvez algo bem prematuro ou elementar; provavelmente algo do mesmo nível que a astrologia e a alquimia, mas que em qualquer caso é ponto que precisa ser superado. A superação da moralidade, em certo sentido até mesmo a automontagem dessa moralidade — seja esse o nome do trabalho há muito secreto que foi reservado para as consciências mais refinadas, mais retas e também as mais perversas de hoje, como pedras vivas de toque da alma.

- 33 -

É inevitável: o sentimento de rendição, de sacrifício pelo próximo, bem como toda abnegação, deve ser impiedosamente chamado a prestar contas e posto em julgamento; assim como a estética da "contemplação desinteressada", sob a qual, hoje, a insinuante emasculação da arte busca o suficiente para criar a si uma boa consciência. Há feitiço e mel demais nos sentimentos "pelos outros" e "não a mim", para que não se necessite ser bastante desconfiado aqui, e que se interpele prontamente: "Não seriam eles — tentações?" O fato de favorecer aquele que os possui, ou aquele que desfruta de seus frutos e ainda os meros espectadores — não é um argumento tão favorável, mas exige apurada cautela. Sejamos portanto, cautelosos!

- 34 -

Atualmente, independente do ponto de vista filosófico a que alguém possa nos conduzir, a coisa mais firme e mais certa sobre a qual nossos olhos podem pousar é o caráter errôneo deste mundo em que vivemos; e podemos encontrar inúmeras provas disso, e muitas delas nos atrairão, de bom grado, a suposições sobre princípios enganosos da "natureza das coisas".

Há, no entanto, quem torne o próprio pensamento e, consequentemente, "o espírito", responsável pela falsidade do mundo — esta é uma saída honrosa, da qual todo "*advocatus dei*" consciente ou inconsciente se vale — aquele que considera este mundo, incluindo o espaço, o tempo, a forma e o movimento, como falsamente dedutíveis; teria pelo menos uma boa razão ao final para se tornar desconfiado também de todo pensamento; não teria, até agora, nos pregado as piores trapaças? E que garantia daria de que não continuaria a fazer o que sempre fez? Com toda a seriedade, a inocência dos pensadores tem algo de comovente e inspirador de respeito, que ainda hoje permite que eles aguardem a consciência com um pedido de que ela lhes dê respostas sinceras: por exemplo, se é "real" ou não, por que mantém o mundo exterior tão resolutamente a distância, e ainda muitas outras questões com essa mesma discrição.

A crença em "certezas imediatas" é uma "infantilidade moral" que honra a nós, filósofos; mas, agora temos que deixar de ser homens "meramente morais"! Além da moralidade, esta crença é uma loucura que pouco nos honra!

Se na vida da classe média uma desconfiança sempre pronta é vista como sinal de "péssimo caráter" e, consequentemente, como uma imprudência; aqui entre nós, além do mundo da classe média e suas aprovações e reprovações, o que deveria nos impedir de ser imprudente e dizer: o filósofo tem finalmente um direito ao "baixo caráter", como o ser que até agora foi mais enganado na terra — ele agora está sob a obrigatoriedade da desconfiança, de desviar os olhos mais perversos de todo abismo de suspeita. Perdoem-me essa tosca piada sombria e a súbita mudança de expressão; pois eu mesmo há muito tempo aprendi a pensar e avaliar de maneira diferente o fato de enganar e ser enganado, e mantenho pelo menos alguns socos no estômago, prontos para a fúria cega com que os filósofos lutam para não serem enganados. Por que não? É nada mais do que um preconceito moral que a verdade valha mais que a aparência; e é, de fato, a pior suposição comprovada do mundo. Tanto deve ser concedido: não poderia ter existido nenhuma vida, exceto com base em estimativas de perspectiva e semelhanças; e se, com o entusiasmo virtuoso e a estupidez de muitos filósofos, alguém desejasse acabar totalmente com o "mundo aparente" — bem, desde que você possa fazer isso —, pelo menos nada de sua "verdade" permaneceria assim! Na verdade, o que é que nos obriga, em geral, a supor que há uma oposição de essências entre o "verdadeiro" e o "falso"? Não seria suficiente supor alguns graus de aparência e, diferentes valores, por assim dizer, tons mais claros ou mais escuros — como diriam os pintores! Por que o mundo que nos preocupa não poderia ser uma ficção? E a qualquer um que sugerisse: "Mas uma ficção pertence a um criador?" — não poderia ser respondido sem rodeios: Por quê? Não poderia este "pertencer" também ser obra da ficção? Por fim, não é permitido ser um pouco irônico em relação ao sujeito, assim como em relação ao predicado e ao objeto? Não poderia o filósofo elevar-se acima da crença na gramática? Todo respeito às governantas, mas não seria a hora da filosofia renunciar a esta fé das governantas?

- 35 -

Oh, Voltaire! Oh, humanidade! Oh, idiotice! Há coisas muito delicadas nesta "verdade" e nesta busca pela verdade; e se o homem o fizer de maneira muito humana — "*il ne cherche le vrai que pour faire le bien*"[20]; — aposto que não encontrará nada!

- 36 -

Supondo que mais nada possa ser "tido" como real, exceto o nosso mundo de desejos e paixões; não podemos afundar ou emergir para qualquer outra "realidade", mas apenas às de nossos impulsos — pois pensar é apenas a relação de um desses impulsos com outro. Não nos é permitido fazer essa tentativa e questionar se isso que é "dado" não igual, por meio de nossas contrapartes, não bastaria para a compreensão até mesmo do mundo chamado mecânico (ou "material")? Não me refiro a isso como uma ilusão, uma "aparência", uma "representação" (no sentido berkeleyano e schopenhaueriano), mas como tendo o mesmo grau de realidade que nossas próprias emoções — assim como uma forma mais primitiva deste mundo das emoções, em que tudo ainda está encerrado em uma unidade poderosa, que depois se ramifica e se desenvolve em processos orgânicos (naturalmente também, refina e debilita) — como uma espécie de vida instintiva em que todas as funções orgânicas, incluindo a autorregulação, a assimilação, a nutrição, a secreção e a mudança de matéria ainda estão sinteticamente unidas — como forma primária de vida? No final, não seria apenas permitido fazer essa tentativa, mas seria ordenado pela consciência do Método Lógico. Não se pode assumir vários tipos de causalidade, desde que a tentativa de conviver com uma única não tenha sido levada ao máximo (ao absurdo, se me permitem dizer): e essa é uma moralidade de método que não se pode repudiar hoje em dia — segue-se "de sua

20 Do francês: Só se busca a verdade para fazer o bem. (N. do T.)

definição", como dizem os matemáticos. A questão é, em última análise, se realmente reconhecemos a vontade como operante, se acreditamos na causalidade da vontade; se o fizermos — e se fundamentalmente nossa crença neste é apenas nossa crença na própria causalidade — devemos fazer a tentativa de postular hipoteticamente a causalidade da vontade como a única causalidade. A "vontade" pode operar naturalmente apenas em si mesma — e não na "matéria" (nos "nervos", como exemplo); em suma, a hipótese deve ser posta em risco, se a vontade não opera em si mesma onde quer que haja "efeitos" reconhecidos — e se toda essa ação mecânica, na medida em que um poder opera nele, não é apenas o poder da vontade, o efeito dessa vontade. Suponhamos, finalmente, que tivemos sucesso em explicar toda a nossa vida instintiva como o desenvolvimento e a ramificação de uma forma fundamental de vontade — a saber, a Vontade de Poder, como minha tese afirma; concedido que todas as funções orgânicas poderiam ser rastreadas até esta Vontade de Poder, e que a solução para o problema da geração e da nutrição — sendo um problema — também poderia ser encontrada ali: alguém teria, assim, adquirido o direito de definir toda a força ativa inequivocamente como sendo Vontade de Poder. O mundo visto de dentro, o mundo definido e designado de acordo com seu "caráter inteligível" — seria simplesmente a "Vontade de Poder" e nada mais.

- 37 -

"O quê? Isso não significaria na linguagem popular: "Deus é refutado, mas o Diabo não?" — Pelo contrário! Pelo contrário, meus amigos! E que diabos também lhes obrigam a falar popularmente!

- 38 -

Como aconteceu finalmente em todo o Iluminismo dos tempos modernos com a Revolução Francesa (esta terrível farsa, bastante supérflua quando analisada de perto, na qual, no entanto, os nobres e visionários espectadores de toda a Europa interpretaram a distância sua própria indignação e entusiasmo tão longa e apaixonadamente, até o texto desaparecer sob a interpretação), então toda uma nobre posteridade pode mais uma vez interpretar mal todo aquele passado, e apenas assim tornar suportável esse seu aspecto. — Ou melhor, isso já não aconteceu? Já não fomos nós mesmos — esta "nobre posteridade"? E, na medida em que agora compreendemos isso, não é — portanto, já passado?

- 39 -

Ninguém aprovará prontamente uma doutrina como verdadeira apenas porque torna as pessoas felizes ou virtuosas — exceto, talvez, os amáveis "idealistas", aqueles que são entusiastas do bom, do verdadeiro e do belo, e deixam todos os tipos de ideologias grosseiras, e desejos bem-humorados nadar promiscuamente em seu mar. Felicidade e virtude não são argumentos. No entanto, esquece-se de bom grado, que mesmo por parte de mentes pensantes, que tornar infeliz e fazer o mal são contra-argumentos igualmente insignificantes. Uma coisa poderia ser verdadeira, embora fosse prejudicial e perigosa em seu mais alto grau; em verdade, a constituição fundamental de uma existência pode ser tal que alguém sucumba apenas pelo conhecimento completo dela — assim que a força de uma mente pode ser medida pela quantidade de "verdade" que ela pode suportar — ou para falar mais claramente, pela extensão de verdade atenuada que ela requeira; verdade esta velada, adoçada, amortecida e falsificada. Mas não há dúvida de que, para a descoberta de certas porções da verdade, os ímpios e os infelizes estão mais favoravelmente situados e têm maior probabilidade de sucesso; para não falar dos ímpios que são felizes — uma espécie sobre quem os moralistas silenciam. Talvez a severidade e a habilidade sejam condições mais favoráveis ao desenvolvimento de espíritos e de filósofos fortes e independentes do que a natureza gentil, refinada e submissa; e o hábito de levar as coisas facilmente, elementos que são apreciados e corretamente apreciados em um homem erudito. Pressupondo sempre, para começar, que o termo "filósofo" não se limita ao filósofo que escreve livros, ou mesmo introduz sua filosofia a partir de livros! Stendhal fornece uma última característica deste retrato do filósofo de espírito livre — e mesmo que a despeito do gosto alemão, não deixarei de sublinhar — pois se opõe a este modelo. "*Pour être bon philosophe*", diz este último grande psicólogo, "*il faut être sec, clair, sans illusion. Un banquier, qui a fait fortune, a une partie du caractère requis pour faire des découvertes en philosophie, c'est-a-dire pour voir clair dans ce qui est.*" [21]

- 40 -

Tudo o que é profundo ama uma máscara: as coisas mais profundas odeiam até mesmo a figura e a semelhança. O reverso não deveria ser apenas um disfarce adequado a uma vergonha de um deus que se manifestasse?

21 Para ser um bom filósofo, há que ser claro, direto, sem utopias. Um banqueiro que alcançou fortuna traz parte do caráter indispensável para se fazer descobertas filosóficas, ou seja, para ver a clareza das coisas. (N. do T.)

Uma pergunta que se deve fazer! — não seria estranho se algum místico já não se aventurasse no mesmo tipo de coisa. Existem procedimentos de uma natureza tão delicada que convém subjugá-los com grosseria e torná-los irreconhecíveis; há atos de amor e de uma magnanimidade extravagante, após os quais nada pode ser mais sábio do que pegar um pedaço de pau e bater fortemente naquele que testemunha; e com isso obscurece-se sua memória. Muitos são capazes de obscurecer e abusar da própria memória, para, pelo menos, vingar-se desta única parte do segredo: esta vergonha é inventiva. Não são das piores coisas que mais nos envergonhamos; não existe apenas engano por trás de uma máscara — há muita bondade no perspicácia. Eu poderia imaginar que um homem que tenha algo importante e frágil a esconder, rolaria pela vida desajeitada e redondamente como um velho e pesado barril de vinho novo; o refinamento de sua vergonha exigiria que ele assim agisse. Um homem profundamente constrangido encontra seu destino e suas delicadas decisões por caminhos que poucos conhecem e cuja existência seus amigos mais íntimos e mais próximos certamente podem ignorar; o perigo mortal se esconde desta trilha, se esconde de seus olhos, bem como a sua segurança readiquirida. Esta natureza oculta, que instintivamente emprega a fala para silenciar e esconder, e é inesgotável nesta evasão de comunicação, deseja e insiste que uma máscara de si próprio ocupe seu lugar nos corações e nas cabeças de seus amigos; e supondo que ele não o deseje, seus olhos um dia se abrirão para o fato de que, apesar de tudo, há ali uma máscara dele — e que é bom que assim seja. Todo homem de espírito profundo precisa de uma máscara; mais ainda, em torno de cada um desses espíritos profundos cresce continuamente uma máscara, devido à constante falsidade, isto é, a interpretação superficial de cada palavra que ele pronuncia, de cada passo que dá, de cada sinal de vida que manifesta.

- 41 -

Deve-se sempre submeter-se às próprias provas, e mostrar que está destinado à independência e à liderança, bem como fazê-lo no momento certo. Não se deve evitar os próprios testes, embora eles constituam talvez o jogo mais perigoso que se pode jogar. Pois ao final estes testes podem ser aplicados apenas a nós mesmos, e diante de nenhum outro juiz. Para que não se apegue a nenhuma pessoa, mesmo à mais querida — cada pessoa deve ser vista como uma prisão e também um recesso. Não se apega a uma pátria, mesmo a mais sofrida e necessitada — é ainda menos difícil separar o coração de uma pátria vitoriosa. Não devemos nos apegar a uma simpatia, mesmo por homens superiores, em cuja tortura particular e desamparo o acaso nos permitiu um vislumbre. Não se deve apegar a uma ciência, embora alguém nos seduza com as mais valiosas descobertas, aparentemente reservadas especialmente para nós. Não se deve apegar à própria libertação, nem à distância voluptuosa e ao afastamento de um pássaro, que voa sempre mais longe para ver o outro sempre mais abaixo — este é o perigo do voador. Não devemos nos apegar às nossas próprias virtudes, nem nos tornarmos como vítimas de nenhuma das nossas especialidades; da nossa "hospitalidade" por exemplo, que é o perigo dos perigos para as almas muito desenvolvidas e muito ricas, que lidam de forma pródiga, quase indiferente consigo mesmas e empurram a virtude da liberalidade tão longe que isso se torna um vício. É preciso saber como preservar a si mesmo — este é o melhor teste de independência.

- 42 -

Eis que surge uma nova ordem de filósofos. Me arriscarei em batizá-los por um nome que não seja isento de perigo. Tanto quanto eu os entendo, tanto quanto eles se permitem ser compreendidos — pois é de sua natureza desejar permanecer como este enigma — esses filósofos do futuro podem com razão, embora talvez equivocadamente, reivindicar a designação de "tentadores". Afinal, esse nome em si reflete apenas uma tentativa ou, caso prefiram, uma tentação.

- 43 -

Seriam esses futuros filósofos os novos amigos da "verdade"? Muito provavelmente, pois até agora todos os filósofos amaram suas verdades. Mas certamente não serão dogmáticos! Isso deve ser avesso ao seu orgulho, e também contrário ao seu gosto, que sua verdade seja válida universalmente — que ela seja o desejo secreto e o propósito final de todos os esforços dogmáticos. Um filósofo vindouro certamente dirá: "Minha opinião é minha opinião; e outra pessoa não tem direito de acessá-la!" É preciso renunciar ao mau gosto de querer concordar com muita gente. O "excelente" não seria mais tão bom quando um vizinho o traz à boca. E como poderia haver um "bem comum"! A expressão se contradiz; o que é comum tem sempre pouco valor. Afinal, as coisas devem ser como são e sempre foram — as grandes coisas permanecem para os grandes, os abismos para os profundos, as delícias e emoções aos refinados e, para resumir, tudo o que é raro para os raros.

- 44 -

Preciso dizer expressamente depois de tudo isso que eles serão espíritos livres — excessivamente livres, esses filósofos do futuro — como certamente também não serão apenas espíritos livres, mas algo além, mais elevado, maior e fundamentalmente diferente. E o que não desejam é não serem mal compreendidos ou enganados? Mas enquanto digo isso, sinto-me sob uma obrigação quase tanto para eles quanto para nós mesmos (nós, espíritos livres, que somos seus arautos e precursores); temos a obrigação de varrer para longe de nós mesmos um velho e estúpido preconceito mal-entendido, que, como uma névoa, por muito tempo torna obscura a concepção de "espírito livre". Em todos os países da Europa, e o mesmo na América, há atualmente alguns que abusam desse nome, e é uma classe muito restrita, presunçosa e acorrentada de espíritos, que desejam quase o oposto do que nossas intenções e instintos sugerem — sem mencionar que com respeito aos novos filósofos que estão surgindo, eles se parecem ainda mais com janelas fechadas e portas aferrolhadas. Em resumo, e lamentavelmente, eles pertencem aos niveladores; e são erroneamente chamados de "espíritos livres" — mas são como escravos da língua e porta-vozes do gosto democrático com suas "ideias modernas" — todos eles são homens sem isolamento, sem solidão pessoal; são francos e honestos companheiros a quem nem coragem nem conduta honrada devem ser negadas. Eles somente não são verdadeiramente livres e são ridiculamente superficiais, especialmente em sua parcialidade inata para perceber a causa de quase toda a miséria humana e todo o fracasso das velhas formas de sociedade que ainda existem — uma noção que felizmente inverte inteiramente a verdade! O que eles almejam com todas as suas forças é a felicidade geral promovida por um verde pasto novo ao rebanho, e junto disso segurança, proteção, conforto e alívio da vida difícil a cada um. Suas duas canções e doutrinas mais frequentemente cantadas são chamadas de "Igualdade de Direitos" e "Simpatia aos Sofredores" — e o próprio sofrimento é considerado por eles como algo que deve ser eliminado. Nós, pelo contrário, porém, que abrimos nossos olhos e nossa consciência à questão de como e onde a planta "humana" cresceu até então com mais vigor, acreditamos que isso sempre ocorreu em condições adversas; e para isso a periculosidade de uma situação deve ser potencializada ao máximo, sua faculdade inventiva e seu poder dissimulador (seu "espírito") teve que se desenvolver em sutileza e ousadia sob intensa opressão e compulsão; e sua *Vontade de Vida* deve ser aumentada para a *Vontade de Poder Incondicional*. Acreditamos que a severidade, a violência, a escravidão, o perigo nas ruas e no coração; o segredo, o estoicismo, a arte do tentador e a diabrura humana — que tudo o que é mau, terrível, tirânico, predatório e serpentino no homem, também serve para a elevação da espécie humana como também seu oposto. E nem ainda dizemos já o suficiente quando afirmamos isto, e em qualquer caso nos encontramos aqui, tanto com nossa fala quanto com nosso silêncio; na outra extremidade de toda ideologia moderna e de grupos de conveniência, como seus antípodas, talvez? Não é excelente que nós, "espíritos livres", não sejamos exatamente os espíritos mais comunicativos? Que não desejamos mostrar, em todos os aspectos, as ameaças das quais um espírito pode se libertar, e para onde será então levado? E quanto à importância da fórmula perigosa, "*Além do Bem e do Mal*", com a qual pelo menos evitamos confusão, somos outra coisa do que "*libres-penseurs*", "*liben pensatori*", "*livres-pensadores*"; ou ainda quaisquer nomes que sejam os dados a estes honestos defensores das "ideias modernas". São moradores, ou pelo menos hóspedes, em muitos países do espírito, tendo escapado repetidas vezes dos recantos sombrios e agradáveis em que preferências e preconceitos, juventude, origem, acidentes humanos e livros; ou mesmo o cansaço da peregrinação parecia nos confinar, cheios de malícia contra as seduções da dependência que se esconde nas honrarias, no dinheiro, nos cargos ou na exaltação dos sentidos. Gratos até pelas angústias e vicissitudes da doença, porque sempre nos libertam de alguma regra, e seu "preconceito"; gratos a Deus, ao diabo; ovelhas ou vermes em nós; inquisidores até o ponto da crueldade, com dedos acusadores para o intangível; com dentes e estômagos aptos para os mais indigestos, prontos a quaisquer negócios que requeiram sagacidade e sentidos aguçados; prontos para qualquer aventura, devido a um excesso de "livre-arbítrio", com almas passadas e vindouras, cujas intenções finais seriam impossíveis suprir. Com primeiros passos e destinos finais os quais nenhum pé poderia correr; escondidos sob os mantos de luz; usurpadores, embora nos pareçamos herdeiros e perdulários, arranjadores e colecionadores durante todo o dia; avarentos de nossa riqueza e nossas gavetas abarrotadas; econômicos em aprender e esquecer; inventivos em nossas maquinações, e às vezes orgulhoso de nossas tabelas de categorias; às vezes somos pedantes; às vezes noctívagos do trabalho mesmo que seja dia pleno. Sim, se necessário, até espantalhos — e isto é necessário hoje em dia. Ou seja, na medida em que somos os amigos originais, juramos e temos ciúmes da solidão, dessa nossa profunda solidão da meia-noite e do meio-dia! Esse tipo de pessoa somos nós, espíritos livres! Vocês que estão chegando, novos filósofos, seriam vocês alguém do mesmo tipo? Novos filósofos!

CAPÍTULO III

O MODO RELIGIOSO

- 45 -

A alma humana e suas limitações; o alcance das experiências íntimas do homem até agora alcançadas, as alturas, profundidades e distâncias dessas experiências; toda a história desta alma até o tempo atual, e suas possibilidades ainda inesgotáveis; este é o domínio de caça preestabelecido a um psicólogo nato e amante de uma "grande caça". Mas quantas vezes ele dirá desesperadamente a si mesmo: "Um único indivíduo! Oh, apenas um único indivíduo! Um único caçador nesta grande floresta, nesta floresta virgem!" Então, ele desejaria ter centenas de assistentes de caça e cães bem treinados, que pudessem ser lançados para a história da alma humana, para assim conseguir sua caça. Em vão e repetidamente ele experimenta, de maneira profunda e amarga, como é difícil encontrar assistentes e cães de caça para todas as coisas que despertam diretamente sua curiosidade. O ruim de se enviar eruditos a novos e perigosos domínios de caça, onde coragem, sagacidade e sutileza em todos são necessários em todos os sentidos, é que eles podem não mais serem úteis quando a "grande caçada" e também o grande perigo tem início; e é justamente nesta hora que perdem os olhos atentos e o narizes aguçados. Para, por exemplo, adivinhar e determinar que tipo de história o problema do conhecimento e da consciência teve até agora nas almas dos *homines religiosi*[22]. Uma pessoa talvez devesse possuir uma experiência tão profunda, dolorida e tão imensa quanto a consciência intelectual de Pascal; e ele ainda assim exigiria um céu límpido de espiritualidade clara e maliciosa, que, de cima, seria capaz de supervisionar, organizar e formular com eficácia essa gama de experiências perigosas e dolorosas. Mas quem poderia me prestar esse serviço? E quem teria tempo para esperar por tais servos? — eles evidentemente muito raramente aparecem; são muito improváveis o tempo

22 Do latim: Homens religiosos. (N. do R.)

todo! Enfim, deve-se fazer tudo por si mesmo para se ter informações; o que significa que há muito o que fazer! Mas uma curiosidade como a minha é de uma vez por todas o mais agradável dos vícios — me perdoem! Quero dizer que o amor à verdade tem sua recompensa no céu, mas também já mesmo na terra.

- 46 -

A fé, tal como o Cristianismo primitivo desejava, e não raramente alcançou em um mundo cético e de espíritos livres, que teve séculos de luta entre escolas filosóficas em seus bastidores, contando, além da educação, com uma tolerância que o Império Romano teve. — Esta fé não é aquela fé sincera e austera de um escravo, pela qual talvez um Lutero ou um Cromwell, ou algum outro bárbaro do norte tenha se apegado ao espírito de seu Deus e ao Cristianismo; é muito mais a fé de Pascal, que se assemelha de maneira terrível, a um contínuo suicídio da razão — uma razão dura, perene; semelhante a um verme que não pode ser morto de uma vez por um único golpe. A fé cristã, desde o início, é o sacrifício de toda a liberdade, todo orgulho, toda autoconfiança de espírito; e é ao mesmo tempo, sujeição, autodesprezo e automutilação. Há crueldade e fenicismo religioso nesta fé, que se adapta a uma consciência terna, multifacetada e muito exigente, e dá por certo que a sujeição do espírito é indescritivelmente dolorosa; que todo o passado e todos os hábitos deste tal espírito resiste ao absurdíssimo, sob a forma com a qual chega até ele a "fé". Os homens modernos, com sua obtusidade em relação a toda nomenclatura cristã, não têm percepção para a terrível ideia superlativa que implícita está em um antigo gosto pelo paradoxo da fórmula "Deus na Cruz". Até então nunca houve e em nenhum lugar haverá tamanha ousadia nesta inversão; nem nada ao mesmo tempo é tão terrível, questionador e duvidoso como esta fórmula. Fórmula que prometia uma transvalorização de todos os valores antigos — era o Oriente, o Oriente Profundo, era o escravo oriental que assim se vingou de Roma e sua tolerância nobre e leviana, do "catolicismo" romano da fé, e nunca foi a fé, mas a liberdade em relação à fé, a indiferença semiestoica e sorridente para com essa seriedade da fé, que indignava os escravos com seus senhores e se revoltava contra eles. A "iluminação" causa revolta, pois o escravo deseja o incondicional, e só entende o tirânico, mesmo na moral, ele ama assim como odeia, sem nuances, até as profundezas, ao ponto da dor, ao ponto da doença. Seus muitos sofrimentos ocultos o fazem se revoltar contra o gosto nobre que parece negar este sofrimento. O ceticismo em relação ao sofrimento, é fundamentalmente apenas uma atitude de moralidade aristocrática. E não foi também a menor das causas da última grande insurreição escrava iniciada com a Revolução Francesa.

- 47 -

Onde quer que, até agora, a neurose religiosa tenha aparecido na terra, nós a encontramos conectada com três prescrições perigosas quanto ao regime: a solidão, o jejum e a abstinência sexual — mas sem a possibilidade de determinar com exatidão qual é a causa e qual é o efeito, ou se há qualquer relação de causa e efeito nisto. Esta última dúvida é justificada pelo fato de que a sensualidade repentina e mesmo excessiva é um dos sintomas mais regulares entre os povos selvagens ou mesmo entre povos civilizados; e isto com tamanha rapidez se transforma em paroxismos penitenciais, renúncia ao mundo e, renúncia à vontade. Ambos os sintomas podem ser explicados como epilepsia disfarçada? Mas em nenhum outro lugar é obrigatório abdicar das explicações sobre um outro tipo que cresceu bastante em absurdos e superstições; nenhum outro tipo parece atrair mais interesse aos homens e até mesmo aos filósofos — talvez seja hora de se tornar apenas um pouco indiferente aqui; para aprender a ser cuidadoso, ou, melhor ainda; para olhar em outra direção, para se afastar. No entanto, no cenário atual da filosofia, em Schopenhauer, encontramos o problema quase em si mesmo. Este terrível sinal de interrogação sobre a crise religiosa e o despertar. Como seria possível a negação da vontade? Como a santidade seria possível? — e essa parece ter sido a própria questão com a qual Schopenhauer começou e se tornou um filósofo. Portanto, essa foi uma consequência genuína de Schopenhauer, que seu mais convicto adepto (talvez também o último, pelo menos na Alemanha); a saber, Richard Wagner, encerrasse seu trabalho de vida exatamente aqui, e finalmente colocasse em cena aquele eterno e terrível tipo, como Kundry, um tipo *vécu*; em realidade, em carne e osso. Numa mesma época em que os psiquiatras malucos, em quase todos os países europeus, tiveram a oportunidade de estudar aquele tipo de perto, onde quer que essa neurose religiosa — ou como eu chamo, "o clima religioso" — que produziu seu mais recente surto epidêmico e se exibe como sendo o "Exército de Salvação". Há entretanto uma questão; quanto ao que se acha mais interessante a homens de todos os tipos e todas as épocas, e mesmo para os filósofos, em todo o fenômeno sagrado, é sem dúvida a aparência do efeito milagroso — ou seja, a imediata sucessão de opostos, de estados da alma considerados moralmente antitéticos: acreditava-se aqui na possibilidade de um "homem mau" se tornar imediatamente um "homem santo", um bom homem. Toda a psicologia existente foi dinamitada neste ponto; e não seria possível que pudesse ter acontecido principalmente porque a psicologia se colocou sob o domínio da moral; porque ela acredita em oposições de valores morais, e viu, leu e interpretou essas oposições no texto e fatos do caso? O quê? O "Milagre" seria apenas um erro de interpretação? Faltou conhecimento filológico?

- 48 -

Nos parece que as raças latinas estão muito mais profundamente ligadas ao seu Catolicismo do que nós, os nortistas europeus, ao nosso Cristianismo em geral; e que, consequentemente, a descrença nos países católicos significa algo muito diferente do que significaria entre os protestantes, ou seja, uma espécie de revolta contra os espírito da raça, enquanto que para nós seria antes um retorno ao espírito (ou "não-espírito") da raça. Nós, nortistas, sem dúvida derivamos nossa origem de raças bárbaras, mesmo no que diz respeito aos nossos talentos para a religião — temos parcos talentos para isso. Pode-se abrir uma exceção no caso dos celtas, que até então forneceram também o melhor solo para essa infecção cristã no Norte. O ideal cristão floresceu na França tanto quanto o sol pálido do norte o permitiu. Como esses céticos franceses posteriores ainda são piedosos para o nosso gosto, pois há muito sangue celta em sua origem! Quão católica, e quão antigermânica nos parece a Sociologia de Auguste Comte com a lógica romana de seus instintos! Como é jesuíta aquele amável e astuto Cícero de Port Royal, Saint-Beuve, apesar de toda a sua hostilidade para com os próprios jesuítas! E até Ernest Renan! Quão inacessível é para nós, nortistas, a linguagem desse tal Renan; linguagem em que, a cada instante, um mero toque de emoção religiosa desequilibra a sua alma refinada, voluptuosa e confortavelmente acomodada! Vamos repetir com ele essas belas frases; — e a maldade e arrogância são imediatamente despertadas por meio da resposta de nossas almas; ... provavelmente soarão menos belas, porém, mais duras em nossas almas severamente alemãs!

— *"Disons donc hardiment que la religion est un produit de l'homme normal, que l'homme est le plus dans le vrai quant il est le plus religieux et le plus assuré d'une destiné infinie .... C'est quand il est bon qu'il veut que la vertu corresponde à un order éternal, c'est quand il contemple les choses d'une maniére désintéresée qu'il trouve la mort révoltante et absurde. Comment ne pas supposer que c'est dans ces moments-là, que l'homme voit le mieux?...*"[23]

Estas frases são tão contraditórias aos meus ouvidos e hábitos de pensamento, que no meu primeiro impulso de raiva ao encontrá-las, escrevi na margem, "*La niaiserie religieuse par excellence!*"[24] — até que mais tarde, da raiva me apaixonei por elas; por essas frases com a verdade toscamente invertida! É tão bom e tão distinto ter nossas próprias contradições!

- 49 -

O que é mais surpreendente na vida religiosa dos gregos antigos é a irrestrita torrente de gratidão que ela derrama — é um tipo de homem muito superior que assim se posiciona em relação à natureza e à vida. Mais tarde, quando o povo chegou a novos patamares na Grécia, o medo tomou conta também da religião; nisto o Cristianismo já estava se apresentando.

- 50 -

Na paixão por Deus: há tipos rudes, de coração honesto e importuno, como Lutero — todo o protestantismo carece da delicadeza latina. Mas há também uma exaltação mental oriental nisso, como a de um escravo que recebe favores e vantagens indevidas, como é o caso de Santo Agostinho, por exemplo. Ele carece, de maneira ofensiva, de toda nobreza de comportamentos e desejos. Há nele uma ternura e uma sensualidade femininas, que modesta e inconscientemente anseia por uma *unio mystica et physica*[25], como no caso de Madame de Guyon. Em muitos casos, parece, curiosamente, o disfarce da puberdade de uma adolescente, de um jovem; aqui e ali isto até se assemelha à histeria de uma solteirona, mas também com sua última ambição. A Igreja frequentemente canonizou a mulher em tais casos.

- 51 -

Até agora, os homens mais poderosos sempre se curvaram reverentemente diante do sagrado; como um enigma da sujeição e da privação voluntária e absoluta — por que eles se curvaram assim? Eles pressentiam — e digamos, por trás da questionável aparência de fragilidade e miséria — uma força superior que desejava ser testada por tal subjugação; a força de vontade, na qual reco-

---

23 Digamos corajosamente que a religião é uma característica do homem médio; e este homem é mais verdadeiro quanto mais é religioso e mais seguro de um destino eterno. É quando ele está em seu melhor que ele deseja que esta virtude se eternize; é quando ele tem bons olhos, olhos desprendidos, e aí sente que a morte é revoltante e absurda. Como, nestes momentos, não imaginar que o homem enxerga melhor? (N. do T.)

24 Do francês: A idiotice religiosa por excelência! (N. do T.)

25 Do latim: união mística e física. (N. do R.)

nheceram a própria força e o amor ao poder e souberam honrá-lo. Honraram algo em si mesmos quando honraram o sagrado. Além disso, a contemplação do sagrado sugeria-lhes uma suspeita: tal enormidade de abnegação e antinaturalidade não teria sido cobiçada à toa — disseram eles, se perguntando. Talvez houvesse uma razão para isso, algum perigo maior, sobre o qual o asceta pudesse desejar ser informado com mais precisão por seus interlocutores e visitantes secretos? Em resumo, os poderosos do mundo aprenderam a ter um novo medo diante de si mesmos, adivinharam um novo poder, um estranho inimigo, ainda não conquistado: — foi a "Vontade de Poder" que os obrigou a se paralisarem diante do sagrado. Eles precisavam interrogá-lo.

- 52 -

No *Antigo Testamento* judaico, no livro da lei divina, há homens, coisas e ditos em uma escala tão elevada, que mesmo a literatura grega e indiana não tem nada que se compare a ela. Fica-se com medo e reverência diante daqueles estupendos restos do que o homem fora outrora; e se tem pensamentos tristes sobre a velha Ásia e sua pequena península empurrada para fora da Europa, que gostaria, por todos os meios, de figurar diante da Ásia como o "*Progresso da Humanidade*." Certamente, que não passam de animais domésticos esguios e domesticados, e conhecem apenas as necessidades desses animais (como nosso povo culto de hoje, incluindo os cristãos do Cristianismo "culto"), não há motivos para se surpreender nem mesmo se maravilhar em meio a essas ruínas tristes — o gosto pelo *Antigo Testamento* é uma pedra de toque no que diz respeito a "grande" e "pequeno". Talvez ele descubra que o *Novo Testamento*, o livro da graça, apela ainda mais ao seu coração (há muito cheiro de perfume adocicado, cheiro de ternas e estúpidas almas mesquinhas). Ter unido este *Novo Testamento* (que é uma espécie de Rococó de preferências em todos os sentidos) ao *Antigo Testamento* em um livro, como a "*Bíblia*", como sendo "*O Livro em si*", é talvez a maior audácia e maior "pecado contra o Espírito" que a Europa literária traz sobre a sua consciência.

- 53 -

Por que o ateísmo atualmente? "O pai" na figura de Deus está totalmente refutado; igualmente "o juiz", "o recompensador". Também o seu "livre-arbítrio": ele não ouve — e mesmo que ouvisse, não saberia como ajudar. O pior é que ele parece incapaz de se comunicar com clareza. Seria obscuro? Minha conclusão é essa (questionando e ouvindo várias conversas), que essa é a causa do declínio do teísmo europeu; parece-me que embora o instinto religioso esteja em vigoroso crescimento, ele rejeita a satisfação teísta com profunda desconfiança.

- 54 -

No fundo, o que faz a filosofia moderna? Desde Descartes — e na verdade é mais um desafio contra ele do que contra as bases de seu procedimento; um atentado vem sendo feito por todos os filósofos sobre a velha concepção da alma, sob o pretexto de crítica da concepção do sujeito e do predicado — ou seja, é um atentado contra a base essencial da doutrina cristã. A filosofia moderna, como o ceticismo epistemológico, é revelada ou abertamente anticristã, embora (para ouvidos mais atentos, digamos) de forma alguma definida como antirreligiosa. Anteriormente, com efeito, acreditava-se na "alma" como se acreditava na gramática e no sujeito gramatical: alguém dizia: o "Eu" é a condição, o "pensar" é o predicado e está condicionado — pensar é uma atividade para a qual deve-se supor um assunto como causa. Tentou-se então, com tenacidade e sutileza maravilhosas, ver se não se poderia sair dessa rede — ver se o oposto talvez não fosse verdade: "pense" é a condição e "eu" é o condicionado; o "Eu", portanto, é apenas uma síntese que foi criada pelo próprio pensamento. Kant realmente desejava provar que, partindo do próprio sujeito, este (sujeito) não poderia ser provado — e nem o objeto; a possibilidade de uma existência aparente do sujeito e, portanto, da "alma", pode nem sempre ter causado estranhamento a ele — como o pensamento Vedanta, que já teve um considerável poder na terra.

- 55 -

Há uma grande escada de crueldades religiosas, e ela tem muitos segmentos, mas três deles são tidos como mais importantes. Certa vez os homens sacrificaram seres humanos a seu Deus; e muitas vezes eram sacrificados aqueles que mais amavam. A esta categoria pertencem os primeiros sacrifícios de primogênitos em todas as religiões primitivas, e também o sacrifício do Imperador Tibério, na Gruta de Mitra, na Ilha de Capri, o mais terrível de todos os anacronismos romanos. Daí, durante a época moral da humanidade, eles sacrificaram a seu Deus os instintos mais fortes que possuíam, ou seja, sua "natureza". Essa alegria festiva brilha nos olhares cruéis dos ascetas e dos fanáticos "antinaturais". Finalmente, o que ainda faltava ser sacrificado? Não foi necessário, no final, que os homens sacrificassem tudo que é consolador, sagrado, curador; toda esperança, toda fé em harmonias ocultas, nas bem-aventurança e justiça futuras? Não era necessário sacrificar o próprio Deus e, por crueldade para consigo mesmos, venerar a pedra, a estupidez, a gravidade, o destino, o nada? Sacrificar Deus por nada — este mistério paradoxal da crueldade final foi reservado para a nova geração iminente; e todos nós já sabemos algo sobre isso.

- 56 -

Quem quer que, como eu, movido por algum desejo enigmático, há muito se esforça para descobrir a fundo a questão do pessimismo e libertá-lo da estreiteza e estupidez meio cristã, meio alemã com que se apresenta a este século, ou seja, no formato filosófico de Schopenhauer. Quem quer que, com uma percepção asiática e superasiática, tenha realmente olhado o interior e para o que mais renuncia ao mundo todos os modos de pensar possíveis — além do bem e do mal, e não mais como Buda e Schopenhauer, sob o domínio e ilusão da moralidade. Quem quer que tenha feito isso, talvez tenha assim, sem realmente desejá-lo, aberto os olhos para ver o ideal oposto: o ideal do homem mais aprovador do mundo, exuberante e vivaz, que não apenas aprendeu a se comprometer e organizar com o que foi e o que é; mas deseja tê-lo de novo como era e como é; por toda a eternidade, invocando insaciavelmente "da capo" (início), não apenas para si mesmo, mas para cada ato e cena; toda a obra e não apenas uma peça; para aquele que realmente a requer — e a torna necessária; porque ele sempre se requer novamente — e se torna necessário. O quê? E isso não seria — *circulus vitiosus deus*?[26]

- 57 -

A distância, e por assim dizer, o espaço ao redor do homem, aumenta com o fortalecimento de sua visão intelectual e seu discernimento; seu mundo se torna mais profundo; novas estrelas, novos enigmas e noções sempre surgirão. Talvez tudo em que o olho intelectual exerceu sua agudeza e profundidade tenha sido apenas uma ocasião para sua atuação, algo como um jogo, algo para crianças ou para mentes infantis. Talvez as concepções mais solenes, aquelas que causaram mais lutas e muito sofrimento, as concepções de "Deus" e de "pecado", um dia não nos parecerão mais importantes que um brinquedo de criança ou a dor de uma criança aos olhos de um homem velho; talvez outro brinquedo e outra dor sejam então necessários mais uma vez para esse "velho" — mas sempre infantil o suficiente, uma eterna criança!

26 Em tradução livre do latim: O círculo vicioso divino. É uma expressão usada por Nietzsche para argumentar que a repetitividade cíclica é a essência do ser, em vez de um Deus onipotente. (N. do R.)

- 58 -

Foi observado até que ponto a ociosidade externa, ou semiociosidade, é necessária para uma vida verdadeiramente religiosa (tanto por seu minucioso trabalho preferido de autoexame, quanto por sua suave placidez chamada "oração" — estado de perpétua prontidão para a "vinda de Deus"). Quero dizer a ociosidade com uma boa consciência, a ociosidade dos tempos antigos e de sangue, à qual o sentimento aristocrático de que o trabalho está irreconhecível — que vulgariza o corpo e a alma — não é totalmente estranho? E que, consequentemente, a laboriosidade moderna, barulhenta, absorvente do tempo, presunçosa e tolamente orgulhosa educa e prepara para a "descrença" mais do que qualquer outra coisa? Como exemplo entre esses que atualmente vivem na Alemanha, separados da religião, encontro "livres-pensadores" de espécies e origens diversas; mas acima de tudo a maioria daqueles em quem o trabalho de geração em geração dissolveu os instintos religiosos; de modo que eles não sabem mais a que propósito as religiões servem, e apenas notam sua existência no mundo com uma espécie de espanto estúpido. Essa boa gente se sente ocupada demais; seja pelos negócios, pelos prazeres, sem falar na "Pátria", nos noticiários, nos "deveres familiares"; parece que eles não gastam mais seu tempo para a religião e, acima de tudo, não é óbvio para eles se se trata de um novo negócio ou de um novo prazer — pois é impossível, eles dizem a si mesmos, que as pessoas devam ir à igreja apenas para estragar seu bom temperamento. Eles não são de forma alguma inimigos dos costumes religiosos; se certas circunstâncias, talvez os assuntos de Estado, exigissem sua participação em tais costumes, eles fariam o que fosse necessário, como tantas coisas são feitas — com seriedade paciente e despretensiosa, e sem muita curiosidade ou desconforto — eles vivem à margem, e por fora de entender até mesmo a necessidade de um pró ou contra em tais assuntos. Entre essas pessoas indiferentes pode-se contar hoje em dia a maioria dos protestantes alemães das classes médias; especialmente nos grandes centros trabalhistas de comércio e ofícios; também a maioria dos trabalhadores eruditos, e todo o pessoal da Universidade (com exceção dos teólogos, cuja existência e possibilidade sempre dá aos psicólogos novos e mais sutis quebra-cabeças a serem resolvidos). Por parte das pessoas piedosas, ou meramente frequentadoras da igreja, raramente há qualquer ideia de quanta boa vontade, ou pode-se dizer voluntariedade, seria necessária para um erudito alemão levar a sério o problema da religião. Toda a sua profissão (e como eu disse, todo o seu duro trabalho, ao qual ele é compelido por sua consciência moderna) o inclina para uma serenidade elevada e quase caridosa no que diz respeito à religião, com a qual é ocasionalmente misturado um ligeiro desdém pela “impureza” de espírito que ele considera natural onde quer que alguém ainda professe pertencer à Igreja. É apenas com a ajuda da história (nunca através de sua própria experiência pessoal, portanto) que o estudioso consegue trazer a uma seriedade respeitosa e a uma certa deferência tímida diante das religiões. Mas mesmo quando seus sentimentos alcançaram o estágio de gratidão para com eles, ele pessoalmente não avançou um passo sequer para perto daquilo que ainda se mantém como Igreja ou como piedade; talvez até o contrário. A indiferença prática às questões religiosas no meio das quais ele nasceu e foi criado, geralmente se sublima em seu caso em circunspecção e limpeza; pois evita o contato com homens e coisas religiosas; e pode ser apenas a profundidade de sua tolerância e humanidade que o leva a evitar os problemas delicados que a própria tolerância traz consigo. Cada época tem seu próprio tipo de ingenuidade divina, cuja descoberta outras épocas podem invejar. Quanta ingenuidade — ingenuidade adorável, infantil e infinitamente tola está envolvida nesta crença do erudito em sua superioridade, na boa consciência de sua tolerância, na certeza simples e desavisada com que seu instinto trata o homem religioso como um homem inferior e tipo menos valioso. Homens abaixo de sua meta, homens aos quais ele próprio superou. O pequeno anão arrogante e presunçoso, o ágil e sagaz trabalhador “braçal-mental” a servir as “ideias”, “ideias modernas”!

- 59 -

Quem analisa profundamente o mundo, sem dúvida descobre a sabedoria que existe no fato de os homens serem superficiais. É seu instinto conservador que os ensina a ser volúveis, leves e falsos. Aqui e ali se encontra uma adoração apaixonada e exagerada das “formas puras” tanto nos filósofos quanto nos artistas. Não há dúvida de que quem tem necessidade do culto ao superficial a tal ponto, em um momento ou outro fez um mergulho azarado abaixo de si. Talvez haja até uma ordem de classificação com respeito a essas crianças queimadas, os artistas natos que encontram o prazer da vida apenas tentando falsificar sua imagem (como se se vingando de forma cansativa dela), pode-se adivinhar até que ponto a vida os desgostou, na medida em que desejam ver sua imagem falsificada, atenuada, elevada e deificada. Pode -se considerar os *homines religiosi* entre os artistas, como sua classificação mais elevada. É o medo profundo e suspeito de um pessimismo incurável que obriga séculos inteiros a cerrar os dentes em uma interpretação religiosa da existência: o medo do instinto que adivinha que a verdade possa ser alcançada em breve, antes que o homem se torne forte o suficiente, bastante artístico... A piedade, a "Vida em Deus", considerada sob este prisma, pareceria o mais elaborado e último produto do "Medo da Verdade", como adoração e embriaguez de artistas na presença das mais lógicos de todas as falsificações, como a "vontade de inversão da verdade", ou inverdade a qualquer preço. Talvez até agora não tenha havido meio mais eficaz de embelezar o homem do que a piedade, por meio dela o homem pode se tornar tão astuto, tão superficial, tão iridescente e tão bom, que sua aparência não ofende mais nossos olhares.

- 60 -

Amar aos homens por amor a Deus — este tem sido até agora o sentimento mais nobre e distante que a humanidade alcançou. Esse amor à humanidade, sem qualquer intenção redentora ao fundo, é apenas uma loucura e brutalidade a mais; que a inclinação a este amor deva primeiro obter sua retribuição, sua delicadeza, seu grama de sal e sua gotícula de âmbar de uma inclinação superior — quem primeiro notou e "experimentou" isso, por mais que sua língua tenha gaguejado ao tentar expressar um assunto tão delicado, que seja para sempre santo e respeitado, como o homem que voou mais alto e se extraviou no melhor modo!

- 61 -

O filósofo como nós, os espíritos livres o entendemos como o homem da maior responsabilidade, que tem a consciência para o desenvolvimento geral da humanidade — usará a religião para seu trabalho disciplinar e para educar, assim como usará a política contemporânea e condições econômicas. A influência seletora e disciplinadora — destrutiva, bem como criativa e modeladora — que pode ser exercida por meio da religião é múltipla e variada, de acordo com o tipo de pessoa sob seu feitiço e proteção. Para aqueles que são fortes e independentes, destinados e treinados para comandar, nos quais o julgamento e a habilidade de uma raça dominante estão incorporados, a religião é um meio adicional para superar a resistência no exercício da autoridade — como um vínculo que une governantes e súditos em comum, traindo e rendendo ao primeiro a consciência do último, o seu íntimo do coração, que de bom grado escaparia à obediência. E no caso das naturezas únicas de origem nobre, se em virtude da espiritualidade superior eles deveriam se inclinar para uma vida mais retirada e contemplativa, reservando para si apenas as formas mais refinadas de governo (sobre discípulos escolhidos ou membros de uma ordem), a própria religião pode ser usada como um meio para se obter paz do barulho e dos problemas em administrar os assuntos grosseiros, e para assegurar imunidade na inesgotável imundície de toda a agitação política. Os Brâmanes, por exemplo, entenderam bem esse fato. Com a ajuda de uma organização religiosa, eles asseguraram para si mesmos o poder de nomear reis ao povo, enquanto seus sentimentos os levaram a se manter separados e à margem, como homens com uma missão superior e suprarreais. Ao mesmo tempo, a religião dá incentivo e oportunidade a alguns dos súditos para se qualificarem a governar e comandar no futuro as fileiras e classes que ascendem lentamente, nas quais, por meio de afortunados costumes de casamento, o poder volitivo e o prazer no autocontrole estão aumentando. Para eles, a religião oferece incentivos e tentações suficientes para se aspirar uma intelectualidade superior e experimentar os sentimentos de autocontrole autorizado, de silêncio e de solidão. Ascetismo e puritanismo são meios quase indispensáveis para educar e enobrecer uma raça que busca elevar-se acima de sua baixeza hereditária e trabalhar para cima, rumo à supremacia futura. E, finalmente, para os homens comuns, para a maioria das pessoas, que existem para o serviço e utilidade geral, e só até agora têm o direito de existir, a religião dá um contentamento inestimável com sua sorte e condição, paz do coração, enobrecimento de obediência, adicional felicidade social e simpatia, junto a algo como transfiguração e embelezamento, algo de justificação de toda a banalidade, toda mesquinhez, toda pobreza semianimal de suas almas. A religião, juntamente com o significado religioso da vida, irradia luz do sol sobre esses homens perpetuamente atormentados e torna-os suportáveis a si mesmos, opera sobre eles como a filosofia epicurista geralmente opera sobre os sofredores de uma ordem superior; de uma maneira refrescante e refinada, quase mudando o sofrimento em prazer, e ao final até santificando e reivindicando essa santificação. Talvez não haja nada tão admirável no Cristianismo e no Budismo como sua arte de ensinar até mesmo aos mais baixos a se elevarem pela piedade a uma ordem aparentemente superior de coisas e, assim, conter sua satisfação com o mundo real em que acham difícil viver — esta dificuldade é mesmo muito necessária.

- 62 -

Para se ter certeza, precisamos fazer também o balanço contra tais religiões e trazer à luz seus perigos ocultos — o custo é sempre terrível e excessivo quando estas religiões não operam como um meio educacional e disciplinar nas mãos de filósofos, mas governam voluntariamente e soberanamente, quando desejam ser o objetivo final, e não um meio junto a outros meios. Entre os homens, como entre todos os outros animais, há um excedente de indivíduos defeituosos, enfermos, degenerados, enfermos e necessariamente sofredores; os casos de sucesso, também entre os homens, são sempre uma exceção; e em vista do fato de que o homem é um "animal ainda inadaptado ao seu ambiente", raras exceções. Mas pior ainda! Quanto mais alto o tipo que este homem representa, maior é a impossibilidade que ele tenha sucesso; o acidental, a lei da irracionalidade na constituição geral da humanidade, manifesta-se terrivelmente em seu efeito destrutivo sobre as ordens superiores dos homens, cujas condições de vida são delicadas, diversas e difíceis de determinar. Qual é, então, a atitude das duas maiores religiões acima mencionadas para o aumento de fracassos na vida? Elas se esforçam para preservar e manter vivo tudo o que pode ser preservado; de fato, como religiões para sofredores, muitos deles participam delas por princípio; estão sempre a favor de quem sofre na vida como uma doença, e gostam de tratar qualquer outra experiência da vida como falsa e impossível. Por mais que possamos estimar este cuidado indulgente e conservador (visto que se aplica aos outros, ele também se aplica ao tipo de homem mais elevado, que geralmente é mais sofredor), as religiões que são soberanas até então — para dar uma visão geral delas — estão entre as principais causas que mantiveram o "homem" em um nível inferior — eles preservaram muito daquilo que deveria ter perecido. É preciso agradecê-los por serviços inestimáveis; e quem seria suficientemente rico em gratidão para não se sentir pobre na contemplação de tudo o que os "homens espirituais" do Cristianismo fizeram pela Europa até agora? Mas quando eles deram conforto aos sofredores, coragem aos oprimidos e desesperados, um cajado e apoio aos desamparados, e quando eles atraíram da sociedade para os conventos e penitenciárias espirituais os corações partidos e distraídos: o que mais eles tinham que fazer para trabalhar assim sistematicamente e com boa consciência pela preservação de todos os enfermos e sofredores? O que significa, de fato e de verdade, trabalhar pela deterioração da raça europeia? Reverter todas as estimativas de valor — isso é o que eles tiveram que fazer! E para quebrar o forte, para estragar grandes esperanças, para lançar suspeitas sobre o deleite na beleza, para quebrar tudo o que é autônomo, viril, conquistador e imperioso — todos os instintos que são naturais ao tipo mais elevado e bem-sucedido de "homem" — em incerteza, angústia de consciência e autodestruição. Em verdade, inverter todo o amor pelo terreno e pela supremacia sobre a terra em ódio pela terra e pelas coisas terrenas. Essa é a tarefa que a Igreja se impôs e foi obrigada a impor a outros, até que, de acordo com seu padrão de valor, "falta de mundanismo", "insensatez" e "homem superior" fossem fundidos em um único sentimento. Se alguém pudesse observar essa comédia estranhamente dolorosa, igualmente grosseira e refinada do Cristianismo europeu com o olhar zombeteiro e imparcial de um deus epicurista, eu pensaria que nunca cessaria de se maravilhar e rir. Não parece realmente que uma única vontade governou a Europa durante dezoito séculos para fazer um sublime aborto do homem? Aquele, no entanto, que, com exigências opostas (não mais epicuristas) e com algum martelo divino na mão, pudesse se aproximar dessa degeneração quase voluntária e atrofiamento da humanidade, como exemplificado no cristão europeu (Pascal é um exemplo); não me levaria a gritar alto de raiva, piedade e horror: "Oh, seus trapalhões, trapaceiros presunçosos e lamentáveis, o que vocês fizeram?! Foi esse um trabalho para suas mãos? Como vocês cortaram e estragaram minha melhor pedra! O que vocês presumem fazer!" Devo dizer que o Cristianismo tem sido até agora a mais portentosa dessas presunções. Homens, não grandes nem fortes o suficiente para serem intitulados como artistas a tomar parte na formação do homem! Homens, não suficientemente fortes e perspicazes para permitir, com um sublime autocontrole, a lei óbvia dos mil e mais fracassos e perecimentos para prevalecer! Homens, não suficientemente nobres para ver os graus, intervalos e posições radicalmente diferentes que separam o homem do homem! Assim, os homens, com sua "igualdade perante Deus", até agora têm influenciado o destino da Europa; até que por fim se produziu uma espécie anã, quase ridícula, um animal gregário, algo amável, doentio, medíocre, como o europeu de hoje.

CAPÍTULO IV

AFORISMOS E INTERLÚDIOS

- 63 -

Aquele que é um professor por excelência considera muito a sério todas as coisas relacionadas aos seus alunos, inclusive a si próprio.

- 64 -

"Conhecimento pelo próprio conhecimento!" — esta é a última armadilha lançada pela moralidade; assim estamos, mais uma vez, completamente emaranhados na moral.

- 65 -

O encanto do conhecimento seria pequeno, se não houvesse tanta vergonha a ser superada no caminho até ele.

- 65A -

Somos muito desonrosos contra nosso Deus; a ele não é permitido pecar.

- 66 -

A tendência de uma pessoa de se permitir ser degradada, roubada, enganada e explorada pode ser o pudor de um Deus entre os homens.

- 67 -

Amar um único ser é uma barbárie; pois este seria exercido à custa de todos os outros. Também o é o amor a Deus!

- 68 -

"Eu cometi isso!" — diz minha memória. "Eu não poderia ter feito assim!" — diz meu orgulho, e continua inexorável. Eventualmente — a memória cede.

- 69 -

Alguém, sem cuidado, considerou a vida; caso não tenha conseguido ver a mão que mata com clemência.

- 70 -

Se um homem tem caráter, ele também tem sua experiência típica que sempre se repete.

- 71 -

O sábio como astrônomo. Enquanto você sentir as estrelas como um "superior a você", você não terá o olhar de quem tem conhecimento.

- 72 -

Não é a força, mas a duração dos grandes sentimentos que forma os grandes homens.

- 73 -

Aquele que atinge seu ideal, justamente assim o supera.

- 73A -

Muitos pavões escondem sua bela cauda de todos os olhos — e a isso chamam de orgulho.

- 74 -

Um homem genioso é insuportável, a menos que possua pelo menos duas destas coisas: gratidão e pureza.

- 75 -

O grau e a natureza da sensualidade de um homem se estendem às altitudes mais elevadas de seu espírito.

- 76 -

Quando em condições pacíficas, o militante ataca a si mesmo.

- 77 -

Com seus princípios, um homem procura dominar, ou justificar, ou honrar, ou reprovar, ou ocultar seus hábitos. Dois homens com os mesmos princípios provavelmente buscarão fins fundamentalmente diferentes.

- 78 -

Aquele que se despreza a si mesmo, se gaba, portanto, de ser um desprezador.

- 79 -

Uma alma que sabe que é amada, mas não ama, trai sua essência; e o que está nas profundezas vem à vista.

- 80 -

Uma coisa explicada deixa de nos preocupar. O que quis dizer o Deus que deu o conselho: "Conhece-te a ti mesmo!" Talvez implicasse: "Cessa de preocupar-te contigo mesmo! Torna-te objetivo!" E Sócrates? E o "homem científico"?

- 81 -

É terrível morrer de sede estando no mar. É necessário que você salgue sua verdade de modo que ela não mais mate a sede?

- 82 -

"Simpatia por todos" — seria dureza e tirania para você, meu bom vizinho!

- 83 -

Instinto quando a casa está em chamas, esquece-se até do jantar. Sim, mas depois vamos recuperá-lo entre as cinzas.

- 84 -

A mulher aprende a odiar na proporção em que se esquece como encantar.

- 85 -

As mesmas emoções estão no homem e na mulher, mas em ritmos diferentes; por isso o homem e a mulher nunca deixam de se desentender.

- 86 -

No pano de fundo de toda sua vaidade pessoal, as próprias mulheres ainda têm seu desprezo impessoal — pelas "mulheres".

- 87 -

Coração agregado, espírito livre! Quando alguém firme acorrenta seu coração e o mantém prisioneiro, pode-se permitir muitas liberdades ao espírito. Eu já disse isso antes. Mas as pessoas não acreditam quando digo isso, a menos que já o saibam.

- 88 -

Deve-se começar a desconfiar de pessoas muito inteligentes quando elas ficam embaraçadas.

- 89 -

As terríveis experiências levantam a questão sobre saber se aquele que as vivencia também não seria algo terrível.

- 90 -

Homens pesados e melancólicos ficam mais leves e vêm temporariamente à superfície, justamente por aquilo que torna os outros mais pesados — pelo ódio e pelo amor.

- 91 -

É tão frio, tão gelado, que alguém queima o dedo ao toque dele! Cada mão que o segura recua! E por isso mesmo que muitos o consideram como ardente.

- 92 -

Quem nunca, em um momento ou outro, se sacrificou pelo seu bom nome?

- 93 -

Na amabilidade não há ódio aos homens, mas justamente por isso há muito desprezo pelos homens.

- 94 -

A maturidade do homem! — significa readquirir a seriedade que se tinha quando era uma criança brincando.

- 95 -

Ter vergonha de sua imoralidade é um degrau da escada no fim da qual também se sentirá vergonha de sua moralidade.

- 96 -

Devemos abandonar a vida como Ulisses se separou de Nausica — abençoando-a em vez de iludi-la.

- 97 -

O quê? Um grande homem? Sempre vejo apenas um ator de seus próprios ideais.

- 98 -

Quando treinamos nossa consciência, ela nos beija enquanto nos morde.

- 99 -

O desapontado diz: "Prestei atenção ao eco e ouvi apenas elogios."

- 100 -

Todos fingimos a nós mesmos que somos mais simples do que somos, e assim nos afastamos de nossos semelhantes.

- 101 -

Alguém com bom discernimento pode facilmente considerar-se atualmente como a animalização de Deus.

- 102 -

A descoberta do amor recíproco deveria realmente desencantar o amante em relação à amada. "O quê! Ela é modesta o suficiente para amar até você? Ou estúpida o suficiente? Ou ... ou ..."

- 103 -

O perigo na felicidade. "Agora tudo acaba bem para mim, agora amo todos os destinos — quem gostaria de ser o meu destino?"

- 104 -

Não o amor pela humanidade, mas a impotência do seu amor, impede aos cristãos de hoje — nos queimar.

- 105 -

A *pia fraus*[27] é ainda mais repugnante ao gosto do espírito livre (o "ho-

27 Do latim: Fraude piedosa. Esse termo se refere a um ato antiético, mas moralmente justificavel. (N. do R.)

mem piedoso de conhecimento") do que a *impia fraus*[28]. Daí a profunda falta de juízo, em comparação com a Igreja, desta característica do tipo "espírito livre" — com sua não liberdade.

- 106 -

As paixões zombam de si mesmas por meio da música.

- 107 -

Um sinal de caráter forte, uma vez que uma resolução é tomada, seria fechar o ouvido até mesmo aos melhores contra-argumentos. Sendo, portanto, uma ocasional vontade de estupidez.

- 108 -

Não existem fenômenos morais; existem apenas uma interpretação moral dos fenômenos.

- 109 -

O criminoso muitas vezes não é igual a sua ação: ele a atenua e a difama.

- 110 -

Os defensores de um criminoso raramente são bons artistas o suficiente para transformar a bela atrocidade da ação em vantagem de quem o pratica.

- 111 -

Nossa vaidade é mais difícil ser ferida justamente quando nosso orgulho já foi ferido.

- 112 -

Para aquele que se sente predestinado à contemplação e não à fé, todos os crentes são muito barulhentos e invasivos; isso o coloca na defensiva.

- 113 -

"Você quer ter dele a simpatia? Então fique constrangido em sua presença."

28 Do latim: fraude impiedosa. Seria o contrário de *pia fraus*. (N. do R.)

- 114 -

A imensa expectativa com relação ao amor sexual, e a timidez dessa expectativa, estragam todas as perspectivas das mulheres desde o princípio.

- 115 -

Quando não há amor ou ódio no jogo da mulher, este jogo é medíocre.

- 116 -

As grandes épocas de nossa vida acontecem nos momentos em que ganhamos coragem para rebatizar nossa maldade como o melhor em nós.

- 117 -

A vontade de superar uma emoção é, em última análise, apenas a vontade de outra emoção, ou mesmo de várias outras.

- 118 -

Há uma inocência nos casos de admiração: e é a daquele que ainda não entendeu que ele mesmo pode vir a ser admirado algum dia.

- 119 -

Nossa aversão à sujeira pode ser tão grande que impede que nos limpemos — "nos justificando".

- 120 -

A sensualidade muitas vezes força demais o crescimento do amor, de modo que sua raiz permanece fraca e assim se parte facilmente.

- 121-

É curioso que Deus tenha aprendido grego quando quis se tornar um autor — e também que não o tenha aprendido melhor.

- 122 -

Regozijar-se por causa do elogio é, em muitos casos, apenas uma polidez de coração — e o oposto da vaidade de espírito.

- 123 -

Até mesmo o concubinato foi corrompido — pelo casamento.

- 124 -

Quem exulta em ser executado não triunfa sobre a dor, mas exulta pelo fato de não sentir dor como esperava. Uma parábola.

- 125 -

Quando temos que mudar uma opinião sobre alguém, cobramos pesadamente em sua conta o transtorno que isso nos causa.

- 126 -

Uma nação é um desvio da natureza para se chegar a seis ou sete grandes homens. Sim, e depois disso evitá-los.

- 127 -

Aos olhos de toda verdadeira mulher, a ciência é hostil ao sentimento de vergonha. Elas se sentem como se quisessem espioná-las por baixo da pele — e pior ainda — abaixo de suas roupas e adornos.

- 128 -

Quanto mais abstrata é a verdade que você deseja ensinar, mais você deve atrair os sentidos para ela.

- 129 -

O diabo tem as perspectivas mais amplas sobre Deus; e por isso se mantém tão a distância: o diabo, em verdade, é o amigo mais antigo do conhecimento.

- 130 -

O que uma pessoa é começa a se mostrar quando seu talento diminui — quando ela deixa de mostrar o que poderia fazer. O talento também é um enfeite; e um enfeite também é uma máscara.

- 131 -

Os sexos enganam-se mutuamente: a razão é que, na realidade, honram e amam apenas a si próprios (ou ao seu próprio ideal, para o exprimir de forma mais agradável). Assim, o homem deseja que a mulher seja pacífica, mas na verdade a mulher, como os felinos, é essencialmente impaciente, por mais que ela tenha assumido um comportamento pacífico.

- 132 -

É por nossas qualidades virtuosas que somos exemplarmente punidos.

- 133 -

Aquele que não consegue encontrar o caminho para o seu ideal, vive mais frívolo e sem vergonha que um homem sem ideais.

- 134 -

Dos sentidos se originam toda a confiabilidade, toda boa consciência, toda evidência da verdade.

- 135 -

O farisaísmo não é uma deterioração do homem bom; uma parte considerável desse farisaísmo é antes uma condição essencial para ser bom.

- 136 -

Alguém procura um educador para os seus pensamentos, o outro procura alguém a quem possa ajudar: origina-se assim uma agradável conversa.

- 137 -

No relacionamento com estudiosos e artistas, cometemos prontamente tipos opostos de erros: em um estudioso notável, é comum encontrarmos um homem medíocre; e muitas vezes, mesmo em um artista medíocre, podemos encontrar um homem notável.

- 138 -

Fazemos a mesma coisa quando despertos ou quando sonhamos; apenas inventamos e imaginamos aquele com quem desejamos relações — e logo nos esquecemos imediatamente.

- 139 -

Na vingança e no amor a mulher é mais bárbara do que o homem.

- 140 -

Conselhos no formato de enigma. “Se o fio não arrebenta, morda-o antes — e assegure-se de fazê-lo bem!”

- 141 -

A barriga é a razão pela qual o homem não se considera um Deus.

- 142 -

A declaração mais pura que já ouvi: “*Dans le véritable amour c'est l'âme qui enveloppe le corps.*”[29]

- 143 -

Nossa vaidade gostaria que o aquilo que melhor fazemos passasse por ser algo que nos é mais difícil. — Esta é a origem de muitos sistemas morais.

- 144 -

Quando uma mulher tem inclinações acadêmicas, geralmente há algo errado com sua sexualidade. A própria esterilidade conduz a uma certa virilidade de gosto; o homem, de fato, se assim posso dizer, é “um animal estéril”.

- 145 -

Comparando o homem e a mulher em geral, pode-se dizer que a mulher não teria gênio para se enfeitar, se não tivesse um instinto para o papel secundário.

- 146 -

Aquele que luta com monstros deve ter cuidado para não se tornar também um monstro. E se olhares longamente para um abismo, o abismo também olhará para você.

- 147 -

Dos antigos romances florentinos — além disso, da vida: *Buona femmina e mala femmina vuol bastone*[30]. — Sacchetti, novela 86 da obra *Il Trecentonovelle.*

29 Do francês: No amor verdadeiro, a alma é envolvida pelo corpo. (N. do T.)
30 Do italiano: Boa ou má, a mulher quer bastão. (N. do T.)

- 148 -

Para seduzir seu vizinho a uma opinião favorável a você, e depois acreditar piamente na dele. Quem pode se igualar às mulheres nesse truque?

- 149 -

Aquilo que uma época considera mau é geralmente um eco fora de época daquilo que antes era considerado bom — é o atavismo de um antigo ideal.

- 150 -

Em torno do herói tudo se torna em tragédia; em torno do semideus tudo se torna em peça de sátiro; e em torno de Deus tudo se torna — em quê? Um "mundo" talvez?

- 151 -

Não basta possuir um talento; também é preciso ter sua permissão para possuí-lo. Não é assim, meus amigos?

- 152 -

"Onde está a árvore do conhecimento, sempre está o Paraíso"; assim dizem as mais antigas e as modernas serpentes.

- 153 -

O que é feito por amor sempre acontece além do bem e do mal.

- 154 -

Objeção, evasão, desconfiança alegre e amor à ironia são sinais de saúde; tudo o que é absoluto pertence às patologias.

- 155 -

O sentido do trágico aumenta e diminui com a sensualidade.

- 156 -

Insanidade em indivíduos é algo raro — mas em grupos, partidos, nações e épocas é a regra comum.

- 157 -

A ideia de suicídio é um grande consolo; por meio dela passa-se com sucesso por muitas noites terríveis.

- 158 -

Não apenas a nossa razão, mas também a nossa consciência, aceleram ao nosso impulso mais forte — a tirania em nós.

- 159 -

Deve-se retribuir o bem e o mal; mas por que especificamente à pessoa que nos fez o bem ou o mal?

- 160 -

A pessoa não ama mais o próprio conhecimento depois de transmiti-lo.

- 161 -

Os poetas agem descaradamente em relação as suas experiências: eles as exploram.

- 162 -

"O nosso semelhante não é o nosso vizinho, mas o vizinho de outro.": assim pensam todas as nações.

- 163 -

O amor traz à luz as qualidades nobres e ocultas de um amante — seus traços raros e excepcionais. É portanto, passível de enganar quanto ao seu caráter normal.

- 164 -

Jesus disse aos seus judeus: "A lei era para os servos; amem a Deus como eu o amo, como seu Filho! O que nós, Filhos de Deus, temos que fazer com a moral!"

- 165 -

À vista de cada festa. Um pastor sempre precisa de um cordeiro-guia — e eventualmente ele mesmo precisará ser um cordeiro.

- 166 -

Pode-se de fato mentir com a boca; mas com a expressão da face se diz a verdade.

- 167 -

Para homens vigorosos, a intimidade é vergonhosa — e preciosa.

- 168 -

O Cristianismo deu a Eros veneno para beber; certamente ele não morreu disso, mas degenerou em vício.

- 169 -

Falar muito sobre si mesmo também pode ser um meio de se esconder.

- 170 -

No louvor há mais intromissão do que na culpa.

- 171 -

A compaixão tem um efeito quase ridículo em um homem de conhecimento, como as ternas mãos em um cíclope.

- 172 -

A pessoa ocasionalmente abraça um ou outro, por amor à humanidade (porque não pode abraçar a todos); mas isso é o que nunca se deve confessar ao indivíduo.

- 173 -

Não se odeia alguém enquanto o despreza, mas somente quando se considera igual ou superior a você.

- 174 -

Ó utilitaristas — vocês também apenas amam o que é útil como um veículo para seus objetivos — vocês realmente acham insuportável o barulho das rodas!

- 175 -

Em última análise, amamos nossos próprios desejos, não a coisa desejada.

- 176 -

A vaidade dos outros só é contrária ao nosso gosto quando é contrária a nossa vaidade.

- 177 -

No que diz respeito ao que é "veracidade", talvez ninguém nunca tenha sido suficientemente verdadeiro.

- 178 -

Não se acredita nas loucuras dos homens espertos: que desperdício dos direitos do homem!

- 179 -

As consequências de nossas ações nos agarram pelo cabelo, indiferente do fato de que tenhamos melhorado desde então.

- 180 -

Existe uma inocência na mentira que é sinal de boa-fé em uma causa.

- 181 -

É desumano abençoar quando alguém está sendo amaldiçoado.

- 182 -

A familiaridade dos superiores é amarga, porque não pode ser retribuída.

- 183 -

"Estou afetado, não porque você me enganou, mas porque eu não posso mais acreditar em você."

- 184 -

Há uma arrogância de bondade que tem a aparência de maldade.

- 185 -

— "Não gosto dele." — Por quê? — "me igualo a ele." — Alguém já respondeu isso?

CAPÍTULO V

A HISTÓRIA NATURAL DA MORAL

- 186 -

Atualmente o sentimento moral na Europa é bastante sutil, tardio, diverso, sensível e refinado, assim como a "Ciência da Moral" que pertencente a ele é recente, inicial, desajeitada e grosseira: — um contraste interessante, que às vezes se torna escancarado e óbvio na própria pessoa de um moralista. Na verdade, a expressão "Ciência da Moral" é, em relação ao que designa, muito presunçosa e contrária ao bom gosto — o que é sempre um prazer antecipado de expressões mais modestas. Deve-se confessar, com a maior justiça, o que aqui ainda é necessário por aqui, o que ainda é adequado até agora; a saber, a coleta de dados, o levantamento abrangente e a classificação de um enorme domínio de delicados sentimentos e distinções de valor, que vivem, crescem, se propagam e perecem — e talvez tentem dar uma clara ideia das formas recorrentes e mais comuns dessas vivas cristalizações — como preparação para uma Teoria dos Tipos de Moralidade. Certamente, as pessoas não foram tão modestas até agora. Todos os filósofos, com uma seriedade pedante e ridícula, exigiam de si mesmos algo muito mais elevado, mais pretensioso e cerimonioso, quando se preocupam com a moralidade como ciência; querem dar um ar mais elementar à moralidade — e todos acreditam que tem participação pessoal e efetiva nesta base até agora criada; a própria moralidade, entretanto, foi considerada como algo "dado". Quão longe de seu desajeitado orgulho estava este problema aparentemente insignificante — deixado ao pó e à decadência — que é a descrição das formas de moralidade; apesar disso, as melhores mãos e mais finas habilidades dificilmente seriam boas o suficiente para as moldar! Foi justamente por causa dos filósofos morais conhecerem os fatos morais de maneira imperfeita, em um epítome arbitrário, ou uma acidental abreviação — talvez como a moralidade de seu ambiente, sua posição, sua igreja, seu espírito de época, seu clima e zona —, foi precisamente por terem sido mal instruídos no que diz respeito às nações, eras e épocas passadas, e de forma alguma estavam ansiosos por saber sobre esses assuntos, que eles nem mesmo viram os problemas reais da moral — problemas estes que só se revelam por uma comparação de muitos tipos de moralidade. Por mais estranho que pareça, até agora, em todas as "Ciências da Moral", o problema da própria moralidade foi omitido. Não houve suspeita de que pudesse ter ali algo problemático! Aquilo que os filósofos chamaram de "dar uma base à moralidade", e se esforçaram para realizar, quando visto sob uma luz correta, provou ser apenas uma forma aprendida de boa-fé na moralidade prevalecente; um novo meio de sua expressão; consequentemente apenas uma questão. De fato, dentro da esfera de uma moralidade definida; sim, em seu motivo final, uma espécie de negação de que seja legal para essa moralidade ser questionada — e em qualquer caso o reverso do teste, análise, dúvida e vivissecção desta mesma fé. Ouça, por exemplo, com que inocência — quase digna de honra — Schopenhauer nos mostra sua própria tarefa e tire suas conclusões sobre a cientificidade de uma "Ciência" cujo mestre final ainda fala no estilo de criançinhas e senhoras idosas: "O princípio", diz ele[31], o axioma sobre o significado de que todos os moralistas são teoricamente concordantes: '*neminem laedè, immo omnes quantum potes juva*'.[32] É realmente a proposição que todos os professores de moral se esforçam para estabelecer... a base real da ética que tem sido buscada, como uma pedra filosofal, durante séculos. "A dificuldade de estabelecer a proposição referida pode, de fato, ser ótimo. É bem-sabido que Schopenhauer também não obteve sucesso em seus esforços; e quem quer que tenha percebido o quão absurdamente falsa e sentimental é essa proposição, sobretudo em um mundo cuja essência é a Vontade de Poder; pode ser lembrado que Schopenhauer, embora sendo pessimista, na verdade — tocava flauta... diariamente após o jantar — pode-se ler sobre este hábito em sua biografia. A propósito, uma pergunta: um pessimista, um repudiador de Deus e do mundo, um estudioso que se detém diante da definição de moral — que concorda com a moralidade e toca flauta para *laede neminem* moral, como poderia? Seria ele realmente — um pessimista?

31 *Die Beiden Grundprobleme der Ethik*, p. 136 — Os Dois Problemas Básicos da Ética. (N. do T.)
32 *Não fira ninguém; antes procure ajudar a todos naquilo que pode. - A Base da Moralidade*, de Arthur Schopenhauer. (N. do T.)

- 187 -

Além do valor de afirmações como "há um imperativo categórico em nós", pode-se sempre perguntar: o que essa afirmação nos mostra sobre aquele que a faz? Existem sistemas morais que pretendem justificar seu autor aos olhos de outras pessoas; outros sistemas de moral têm como objetivo tranquilizá-lo e torná-lo autossuficiente. Com alguns sistemas ele quer se crucificar e se humilhar, com outros ele deseja se vingar; usa ainda outros para se esconder, outros para se glorificar e dar superioridade e distinção — este sistema de moral ajuda seu autor a esquecer, aquele sistema faz ele, ou dele, algo esquecido; muitos moralistas gostariam de exercer o poder e a arbitrariedade criativa sobre a humanidade; muitos outros, talvez, especialmente Kant, nos dão a entender por sua moral que "o que é estimável em mim é que eu sei obedecer — e com você não é diferente do que comigo!" — Em suma, os sistemas morais são apenas uma linguagem, uma sinalização das emoções.

- 188 -

Em contraposição ao *laissez-aller*[33], todo sistema moral é uma espécie de tirania contra a "natureza" e contra a "razão"; ou seja, não produz nenhuma objeção, a menos que se decida novamente por outro sistema moral, pois que todos os tipos de tirania e irracionalidade são ilegais. O que é essencial e inestimável em todo sistema moral é que são uma longa restrição. Para entender o estoicismo, ou Port-Royal, ou puritanismo, deve-se lembrar da restrição sob a qual todas as línguas alcançaram força e liberdade — a restrição métrica, a tirania da rima e do ritmo. Quanta dificuldade os poetas e oradores de todas as nações se deram! — sem exceção de alguns dos escritores de prosa de hoje, em cujos ouvidos habita uma consciência inexorável — "por uma loucura", como dizem os desajeitados utilitaristas, e assim consideram eles próprios sábios — "da submissão às leis arbitrárias", como dizem os anarquistas, e assim se consideram "livres", até mesmo de espírito livre. O fato singular permanece, entretanto, que tudo o que tem natureza de liberdade, elegância, ousadia, leveza e certeza magistral; tudo o que existe ou existiu, seja no próprio pensamento, seja na administração, ou no falar e persuadir; na arte, assim como na conduta, só se desenvolveu por meio da tirania de tal lei arbitrária. E com toda a seriedade, não é de todo improvável que justamente essa seja "natureza" e "natural" — e não um *laissez-aller*! Todo artista sabe quão diferente do

33 Do francês: Deixar fluir. (N. do R.)

estado de deixar-se ir, é sua condição "mais natural" — a livre organização, localização, disposição e construção nos momentos de "inspiração" — e quão estrita e delicadamente ele obedece às mil leis, que, por sua própria rigidez e precisão, desafiam toda formulação por meio de ideias (mesmo a ideia mais estável tem, em comparação com ela, algo flutuante, múltiplo e ambíguo). O essencial "no céu e na terra" é, aparentemente (para repetir mais uma vez), que deva haver longa obediência na mesma direção; daí resulta, e sempre resultou a longo prazo, algo que tornou a vida "vale a pena viver"; como exemplo, virtude, arte, música, dança, razão, espiritualidade — qualquer coisa que seja transfiguradora, refinada, tola ou divina. A longa escravidão do espírito, a restrição desconfiada na comunicabilidade das ideias, a disciplina que o pensador se impôs para pensar de acordo com as regras de uma igreja ou de um tribunal; ou ainda conforme as premissas aristotélicas, a persistente vontade espiritual de interpretar tudo o que aconteceu de acordo com um esquema cristão; e em cada ocorrência para redescobrir e justificar o Deus cristão. Toda essa violência, arbitrariedade, severidade, terror e irracionalidade provaram ser o meio disciplinar pelo qual o espírito europeu atingiu sua força, sua curiosidade implacável e sua mobilidade sutil. Concedeu também que muita força perdida e espírito tiveram que ser sufocados; sufocados e estragados no processo (pois aqui, como em todos os lugares, a "natureza" se mostra como ela é, em toda a sua magnificência extravagante e indiferente; o que é chocante, mas ainda assim é nobre). Durante séculos os pensadores europeus só pensaram para provar alguma coisa — hoje em dia, ao contrário, desconfiamos de todo pensador que "deseja provar alguma coisa" — que sempre estabelece de antemão o que deveria ser o resultado de seu pensamento mais estrito, como talvez fosse na astrologia asiática de tempos anteriores, ou como ainda é nos dias atuais na explicação moral cristã inocente de eventos pessoais imediatos "para a glória de Deus" ou "para o bem da alma". Esta tirania, esta arbitrariedade, esta estupidez severa e magnífica educaram o espírito; a escravidão, tanto no sentido mais grosseiro quanto no mais refinado, é aparentemente um meio indispensável até mesmo de educação espiritual e disciplina. Pode-se olhar para cada sistema de moral sob este foco: é a "natureza" deles que lhes ensina a odiar a liberdade excessiva, o *laissez-aller* — e implanta a necessidade de horizontes limitados, de deveres imediatos — ensina o limite das perspectivas; e assim, em certo sentido, essa estupidez passa a ser condição de vida e de desenvolvimento. "Você deve obedecer a alguém, e por muito tempo; caso contrário, você irá sofrer e perder todo o respeito por si mesmo". Isso me parece ser o imperativo moral da natureza, que certamente não é nem "categórico" — tão antigo como Kant desejava (assim, o "senão"); nem se dirige ao indivíduo (o que da natureza se refere ao indivíduo?); mas a nações, raças, épocas e classes; acima de tudo, porém, ao "homem" animal; e em geral, à humanidade.

- 189 -

Os povos industriosos acham uma grande dificuldade ficar ociosos: foi um golpe de mestre do instinto inglês santificar e desfigurar o domingo de tal forma que o inglês inconscientemente anseia por sua semana — e voltar aos dias de trabalho novamente: habilmente planejada e posicionada, como uma espécie de pausa; como também é frequentemente encontrado no mundo antigo (muito embora para as nações do sul não se tenha relação com o trabalho). Muitos tipos de jejuns são necessários; e onde quer que influências e hábitos poderosos prevaleçam, os legisladores devem cuidar para que sejam designados dias de intervalo, nos quais tais impulsos sejam acorrentados, para voltar a ter fome novamente. Visto de um ponto de vista mais elevado, gerações e épocas inteiras, quando se mostram infectadas por qualquer fanatismo moral, se parecem com aqueles períodos intercalados de contenção e jejum, durante os quais um impulso aprende a se humilhar e se submeter — ao mesmo tempo também a se purificar e se aperfeiçoar. Certas seitas filosóficas também admitem uma interpretação semelhante (a Stoa, por exemplo, no meio da cultura helênica, com a atmosfera rançosa e sobrecarregada de odores afrodisíacos). Aqui também está uma pista para a explicação do paradoxo, por que foi precisamente no período mais cristão da história europeia, e somente sob a pressão dos sentimentos cristãos, que o impulso sexual se sublima em amor (*amour-passion*).

- 190 -

Há algo na moralidade de Platão que não pertence realmente a ele; mas que só aparece em sua filosofia, pode-se dizer, apesar dele; a saber, o socratismo, ao qual ele próprio era muito nobre. "Ninguém deseja ferir a si mesmo, portanto todo o mal é feito involuntariamente. O homem mau inflige dano a si mesmo; ele não o faria, porém, se soubesse que o mal é mau. O homem mau, portanto, só é mau por meio do erro; se alguém o libertar do erro, ele necessariamente o tornará — bom." Este modo de pensar tem cheiro de populacho, que percebe apenas as consequências desagradáveis das más ações, e praticamente julga que "é estúpido fazer o mal"; enquanto aceitam, sem ressalvas, o "bom" como sendo "útil e agradável". No que diz respeito a todo este utilitarismo moral, pode-se entender de imediato que tem a mesma origem e confiar no próprio instinto: raramente se errará. Platão fez tudo o que pôde para interpretar alguma coisa refinada e nobre nos princípios de seu mestre, e acima tudo para se interpretar a partir deles — justo ele, o mais ousado de todos os intérpretes; aquele que ergueu Sócrates nas ruas, como tema de uma canção popular, para exibi-lo em modificações infinitas e impossíveis — ou seja, em todos os seus próprios disfarces e multiplicidades. Em tom de brincadeira, e também na linguagem homérica, o que é o Sócrates platônico, senão — Πλάτωνας μπροστά, Πλάτων πίσω, Χίμαιρα στο μισό.[34]

- 191 -

O velho problema teológico da "Fé" e do "Conhecimento", ou mais claramente, do instinto e da razão — a questão do se, com respeito aos valores das coisas; o instinto merece mais autoridade do que a razão, que quer apreciar e agir de acordo com os motivos, de acordo com um "por que", isto é, em conformidade com o propósito e a utilidade. É sempre o velho problema moral que surgiu pela primeira vez na pessoa de Sócrates e dividiu as mentes dos homens muito antes do Cristianismo. O próprio Sócrates, seguindo, é óbvio, o gosto de seu talento — de extraordinário dialético — tomou primeiro o lado da razão; e, de fato, o que ele fez durante toda a sua vida senão rir da incapacidade desajeitada dos nobres atenienses? Eles que eram homens instintivos, como todos os homens nobres, e nunca poderiam dar respostas satisfatórias sobre os motivos de suas ações. No final, porém, embora silenciosa e, sorrateiramente, ele riu também de si mesmo; com sua consciência mais apurada e introspectiva, ele encontrou em si a mesma dificuldade e incapacidade. "Mas por quê?" — disse a si mesmo — "alguém por causa disso se separaria dos instintos! É preciso corrigi-los, assim como a razão — é preciso seguir os instintos, mas ao mesmo tempo persuadir a razão para apoiá-los com bons argumentos." Essa era a verdadeira falácia daquele grande e misterioso irônico; ele levou sua consciência ao ponto extremo de se contentar com uma espécie de autoengano; na verdade, ele percebeu esta irracionalidade no julgamento moral. Platão, mais inocente em tais questões, e sem a astúcia do plebeu, desejou provar a si mesmo, com o gasto de

34 - "Platão adiante, Platão atrás, Quimera ao meio." - em grego contemporâneo. (N. do T.)

todas as suas forças — a maior força que um filósofo já gastou — que a razão e o instinto conduzem espontaneamente a um objetivo — ao bem, a "Deus" — e desde Platão, todos os teólogos e filósofos seguiram o mesmo caminho — o que significa que em questões morais, o instinto (ou como os cristãos o chamam, a "Fé" ou, como eu o chamo, "o rebanho") prevaleceu até agora. A menos que se deva abrir uma exceção no caso de Descartes, o pai do racionalismo (e consequentemente o avô da Revolução), que reconheceu apenas a autoridade da razão; mas a razão é apenas uma ferramenta, e Descartes foi superficial.

- 192 -

Quem acompanha a história de uma única ciência encontra em seu desenvolvimento uma pista para a compreensão dos processos mais antigos e comuns de todos os "conhecimentos e cognições". Lá, como aqui, as hipóteses prematuras, as ficções, os estúpidos da boa-fé e da falta de desconfiança e paciência se desenvolvem primeiro. Nossos sentidos aprendem tarde, e nunca aprendem completamente, a ser órgãos de conhecimento sutis, confiáveis e cautelosos. Nossos olhos acham mais facilidade em determinada ocasião produzir um quadro já frequentemente produzido do que agarrar a divergência e a novidade de uma impressão; esta requer mais força, mais "moralidade". É difícil e doloroso para o ouvido receber qualquer coisa nova; ouvimos música nova com má vontade. Quando ouvimos outra língua falada, involuntariamente tentamos transformar os sons em palavras com as quais estamos mais habituados e familiarizados — e foi assim que os alemães modificaram a palavra falada arcubalista em *armbrust*[35]. Nossos sentidos também são hostis e avessos ao novo; e geralmente, mesmo nos processos "mais simples" de sensação, as emoções dominam — como medo, amor, ódio e a emoção passiva da indolência. Tão pouco quanto um leitor hoje em dia lê todas as palavras isoladas (isso se não falarmos de sílabas) de uma página; — ele prefere pegar cerca de cinco em cada vinte palavras ao acaso, e "adivinha" o sentido provavelmente apropriado para elas — da mesma forma que definimos uma árvore correta e completamente por ver apenas suas folhas, galhos, cor, e forma; achamos isso muito mais fácil do que imaginar a chance de uma árvore nova. Mesmo em meio às experiências mais marcantes, ainda fazemos exatamente o mesmo; nós fabricamos a maior parte da experiência, e dificilmente podemos ser levados a contemplar qualquer evento, exceto como "inventores" dele. Tudo isso

35 Do alemão: Balestra. (N. do R.)

prova que, da nossa natureza fundamental e desde épocas remotas, fomos — acostumados a mentir. Ou, para expressá-lo de forma mais educada e hipócrita, eufemisticamente, de forma mais agradável — somos muito mais artistas do que percebemos. Em uma conversa animada, muitas vezes vejo o rosto da pessoa com quem estou falando tão claro e nítido diante de mim, de acordo com o pensamento que ela expressa, ou que acredito ter sido evocado em sua mente, que o grau de distinção excede em muito a força de minha capacidade visual. A delicadeza do jogo dos músculos e da expressão dos olhos pode, portanto, ter sido imaginada por mim. Provavelmente a pessoa até tenha assumido uma expressão bem diferente, ou mesmo nenhuma.

- 193 -

Quidquid luce fuit, tenebris agit.[36] Mas também ao contrário. O que experimentamos nos sonhos, desde que o experimentemos com frequência, pertence, por fim, tanto aos elementos gerais de nossa alma quanto qualquer coisa "realmente" experimentada; em virtude disso, somos mais ricos ou mais pobres, temos uma exigência maior ou menor e, finalmente, em plena luz do dia, e mesmo nos momentos mais iluminados de nossa vida desperta, somos governados em certa medida pela essência de nossos sonhos. Suponhamos que alguém tenha voado com frequência em seus sonhos e que, finalmente, assim que sonhe, tenha consciência do poder e da arte de voar como um privilégio seu, e sendo sua felicidade peculiar e invejável; tal pessoa, que acredita que ao menor impulso, pode realizar todos os tipos de curvas e ângulos, que conhece a sensação de uma certa leveza divina, um "ao alto" sem esforço ou constrangimento, um "abaixo" sem descer ou quedar — sem problemas! Como poderia um homem com tais experiências e hábitos oníricos deixar de encontrar a "felicidade" com cores e definições diferentes, mesmo nas horas em que está desperto! Como essa pessoa poderia falhar ao ansiar por sua felicidade? Esse "Voo", como é descrito pelos poetas, é algo muito terreno, brutal, violento e algo muito "problemático" a ele, sobretudo quando comparado com o seu próprio "voar".

- 194 -

A diferença entre os homens não se manifesta apenas na diferença entre suas listas de prazeres — em considerarem diferentes coisas como sendo boas

36 Do latim: O que acontece na luz, tem reflexo nas trevas. (N. do T.)

ou merecedoras da lutar; e em discordar quanto ao maior ou menor valor ou em relação à ordem de classificação de coisas reconhecidamente tidas por desejáveis. Isso se manifesta muito mais no que eles consideram como ter e possuir uma coisa desejável. No que diz respeito às mulheres, por exemplo, o controle sobre seu corpo e sua gratificação sexual serve como um sinal amplamente suficiente de propriedade e posse para o homem mais modesto; outra com uma sede de posse mais suspeita e ambiciosa, vê a "questionabilidade", a mera aparência dessa posse, e deseja fazer provas mais delicadas para saber principalmente se a mulher não só se entrega a ele, mas também desiste de algo pelo bem dele, desiste de algo que ela tenha ou gostaria de ter. Só então ele a tem como "possuída". Um terceiro exemplo; temos quando um homem não chegou ainda ao seu limite de desconfiança e de seu desejo de posse: ele se pergunta se a mulher, ao renunciar a tudo por ele, não o faz por um espectro dele; ele, em verdade, deseja primeiro ser completa e profundamente conhecido; e para ser amado integralmente ele se aventura a se deixar ser descoberto. Só assim ele sente o fato de ser amado totalmente em sua posse, quando ela não se engana mais sobre ele, quando o ama tanto por sua maldade e insaciabilidade oculta, quanto por sua bondade, paciência e espiritualidade. Um homem deseja possuir uma nação, e assim considera todas as elevadas artes de Cagliostro e Catalina como adequadas para seu propósito. Um outro, com uma sede de posse mais apurada, diz a si mesmo: "Não se pode enganar onde se deseja possuir" — fica irritado e impaciente com a possibilidade de que uma imagem dele possa dominar o coração do povo: "Eu devo, portanto, me fazer conhecido, e antes de tudo, aprender a me conhecer! "Entre as pessoas prestativas e caridosas, quase sempre se encontra a incômoda astúcia que primeiro se levanta oportunamente daquele que precisa ser ajudado, como se, por exemplo, ele devesse "merecer" essa ajuda; e devesse buscar ajuda apenas deles e se mostrasse profundamente grato, apegado e subserviente ao grupo por toda a ajuda. Com esses conceitos, eles assumem o controle dos necessitados como uma propriedade, assim como em geral são caridosos e prestativos pelo desejo de propriedade. Eles ficam com ciúmes quando são contrariados ou impedidos em sua caridade. Os pais, involuntariamente fazem aos filhos algo parecido — e chamam a isso de "educação". — Nenhuma mãe duvida, no fundo de seu coração, que o filho que ela gerou não seja, portanto, sua propriedade; nenhum pai hesita sobre seu direito incutir aos filhos suas próprias ideias e noções de valor. De fato, em tempos anteriores, os pais consideravam correto usar seu arbítrio quanto à vida ou morte do recém-nascido (como entre os antigos alemães).

E como os pais, o mesmo acontece com os professores, a classe, o padre e o príncipe ainda veem em cada novo indivíduo uma oportunidade inquestionável de nova posse. A consequência é...

- 195 -

Os judeus — este povo "nascido para a escravidão", como diria Tácito e todo o mundo antigo; "o povo eleito entre as nações", como eles próprios se entitulam e acreditam — os judeus realizaram o milagre da inversão dos valores, por meio da qual a vida na terra passou a ser novo e perigoso encanto durante alguns milênios. Seus profetas fundiram em uma apenas as expressões "rico", "ímpio", "perverso", "violento", "sensual" e, pela primeira vez, cunharam a palavra "mundo" como sendo um termo de reprovação. Nesta inversão de valores (onde também está o uso da palavra "pobre" como sinônimo de "santo" e "amigo") o significado do povo judeu pode ser encontrado; e é com eles que tem início a insurreição escrava na moralidade.

- 196 -

É para ser inferido que existem incontáveis corpos sombrios perto do sol — e como são nunca os veremos. Entre nós, isso é uma alegoria; e o psicólogo da moral lê toda essa escrita das estrelas apenas como uma linguagem alegórica e simbólica em que muitas coisas podem não ser expressas.

- 197 -

O animal predador e o homem predador (César Borgia, por exemplo) são fundamentalmente mal compreendidos; a "natureza" é mal compreendida, desde que se busque uma "morbidez" na constituição dos mais saudáveis de todas as criaturas e plantas tropicais, ou mesmo um "inferno" inato neles — como quase todos os moralistas têm feito até agora. Não parece haver ódio da floresta virgem e dos trópicos entre os moralistas? E que o "homem tropical" deve ser desacreditado a todo custo, seja como doença e deterioração da humanidade, seja como seu próprio inferno e automutilação? E por quê? A favor das "zonas temperadas"? Em favor dos homens medianos? A moral? O medíocre? — isso para o capítulo: "A Moral sem firmeza!".

- 198 -

Todos os sistemas de moral que se dirigem a si mesmos com vistas à "felicidade" própria, como são chamados — o que mais eles são senão sugestões de comportamento adaptado ao grau de perigo a si mesmos em que os indivíduos vivem. Receitas para suas paixões, suas boas e más propensões, à medida em que têm Vontade de Poder e gostariam de se passar por mestres. Pequenos e grandes expedientes e elaborações, permeados com o odor bolorento de velhos remédios de família e da sabedoria de velhas; todos eles grotescos e absurdos em suas formas — porque se dirigem a "todos", porque generalizam onde a generalização não é autorizada; todos falando incondicionalmente, e assumindo-se incondicionalmente; todos eles aromatizados não apenas com um grão de sal, mas apenas suportáveis, e às vezes até sedutores, quando ficam apimentados demais e começam a cheirar perigosamente, especialmente odores de "outro mundo". Tudo isso tem pouco valor quando estimado intelectualmente, e está longe de ser "ciência", muito menos "sabedoria"; mas, repetido mais uma vez, e agora repetido três vezes, é conveniência, conveniência, conveniência, misturada com estupidez, estupidez, estupidez! Seja a indiferença e frieza estátuas para a loucura acalorada das emoções, que os estoicos aconselharam e fomentaram; ou o não mais rir e não mais chorar de Spinoza, a destruição das emoções por sua análise e vivissecção, que ele recomendou tão ingenuamente; ou a redução das emoções a um meio inocente com o qual podem ser satisfeitas, o aristotelismo da moral. Ou mesmo ainda a moralidade como o gozo das emoções em uma atenuação voluntária e espiritualização pelo simbolismo da arte, talvez como música, ou como amor a Deus, e à humanidade pelo amor de Deus — pois na religião as paixões são mais uma vez emancipadas, desde que... Ou, finalmente, até mesmo a rendição complacente e devassa às emoções, como foi ensinado por Hafis e Goethe, o ousado abandono das rédeas, a *licentia morum* espiritual e corporal nos casos excepcionais de velhos bêbados sabichões, como a quem "já não corre muito perigo". Isso também para o capítulo: "A Moral sem Firmeza!".

- 199 -

Na medida em que em todas as épocas, desde que a humanidade existe, também existiram agrupamentos humanos (alianças de famílias, comunidades, tribos, povos, estados, igrejas), e sempre há um grande contingente que obedece em proporção a um pequeno número que comanda. Tendo em vista, portanto, o fato de que a obediência vem sendo praticada e fomentada entre a humanidade até agora, pode-se razoavelmente supor que, em geral, a necessidade dela é agora inata em cada um; como uma espécie de consciência formal que dá o seguinte comando: "Faça... incondicionalmente!", "Abstenha-se... incondicionalmente!", em resumo, "Obedeça!". Essa necessidade tenta satisfazer a si mesma e preencher sua forma com um conteúdo, de acordo com sua força, impaciência e avidez; imediatamente apreende como um apetite onívoro pouco seletivo e aceita tudo que é gritado em seu ouvido por todos os tipos de comandantes — pais, professores, leis, preconceitos de classe ou opinião pública. A limitação extraordinária do desenvolvimento humano, a hesitação, o prolongamento, o retrocesso frequente e a inversão disso, são atribuíveis ao fato de que o instinto de obediência de rebanho é melhor transmitido; e à custa da arte do comando. Se alguém imaginar esse instinto aumentando ao extremo, comandantes e indivíduos independentes finalmente deixarão de existir, ou eles sofrerão por dentro de uma má consciência e terão que se enganar em primeiro lugar para serem capazes de comando como se estivessem também apenas obedecendo. Esse estado de coisas realmente existe na Europa atualmente — eu o chamo de hipocrisia moral da classe dominante. Eles não conhecem outra maneira de se protegerem de sua má consciência do que desempenhando o papel de executores de ordens mais antigas e superiores (dos predecessores, da constituição, da justiça, da lei ou do próprio Deus), ou mesmo se justificam por máximas das opiniões correntes do rebanho, como "primeiros servidores de seu povo" ou "instrumentos de bem-estar público". Por outro lado, o gregário europeu hoje assume um ar como se fossem o único tipo de homem permitido, eles glorificam suas qualidades, como o espírito público, bondade, deferência, diligência, temperança, modéstia, indulgência, simpatia, em virtude das quais ele é gentil, suportável e útil para o rebanho, como as virtudes peculiarmente humanas. Há casos, entretanto, onde se acredita que o líder e cordeiro-guia não podem ser dispensados. Mil tentativas são feitas para substituir os comandantes por um conjunto de homens inteligentes e sagazes de todas as constituições representativas. Apesar de tudo isso, que bênção, que libertação de um peso insuportável é o aparecimento de um governante absoluto para esses europeus gregários. Assim, o resultado do aparecimento de um Napoleão é a grande prova na história de que a influência dele é o enredo maior de felicidade a que todo o século atingiu em seus indivíduos e períodos mais dignos.

- 200 -

O homem de uma era de dissolução que mistura as raças umas com as outras, que tem a herança de uma descendência diversificada em seu corpo, ou seja, instintos e padrões de valores contrários, e muitas vezes não apenas contrários, mas que lutam uns contra os outros e raramente estão em paz. Este homem de cultura tardia e luzes apagadas, será, em média, um homem fraco. Seu desejo fundamental é que a guerra que está nele chegue ao fim; a felicidade aparece para ele na forma de um calmante e um modo de pensar (por exemplo, um epicureu ou cristão). Para ele acima de tudo está a felicidade do repouso, da quietude, da plenitude, da unidade final — é o "sábado dos sábados", para usar a expressão do retórico Santo Agostinho, que também era homem assim. Devem, no entanto, a contrariedade e o conflito em tais naturezas operar como um incentivo adicional e um estímulo à vida — e se, por outro lado, além de seus instintos poderosos e irreconciliáveis, eles também herdaram e doutrinaram em si um domínio adequado e a sutileza para levar adiante o conflito interno (ou seja, a faculdade de autocontrole e autodecepção), surgem então aqueles seres maravilhosamente incompreensíveis e inexplicáveis, esses homens enigmáticos, predestinados a conquistar e contornar os outros, e os melhores exemplos dos quais são Alcibíades e César (a quem gostaria de associar o primeiro dos europeus de acordo com o meu gosto, o Hohenstaufen, Frederico II), e entre os artistas, talvez Leonardo da Vinci. Eles aparecem precisamente nos mesmos períodos em que aquele tipo mais fraco, com seu desejo de repouso, chega à frente; os dois tipos são complementares entre si e surgem das mesmas causas.

- 201 -

Enquanto a utilidade que determina as estimativas morais for apenas utilidade comunitária, enquanto a preservação da comunidade for mantida apenas em vista, e o imoral for buscado precisa e exclusivamente no que parece perigoso para a manutenção da comunidade, não pode haver "moralidade de amor ao próximo". Admitido mesmo que já haja um pouco de exercício constante de consideração, simpatia, justiça, gentileza e assistência mútua, entendendo que mesmo nestas condições de sociedade todos aqueles instintos já estão ativos que são posteriormente destacados por nomes honrados como "virtudes", e eventualmente coincidem com a concepção "moralidade". Naquele período, eles ainda não pertencem ao domínio das avaliações morais — eles ainda são ultramorais. Uma ação simpática, por exemplo, não é chamada de boa nem má, moral ou imoral, no melhor tempo dos romanos. E deve ser elogiado, uma espécie de desdém ressentido é compatível com este elogio, mesmo no melhor dos casos; diretamente a ação simpática é comparada com aquela que contribui para o bem de todos, para a *res publica*[37]. Afinal, o "amor ao próximo" é sempre um assunto secundário, em parte convencional e arbitrariamente manifestado em relação ao medo de nosso vizinho. Depois que a estrutura da sociedade se mostre, em geral, estabelecida e protegida contra perigos externos, é esse medo de nosso próximo que mais uma vez cria novas perspectivas de valorações morais. Certos instintos fortes e perigosos, como o amor pela empresa, temeridade, vingança, astúcia, rapacidade e amor ao poder, que até então não tinham apenas que ser honrados do ponto de vista da utilidade geral — sob outros nomes, é claro, além daqueles aqui dados, mas tiveram que ser fomentados e cultivados (porque eram perpetuamente exigidos no perigo comum contra os inimigos comuns), agora são sentidos em sua periculosidade por serem duplamente fortes; quando as saídas para eles estão em falta e são gradualmente rotulados de imorais e entregues à calúnia. Os instintos e inclinações contrários agora alcançam a honra moral, o instinto comunitário gradativamente tira suas conclusões. Quanto ou quão pouco perigo para a comunidade ou para a igualdade está contido em uma opinião, uma condição, uma emoção, uma disposição ou um dom — essa é agora a perspectiva moral. Aqui novamente o medo é a mãe da moral. É pelos instintos mais elevados e fortes, quando eles irrompem apaixonadamente e carregam o indivíduo muito acima e além da média, e pelo baixo nível da consciência gregária, que a autoconfiança da comunidade é destruída, sua crença em si mesma. Sua espinha dorsal, por assim dizer, se quebra, consequentemente esses próprios instintos serão mais marcados e difamados. A espiritualidade elevada e independente, a vontade de ficar sozinho e até a razão convincente são tidas como perigos, tudo o que eleva o indivíduo acima do rebanho e é uma fonte de medo para o próximo, é doravante denominado mal. O tolerante, a disposição despretensiosa, autoadaptável e autoequalizadora, a mediocridade dos desejos, alcança a distinção moral e a honra. Finalmente, em circunstâncias muito pacíficas, há sempre menos oportunidade e necessidade de treinar os sentimentos para a severidade e o rigor, e agora toda forma de severidade, mesmo na justiça, começa a perturbar a consciência. Uma nobreza elevada e rigorosa, e a responsabilidade quase propriamente ofende e desperta desconfiança, "o cordeiro", e ainda mais "as ovelhas", ganham respeito. Há um ponto de doçura e

37 Do latim: coisa pública. (N. do R.)

efeminação na história da sociedade, em que a própria sociedade assume a parte daquele que a fere, a parte do criminal; e o faz, de fato, com seriedade e honestidade. Punir parece ser injusto — é certo que a ideia de "punição" e "a obrigação de punir" são dolorosas e alarmantes para as pessoas. "Não é suficiente que o criminoso seja tornado inofensivo? Por que ainda devemos punir? A própria punição é terrível!" — com essas questões a moralidade gregária, a moralidade do medo, chega à sua conclusão final. Se alguém pudesse acabar com o perigo, a causa do medo, teria acabado com essa moralidade ao mesmo tempo, ela não seria mais necessária, não se consideraria mais necessária! Qualquer que examine a consciência do europeu de hoje, sempre extrairá o mesmo imperativo de suas mil dobras morais e recessos ocultos, o imperativo da timidez do rebanho; "desejamos que uma hora ou outra não haja nada mais a temer!" Uma vez ou outra — a vontade e a maneira como hoje é chamado o "progresso" em toda a Europa.

- 202 -

Repitamos imediatamente o que já dissemos cem vezes, pois os ouvidos das pessoas hoje em dia não estão dispostos a ouvir tais verdades — nossas verdades. Sabemos muito bem o quão ofensivo pode soar quando alguém claramente, e sem metáfora, coloca o homem entre os animais. Mas isso nos será considerado quase um crime, mas é justamente em relação aos homens de "ideias modernas" que encontramos aplicado os termos "rebanho", "instintos de rebanho" e expressões semelhantes. Qual é a importância disso? Não podemos fazer de outra forma, pois é precisamente aqui que está nosso novo *insight*. Descobrimos que em todos os principais julgamentos morais, a Europa se tornou unânime, incluindo, da mesma forma, os países onde a influência europeia prevalece, as pessoas evidentemente sabem o que Sócrates pensava que ele não sabia e o que a famosa serpente da antiguidade prometeu ensinar: — ensinar o homem a "saber" o que é bom e o que é mau. Deve então soar duro e desagradável aos ouvidos, quando insistimos que aquilo que aqui se pensa que se sabe, aquilo que aqui se glorifica com louvor e censura, e se autodenomina bom, é o instinto do animal "pastor-humano"; o instinto que veio e vem cada vez mais adiante, para preponderância e supremacia sobre outros instintos, de acordo com a crescente aproximação fisiológica e semelhança de que é o sintoma. A moralidade na Europa atual é moral de animais em rebanho, e portanto, como entendemos a questão, apenas um tipo de moralidade humana, além da qual, antes da qual, e depois da qual muitas outras moralidades, e acima de todas as moralidades superiores, são ou deveriam ser possíveis. Contra tal "possibilidade", contra tal "deveria ser", entretanto, essa moralidade se defende com todas as suas forças, ela diz obstinada e implacavelmente "Eu sou a própria moralidade e nada mais é moralidade!" De fato, com a ajuda de uma religião que acalentou e lisonjeou os desejos mais sublimes do animal pastor, as coisas chegaram a tal ponto que sempre encontramos uma expressão mais visível dessa moralidade, mesmo nos arranjos políticos e sociais: o movimento democrático é a herança do movimento cristão. Que seu tempo, entretanto, é muito lento e sonolento para os mais impacientes, para aqueles que estão doentes e distraídos pelo instinto de pastoreio, é indicado pelo uivo cada vez mais furioso, e sempre menos disfarçado do ranger de dentes dos cães anarquistas, que agora percorrem as estradas da cultura europeia. Aparentemente, em oposição aos pacificamente industriosos democratas e ideólogos da Revolução, e ainda mais aos inábeis filósofos e visionários da fraternidade que se chamam socialistas e querem uma "sociedade livre". Eles estão realmente em sintonia com todos os demais em sua completa e instintiva hostilidade a todas as formas de sociedade que não a do rebanho autônomo (a ponto até mesmo de repudiar as noções de "senhor" e "servo" — *ni dieu ni maitre*[38] —, diz uma fórmula socialista); unidos em sua oposição tenaz a toda reivindicação especial, a todo direito e privilégios especiais (isso significa, em última instância, oposição a todos os direitos; pois quando todos são iguais, ninguém mais precisa de "direitos"); um em sua desconfiança da justiça punitiva (como se fosse uma violação dos fracos, injusta com as consequências necessárias de toda a sociedade anterior); mas igualmente unos em sua religião de simpatia, em sua compaixão por tudo que sente, vive e sofre (até os próprios animais, até mesmo para "Deus" — a extravagância da "simpatia por Deus" pertence a uma era democrática). Totalmente unidos no grito e na impaciência de sua simpatia, em seu ódio mortal ao sofrimento em geral, em sua incapacidade quase feminina de testemunhar ou permiti-lo; em sua precarização involuntária e amolecimento do coração, sob o feitiço do qual a Europa parece estar ameaçada com um novo budismo; unos em sua crença na moralidade da simpatia mútua, como se fosse a moralidade em si mesma, o clímax, o clímax alcançado da humanidade, a única esperança do futuro, o consolo do presente, o grande cumprimento de todas as obrigações do passado; totalmente unidos em sua crença na comunidade como o libertador, do rebanho e, portanto, de "si mesmos".

38 Do francês: Nem Deus, nem mestre. (N. do R.)

- 203 -

Nós, que temos uma crença diferente — nós, que consideramos o movimento democrático, não apenas como uma forma degenerativa de organização política, mas como equivalente a um tipo de homem degenerado e em partes, envolvendo sua limitação e depreciação; para onde direcionaremos nossas esperanças? Em novos filósofos! Não há outra alternativa; em mentes fortes e originais o suficiente para iniciar estimativas opostas de valor, para transvalorizar e inverter estas "avaliações eternas". Nos precursores, nos homens do futuro, que no presente fixarão as restrições e firmarão os nós que obrigarão os milênios a trilhar novos caminhos. Ensinar ao homem o futuro da humanidade como sua vontade, dependendo da vontade humana, e se preparar para vastos empreendimentos perigosos e tentativas coletivas de criar e educar; e assim, dar um fim à terrível sequência da loucura e do acaso que até então se chamava "história" (a loucura do "maior número" é apenas sua última forma) — para esse propósito, um novo tipo de filósofo e comandante será necessário em um momento ou outro, diante da própria ideia de que tudo o que existiu na forma de seres ocultos, terríveis e benevolentes pode parecer pálido e minúsculo. A imagem de tais líderes paira ante nossos olhos: me é permitido dizer isso em voz alta, espíritos livres? As condições que um teria que criar em parte, e em parte utilizar para sua gênese; os métodos e testes de presunção em virtude dos quais uma alma deve crescer a tal elevação e poder a ponto de sentir uma construção para essas tarefas; uma transvaloração de valores, sob nova pressão e martelo de que uma consciência deve ser endurecida e um coração transformado em latão, a fim de suportar o peso de tal responsabilidade; e, por outro lado, a necessidade de tais líderes, o terrível perigo de que faltem, ou abortem ou degenerem. Essas são nossas verdadeiras ansiedades e tristezas, vocês sabem bem disso, vocês espíritos livres! Estes são os pensamentos distantes e as tempestades que varrem o céu de nossa vida. Existem poucas dores tão profundas a ponto de ter visto, adivinhado ou experimentado como um homem excepcional perdeu seu caminho e se deteriorou; mas aquele que tem o raro olhar para o perigo universal do próprio "homem" deteriorando; ele, que como nós, reconheceu a extraordinária fortuna que até agora jogou seus dados com respeito ao futuro da humanidade — um jogo em que nem a mão, nem até mesmo um "dedo de Deus" participou! — Aquele que adivinha o destino que está escondido sob a imprudência idiota e a confiança cega das "ideias modernas", e ainda mais sob toda a moralidade cristã europeia — sofre de uma angústia com a qual nenhum outro deve ser comparado. Ele vê de relance tudo o que ainda poderia ser feito do homem por meio do acúmulo e aumento favorável dos poderes e arranjos humanos. Ele sabe com todo o conhecimento de sua convicção como o homem ainda está inesgotável para as maiores possibilidades, e quantas vezes no passado o tipo de homem esteve na presença de decisões misteriosas e novos caminhos. Ele sabe ainda mais sobre suas lembranças mais dolorosas, sobre quais obstáculos miseráveis prometiam desenvolvimentos do mais altos níveis usuais se despedaçaram, quebraram, afundaram e se tornaram desprezíveis. A Degeneração Universal da Humanidade ao nível do "homem do futuro" — conforme idealizado pelos tolos e superficiais socialistas. Esta degeneração e decadência do homem a um animal absolutamente gregário (ou como eles chamam, a um homem de "sociedade livre"), esta brutalização do homem em um pigmeu com direitos e reivindicações iguais, é sem dúvida possível! Aquele que pensou nessa possibilidade até sua conclusão final conhece outro ódio desconhecido para o resto da humanidade — e talvez também uma nova Missão!

CAPÍTULO VI

NÓS, OS ESCOLARES

- 204 -

Correndo o risco de que a moralização também possa se revelar aqui como aquilo que sempre foi — ou seja, resolutamente *montrer ses plaies*[39], de acordo com Balzac — eu me aventuraria a protestar contra uma mudança imprópria e prejudicial de posição, que passou despercebida, e como sendo a melhor consciência, que ameaça hoje em dia estabelecer-se nas relações da ciência e da filosofia. Quero dizer que se deve ter direito a partir de sua própria experiência — experiência que, ao que me parece, sempre implica uma experiência infeliz? Para tratar de uma questão sobre tão importante posicionamento, para não falar de memória como os cegos , ou contra a ciência como mulheres e artistas ("Ah! essa ciência horrível!" — suspiram seu instinto e sua vergonha — "ela sempre encontra as coisas!"). A declaração de independência do homem científico, sua emancipação da filosofia, é uma das consequências mais sutis das organizações e desorganizações democráticas: a autoglorificação e a presunção do homem erudito estão agora em plena floração por toda parte; e em sua melhor primavera — o que não significa que, neste caso, o autoelogio tenha um cheiro doce. Aqui também o instinto popular grita: "Liberdade de todos os mestres!" E depois que a ciência, com os melhores resultados, resistiu à teologia, da qual foi "serva" durante muito tempo, ela agora se propõe, em sua devassidão e indiscrição, a estabelecer leis para a filosofia e, por sua vez, fazer o papel de "mestre". O que estou dizendo? Jogar o filósofo por conta própria. Minha memória — a memória de um homem científico, por favor! — parece com a ingenuidade da insolência que ouvi sobre filosofia e filósofos de jovens naturalistas e velhos médicos (para não mencionar o mais culto e mais vaidoso de

39 Do francês: Mostre suas feridas. (N. do R.)

todos os homens eruditos, os filólogos e mestres-escolas, que são um e o outro por profissão). Em certa ocasião, foi o especialista e conhecedor que instintivamente se posicionava na defensiva contra todas as tarefas e capacidades sintéticas; em outras épocas, foi o trabalhador que captou na economia interna do filósofo o cheiro de *otium*[40] e o luxo refinado, e se sentiu ofendido e menosprezado por isso. Noutra ocasião foi o daltonismo do utilitarista, que nada vê na filosofia senão uma série de sistemas refutados, e uma despesa extravagante que "não faz bem a ninguém". Em outras épocas, o medo do misticismo disfarçado e do ajuste de limites de conhecimento tornou-se conspícuo; em outra época, o desprezo dos filósofos individuais, que involuntariamente se estendeu à desconsideração da filosofia em geral. Em suma, eu encontrei com mais frequência, por trás do orgulhoso desdém da filosofia em jovens estudiosos, o maléfico efeito posterior de algum filósofo em particular, a quem em geral a obediência havia sido renunciada; sem, no entanto, os encantos de suas estimativas desdenhosas de outros os filósofos serem eliminados — o resultado sendo uma má vontade geral contra toda a filosofia. (Tal parece-me, por exemplo, o efeito posterior de Schopenhauer na Alemanha mais atual. Por sua raiva nada inteligente contra Hegel, ele conseguiu separar toda a última geração de alemães de sua conexão com a cultura germânica; cultura esta que, considerando todas as coisas, foi uma elevação e um refinamento divino do sentido histórico; mas precisamente neste ponto o próprio Schopenhauer era pobre, pouco aberto e não alemão ao ponto da engenhosidade.) No todo, falando de modo geral, pode apenas ter sido humano, demasiadamente humano dos próprios filósofos modernos, em suma, seu desprezo, que feriu de forma mais radical a reverência pela filosofia e abriu as portas para o instinto popular. Que se reconheça até que ponto nosso mundo moderno diverge de todo o estilo do mundo de Heráclito, Platão, Empédocles e tudo o mais que foram chamados todos os reais e magníficos anacoretas do espírito; e com que justiça um homem honesto da ciência pode sentir-se de melhor família e origem. Em vista de tais representantes da filosofia, que, devido à moda dos dias atuais, estão tão elevados quanto esquecidos — na Alemanha, por exemplo, os dois leões de Berlim, o anarquista Eugen Duhring e o amálgama Eduard von Hartmann. — É valido a um honesto homem da ciência sentir acima da média em sua linhagem. É especialmente a visão daqueles filósofos imprevisíveis, que se dizem "realistas" ou "positivistas"; visão que é cal-

40 Do latim: Ócio. (N. do R.)

culada para implantar uma desconfiança perigosa na alma de um jovem e ambicioso estudante que esses filósofos, na melhor das hipóteses, de que são eles próprios os mais estudiosos e capacitados — isso é muito evidente! Todos eles são pessoas que foram derrotadas e retiradas de debaixo do domínio da ciência, que uma vez ou outra reivindicaram mais de si mesmos, sem ter direito ao "mais" e sua responsabilidade — e que agora, com crédito, rancor , e vingativamente, tentam representar em palavras e atos, descrença na soberana tarefa e supremacia da filosofia. Afinal, como poderia ser diferente? A ciência hoje floresce e tem a boa consciência claramente visível em seu semblante; enquanto aquilo a que gradualmente se afundou toda a filosofia moderna, resquício da filosofia dos dias atuais, desperta desconfiança e desprazer, senão desprezo e piedade. Filosofia reduzida a uma "teoria do conhecimento"; na verdade, não mais do que uma ciência acanhada de épocas e doutrinas de tolerância a uma filosofia que nunca vai além do umbral, e rigorosamente nega a si mesma o direito de entrar — isto é, a filosofia em seus estertores, um fim, uma agonia, algo que nos desperta pena. Como poderia esta filosofia — ser elevada a regra?

- 205 -

Os perigos que cercam a evolução do filósofo são, de fato, bastante diversos nos dias de hoje, tanto que se duvida que esse fruto ainda chegue a amadurecer. A extensão e a imponente estrutura das ciências aumentaram demais, e com isso também a probabilidade de que o filósofo se enfare até mesmo como um aprendiz, ou se fixe em algum lugar e "se especialize" de modo que sua visão não mais alcance seu ápice; e possa olhar tudo a sua volta e a distância. Pode ser também que tenha chegado tarde demais, quando o melhor de sua maturidade e força já passou, ou quando ele já está enfraquecido, grosseiro e deteriorado, de modo que sua visão, sua avaliação geral das coisas não têm mais aquela desejada relevância. Talvez seja apenas o refinamento de sua consciência intelectual que o faz hesitar e se demorar, ele teme a tentação de se tornar um diletante, uma centopeia, um *milleantenna*[41]; ele sabe muito bem que como um discernidor, aquele por quem se perdeu o respeito não mais comanda, não mais lidera; a menos que aspire se tornar um grande ator, um Cagliostro filosófico e um caçador de ratos espiritual — em suma, um enganador. Isso é em última instância uma questão de gosto, se não

41 Do latim: inseto com várias antenas. (N. do T.)

foi realmente uma questão de consciência. Para dobrar mais uma vez as dificuldades do filósofo, há também o fato de que ele exige de si mesmo um veredito, um sim ou não, não sobre a ciência, mas sobre a vida e o valor da vida. Ele aprende, a contragosto, a acreditar que é seu direito e até mesmo seu dever de obter esse veredito; e ele tem que buscar seu caminho para a direita e a crença apenas por meio das experiências mais extensas (talvez perturbadoras e destruidoras), muitas vezes hesitando, duvidando e pasmo. Na verdade, o filósofo há muito se confunde e se mistura com a multidão, seja com o homem científico e o erudito ideal, seja com o homem visionário, religiosamente elevado, dessensualizado, dessecularizado e intoxicado por Deus; e ainda assim, quando ouve alguém ser elogiado, porque vive "com sabedoria" ou "como um filósofo", dificilmente significa mais do que "prudentemente e à parte". A Sabedoria parece para a população uma espécie de fuga, meio e artifício para se retirar com sucesso de um jogo ruim; mas o genuíno filósofo — não nos parece assim, meus amigos? — vive "não filosoficamente" e "imprudentemente", acima de tudo, imprudentemente, e sente a obrigação e o fardo de uma centena de tentativas e tentações da vida. Ele se arrisca constantemente , ele a si mesmo se joga neste jogo ruim.

- 206 -

Com relação ao gênio, ou seja, aquele ser que cria, que produz — ambas as palavras entendidas em seu sentido mais amplo — o homem de saber, o homem científico médio, sempre tem algo de uma velha solteirona; pois, como ela, ele não está familiarizado com as duas funções principais do homem. A ambos, é claro, o estudioso e a solteirona, concede-se respeitabilidade, como se a título de indenização — nesses casos, enfatiza-se a respeitabilidade — e ainda, na compulsão dessa concessão, temos a mesma mistura de aborrecimento. Examinemos mais de perto: o que é o homem científico? Em primeiro lugar, um tipo de homem comum, com virtudes comuns: isto é, um tipo de homem não impositivo, sem autoridade e não autossuficiente. Ele tem iniciativa, capacidade de adaptação e paciência, uniformidade e moderação em suas capacidades e requisitos; tem o instinto para reconhecer pessoas como ele, e para saber o que elas exigem — por exemplo: a porção de independência e verdes campos sem os quais não há descanso do trabalho; a reivindicação de honra e consideração (que primeiro e acima de tudo pressupõe se conhecer e ser reconhecido). O brilho do sol de um bom nome, a ratificação perpétua de seu valor e sua utilidade, com a qual a desconfiança interior que jaz no fundo do coração de todos os homens dependentes e dos animais gregários, precisa ser superada continuamente. O homem erudito, como é apropriado, também tem enfermidades e defeitos de um tipo ignóbil: ele está cheio de inveja mesquinha e tem um olho de lince para os pontos fracos daquelas naturezas cujas elevações ele não poderá atingir. Ele é confiante, mas apenas como alguém que se deixa ir, mas não flui; e é precisamente diante dos homens dos grandes fluxos de ideias que ele está ainda mais frio e mais reservado. — Seus olhos são então como um lago liso e vacilante, que já não mais é movido por encantos ou atrativos. O pior e mais perigoso de que um estudioso é capaz, resulta do instinto de mediocridade de seu tipo, do jesuitismo de sua mediocridade, que trabalha instintivamente pela destruição do homem excepcional e se esforça para quebrar — ou melhor, para relaxar — curvada reverência. Para relaxar, é claro, com consideração e naturalmente com mão indulgente. Relaxar com confiante simpatia que é a verdadeira arte do jesuitismo; ele que sempre entendeu como se apresentar como a religião da simpatia.

- 207 -

Por mais grato que se possa dar as boas-vindas ao espírito objetivo — e quem não está doente até a morte de toda essa subjetividade e sua confusa mesmice! — com isso, no entanto, deve-se aprender a ter cuidado mesmo com relação à própria gratidão, e pôr fim ao exagero com que se celebrou recentemente o altruísmo e despersonalização do espírito; como se fosse a meta em si, como se fosse a salvação e a glorificação. Como é especialmente acostumada a acontecer na escola pessimista, que também por sua vez boas razões para prestar as mais altas honras ao "desinteressado conhecimento". O homem objetivo, que não mais amaldiçoa e repreende como o pessimista, o homem ideal, de erudição, em que o instinto científico floresce plenamente após mil falhas completas e parciais, é seguramente um dos instrumentos mais caros que existem, mas seu lugar está nas mãos de quem é mais poderoso. Ele é apenas um instrumento. Podemos dizer que ele é um espelho! Ele não é um "propósito em si mesmo!" O homem ativo é, na verdade, um espelho acostumado a prostrar-se diante de tudo o que deseja ser conhecido, com desejos que implicam apenas o saber ou o "refletir". Ele espera até que algo aconteça, e então se expande sensivelmente, de modo que até mesmo passos leves e deslizantes — o passo de seres espirituais não sejam percebidos na superfície de sua pela. Qualquer "personalidade" que ele ainda possua parece-lhe acidental, arbitrária ou, ainda mais frequentemente, perturbadora; tanto que ele passou a se considerar como uma passagem e um reflexo de formas externas e eventos quaisquer. Com esforço, ele evoca lembranças de "si mesmo"; e não raro de maneira errada, ele prontamente se confunde com outras pessoas, ele comete erros em relação as suas próprias necessidades, e somente nestes casos ele é grosseiro e negligente. Talvez ele tenha perturbações em relação a sua saúde, ou à mesquinhez e ao círculo restrito de esposa e poucos amigos, ou ainda à falta de companheiros e de sociedade. Em verdade, ele se põe a refletir sobre seu sofrimento, mas tudo é em vão! Seus pensamentos já se afastaram para os casos mais gerais, e amanhã ele sabe tão pouco quanto ontem sabia sobre como se ajudar. Agora ele está sereno e não se leva a sério, se dedica a si mesmo. Não por falta de problemas, mas por falta da capacidade de agarrar e lidar com seus problemas. A complacência habitual com respeito a todos os objetos e experiências, a hospitalidade radiante e imparcial com que ele recebe tudo o que vem em seu caminho; seu irreverente hábito de boa natureza, de perigosa indiferença quanto ao Sim e Não. Ai de mim! Há casos suficientes em que ele tem que expiar por essas suas virtudes! E como homem em geral, ele se torna facilmente o *caput mortuum*[42] de tais virtudes. Se alguém desejar amor ou ódio da parte dele — quero dizer, amor e ódio como Deus, a mulher e o animal entendem esses sentimentos. Ele fará o que puder e fornecerá o quanto puder. Mas não devemos nos surpreender se não for muito — caso ele se mostre, exatamente neste ponto, falso, frágil, questionável e deteriorado. Seu amor é reprimido, seu ódio é artificial, e sim um *tour de force*[43], seria uma leve ostentação e um exagero. Ele só é genuíno na medida em que pode ser objetivo; somente em sua serena totalidade ele ainda é "natureza" e "natural". Sua alma espelhada e eternamente autopolida não sabe mais como afirmar, não sabe mais como negar; ele não comanda; ele não mais destrói. "*Je ne méprise presque rien!*"[44] — diz ele, que é amigo de Leibniz. Não esqueçamos, nem subestimemos esse *presque*! Eles também não são homens modelo; eles não vão à frente de ninguém, e nem após; eles geralmente se colocam muito longe para ter qualquer razão para abraçar qualquer causa do bem ou do mal. Se ele foi confundido por tanto tempo com um Filósofo, com um déspota cesariano ou um ditador da civilização; teve honra demais.

42 Do latim: Restolho. (N. do T.)
43 Do francês: Feito de força. (N. do R.)
44 Do francês: Eu não desaprovo quase nada! (N. do R.)

E o que é essencial nele foi esquecido — ele é um instrumento, algo como um escravo, embora certamente o tipo mais sublime de escravo, mas nada de destaque em si mesmo. — *Présque rien*! O homem objetivo é um instrumento, um instrumento de medição e caro espelhamento; facilmente se danifica e se mancha, deve ser cuidado e bem respeitado. Mas ele não é um objetivo, não é um ponto final e nem uma expansão; não é um homem essencial em quem o resto da existência se justifique; é sem finalização. E ainda menos poderia ser um começo, um gerador ou uma causa primária; não é nada resistente, nada poderoso, egocêntrico; que deseja alcançar a maestria. Mas sim, será apenas frágil, inflado, delicado, flexível a qualquer forma de oleiro, sempre deverá esperar por um tipo de conteúdo e moldura para "adequar-se" a ela. Na maior parte do tempo será um homem sem moldura e sem conteúdo, um homem "altruísta". Consequentemente, também, nada será para as mulheres, *in parenthesi*.

- 208 -

Quando, hoje em dia, um filósofo se torna conhecido por não ser um cético — espero que isso tenha sido deduzido da descrição anterior do espírito objetivo —, todas as pessoas o ouvem com impaciência. Eles o olham por causa disso com alguma apreensão; gostariam de fazer tantas, inúmeras perguntas... Em verdade, entre os ouvintes tímidos, dos quais agora existem muitos, ele será considerado muito perigoso daqui em diante. Com seu repúdio ao ceticismo, parece-lhes que ouviram algum som de ameaça a distância; como se um novo tipo de explosivo estivesse sendo experimentado em algum lugar, uma dinamite do espírito. Talvez uma "niilina" russa recém-descoberta, um pessimismo *bonae voluntatis*[45], que não apenas nega, significa negação, mas — pensamento terrível! Negação de ações. Contra esse tipo de "boa vontade" — uma vontade de negação verdadeira e real da vida — não há, como geralmente se reconhece hoje, nenhum melhor sonífero ou sedativo que o ceticismo; a papoula suave, agradável e embaladora do ceticismo. E o próprio Hamlet é agora prescrito pelos médicos da época como um antídoto para o "espírito" e seus ruídos subterrâneos. "Nossos ouvidos já não estão cheios de sons ruins?" — dizem os céticos. Como amantes do repouso e quase como uma espécie de polícia de segurança; este não subterrâneo é terrível! Fiquem quietos, toupeiras pessimistas! O cético, na verdade, essa criatura delicada, se assusta facilmente; sua consciência é educada de modo a

45 Do latim: De boa vontade. (N. do T.)

começar em cada Não, e mesmo naquele afiado e decidido Sim. E sente algo como uma mordida por isso. Sim! E não! — eles lhe parecem opostos à moralidade. Ele adora, ao contrário, fazer festa para sua virtude por um nobre alheamento, enquanto talvez diga como Montaigne: "O que eu sei?" — ou como Sócrates: "Eu sei que não sei nada." — ou: "Aqui não confio em mim, nenhuma porta está aberta para mim." — ou: "Mesmo que a porta estivesse aberta, por que devo entrar imediatamente?" — ou: "Qual é a utilidade de quaisquer hipóteses precipitadas? Pode muito bem ser de bom gosto não fazer nenhuma hipótese. Você é estritamente obrigado a endireitar de uma vez aquilo que está torto? Encher cada buraco com algum tipo de carvalho? E não tem tempo para isso? Não tem tempo para o lazer? Oh, demônios, não dá para esperar? O incerto também tem seus encantos, a Esfinge também é uma Circe, e Circe também foi um filósofo." Assim se consola um cético; e em verdade ele precisa mesmo de algum consolo. Pois o ceticismo é a expressão mais espiritual de um certo temperamento fisiológico multifacetado, que na linguagem comum é chamado de debilidade nervosa e doença. Surge sempre que raças ou classes há muito separadas se fundem de maneira decisiva e repentina. Na nova geração, que herdou, por assim dizer, diferentes padrões e avaliações em seu sangue, tudo é inquietação, desordem, dúvida e hesitação. Os melhores poderes operam restritivamente, as próprias virtudes impedem um ao outro de crescer e se tornarem fortes. Equilíbrio, lastro e estabilidade perpendicular faltam-lhe no corpo e na alma. Aquilo, entretanto, que é mais enfermo e degenerado em tais seres descritos é a vontade. Eles não estão mais familiarizados com a independência de decisão ou o sentimento corajoso de ter prazer em querer. Mesmo em seus sonhos, eles têm dúvidas sobre a "liberdade de vontade". Nossa Europa de hoje, o cenário de uma tentativa precipitada e sem sentido de uma mistura radical de classes, e consequentemente de raças, é, portanto, cética em todas as suas alturas e profundidades. Às vezes exibindo o ceticismo móvel que surge impaciente e arbitrariamente de galho em galho; às vezes com aspecto sombrio, como uma nuvem carregada de sinais interrogativos — e muitas vezes doente até a morte de sua vontade! Paralisia de vontade, onde não encontramos este aleijado sentado hoje em dia! E, no entanto, como muitas vezes foi enfeitado! Quão sedutoramente está ornamentado! São os melhores vestidos e disfarces de gala para esta aberração; e isso, por exemplo, a maior parte do que hoje se coloca nas vitrines como "objetividade", "espírito científico", "*l'art pour l'art*", e "conhecimento voluntário puro", tudo isto é apenas ceticismo adornado e paralisia da vontade! Estou pronto para responder por este diagnóstico da doença europeia. A doença da vontade se difunde desigualmente pela Europa, é pior e mais variada onde a civilização prevaleceu por mais tempo; diminui conforme "o bárbaro" ainda — ou novamente — afirma suas reivindicações sob a roupagem solta da cultura ocidental. Portanto, é na França de hoje, como pode ser facilmente revelado e compreendido, que a vontade é mais enferma. E a França, que sempre teve uma aptidão magistral para converter até mesmo as crises portentosas de seu espírito em algo encantador e sedutor, agora manifesta enfaticamente sua ascendência intelectual sobre a Europa, por ser a escola e exibição de todos os encantos do ceticismo. O poder de querer e de persistir, além disso, em uma resolução, já é um pouco mais forte na Alemanha e, novamente no norte da Alemanha é mais forte do que na Alemanha Central; é consideravelmente mais forte na Inglaterra, Espanha e Córsega, associado com catarro no primeiro e com crânios duros no último. — Sem falar na Itália, que é muito jovem ainda para saber o que quer e deve primeiro mostrar se pode exercer a vontade. Mas é o mais forte e o mais surpreendente de todos naquele imenso império intermediário onde a Europa, por assim dizer, flui de volta para a Ásia, ou seja, na Rússia. Lá o poder de querer foi armazenado e acumulado por muito tempo. Lá a vontade — incerta se é negativa ou afirmativa — espera ameaçadoramente para ser descarregada (para usar uma frase preferida de nossos físicos). — Talvez não apenas as guerras indianas e complicações na Ásia sejam necessárias para libertar a Europa de seu maior perigo, mas também a subversão interna, a fragmentação do império em pequenos estados, e acima de tudo a introdução da imbecilidade parlamentar, junto com a obrigação de cada um de ler seu jornal no café da manhã. Eu não digo isso como quem deseja, em meu coração prefiro o contrário — quero dizer, tal aumento na ameaçadora atitude da Rússia, de que a Europa teria que se decidir para se tornar igualmente ameaçadora — ou seja, adquirir uma vontade. Por meio de uma nova casta para governar o continente, uma vontade própria persistente e terrível, que pode focar sua visão milhares de anos à frente; de modo que a longa comédia de seu pequeno estatismo, e sua dinastia, bem como sua multifacetada democracia, pudesse finalmente chegar ao fim. O tempo para políticas mesquinhas já passou; o próximo século trará a luta pelo domínio do mundo — a compulsão pela grande política.

- 209 -

Até que ponto a nova era de guerra em que nós, europeus, evidentemente entramos, poderia talvez favorecer o crescimento de um outro tipo mais forte de ceticismo? Gostaria de me expressar inicialmente apenas por uma parábola, enredo que os amantes da história alemã já de imediato compreenderão. Aquele entusiasta sem escrúpulos de grande e belos granadeiros, que, como rei da Prússia, trouxe à existência um gênio militar e cético — e com isso, na realidade, um novo tipo de alemão que agora triunfantemente emergiu: O louco e problemático pai de Frederico, o Grande, tinha em um ponto o talento e a sorte do gênio: ele sabia o que estava faltando na Alemanha. A falta do que era cem vezes mais alarmante e sério do que qualquer falta de cultura e forma social — sua má vontade para com o jovem Frederico resultou da ansiedade de um instinto profundo. Os homens estavam em falta; e ele suspeitou, para seu mais amargo pesar, que seu próprio filho não era homem o suficiente. Nisto, no entanto, ele se enganou; mas quem não se enganaria em seu lugar? Ele viu seu filho cair para o ateísmo, ao espírito, para a frivolidade agradável de franceses espertos. Ele viu ao fundo a grande sanguessuga, o aranha do ceticismo; ele suspeitava da infelicidade incurável de um coração que não é mais forte o suficiente para o mal ou para o bem, e de uma vontade quebrada que não comanda mais, não seria mais capaz de comandar. Enquanto isso, entretanto, cresceu em seu filho aquele novo tipo de ceticismo mais difícil e perigoso — e quem sabe o quanto foi encorajado apenas pelo ódio de seu pai e pela melancolia gélida de um testamento condenado à solidão? O ceticismo da masculinidade ousada, que está intimamente relacionado com o gênio para a guerra e conquista, e fez sua primeira entrada na Alemanha na pessoa do grande Frederico. Esse ceticismo despreza e, não obstante, agarra; mina e toma posse; não acredita, mas com isso não se perde; dá ao espírito uma liberdade perigosa, mas mantém ferrenha vigilância sobre o coração. É a forma alemã de ceticismo, que, como um Fredericianismo continuado, elevado à espiritualidade mais alta, manteve a Europa por um tempo considerável sob o domínio do espírito alemão e sua desconfiança histórica e crítica devido ao caráter masculino insuperavelmente forte e resistente dos grandes filólogos alemães e dos críticos históricos que, corretamente estimados, também foram todos artistas da destruição e da dissolução. Uma nova concepção do espírito alemão gradualmente se estabeleceu — apesar de todo o Romantismo na música e na filosofia —, concepção em que o inclinar-se para o ceticismo masculino foi decididamente proeminente, seja, por exemplo, como destemor do olhar, como coragem e severidade da mão dissecante, ou como vontade resoluta para viagens perigosas de descoberta, para expedições espiritualizadas ao Pólo Norte sob céus áridos e perigosos. Pode haver bons motivos para isso quando humanitários de sangue quente e superficiais se benzem diante desse espírito: *Cet esprit fataliste, ironique, méphistophélique*; como Michelet o chama, não sem um estremecimento. Mas se alguém percebesse o quão característico é esse medo do "homem" no espírito alemão que desperta tiraria a Europa de seu "sono dogmático". Vamos lembrar a concepção anterior que teve de ser superada por esta nova — e que não faz muito tempo que uma mulher masculinizada poderia ousar, com presunção desenfreada, recomendar os alemães para o interesse da Europa como tolos gentis, de bom coração, de vontade fraca e poéticos. Finalmente, vamos apenas compreender profundamente o espanto de Napoleão quando viu Goethe revelar o que foi considerado por séculos como o "espírito alemão" "*Voilá un Homme!*" — e isso era o mesmo que dizer: "E aqui está um homem! E eu esperava ver apenas um alemão!"

- 210 -

Supondo, então, que na imagem dos filósofos do futuro, algum traço sugere a questão de que eles talvez não sejam céticos como no último sentido mencionado. Algo neles seria apenas designado por causa disso — e não eles próprios. Com igual direito, eles podem se intitular críticos e, com certeza, serão homens de experimentos. Pelo nome com o qual me aventurei a batizá-los, já enfatizei expressamente sua tentativa e seu amor pela experiência é porque, como críticos de corpo e alma, eles adorarão fazer uso de experimentos em um novo, e talvez mais amplo e mais perigoso sentido? Em sua paixão pelo conhecimento, eles terão que ir mais longe em ousadas e dolorosas tentativas do que o gosto sensível e mimado de um democrático século poderia aprovar? Não há dúvida de que esses próximos serão os menos capazes de dispensar a seriedade e não as qualidades inescrupulosas que distinguem o crítico do cético, quero dizer, a certeza quanto aos padrões de valor, o emprego consciente de uma unidade de método, a coragem cautelosa, a autonomia e a capacidade de autorresponsabilidade. Na verdade, eles vão admitir entre si um deleite na negação e dissecação, bem como uma certa crueldade atenciosa, que sabe como manejar a faca com segurança e destreza, mesmo quando o coração sangra. Eles serão mais firmes (e muitas vezes não apenas consigo mesmo) do que as pessoas humanas podem desejar; eles não vão lidar com a "verdade" a fim de que possa "agradá-los", ou "elevá-los" e "inspirá-los" — eles, ao contrário, terão pouca fé na "verdade" que traga consigo tanta satisfação pelos sentimentos. Eles vão sorrir — esses espíritos rigorosos, quando alguém disser em sua presença: "Esse pensamento me eleva, e por que não deveria ser verdade?" ou "Esse trabalho me encanta, por que não deveria ser belo?" ou "Esse artista me amplia, por que ele não deveria ser grandioso?" Talvez eles não tenham apenas um sorriso, mas um desgosto genuíno por tudo o que é muito arrebatador, idealista, feminino e hermafrodita. E se alguém pudesse olhar bem fundo em seus corações, não encontraria facilmente neles a intenção de reconciliar "sentimentos" com "gosto antigo" ou mesmo com "parlamentarismo moderno" (o tipo de reconciliação necessariamente encontrada mesmo entre os filósofos em nosso incerto século e, consequentemente, muito conciliador). A disciplina crítica e todo hábito que conduz à pureza e ao rigor nas questões intelectuais, não serão apenas exigidos por esses filósofos do futuro. Eles podem até mesmo exibi-la como seu adorno especial — no entanto, eles não vão querer ser chamados de críticos por conta disso. Parecerá a eles uma grande indignidade à filosofia que ela decretou, como é tão bem-vindo hoje em dia, que "a própria filosofia é crítica e ciência crítica — e nada mais!" Embora esta avaliação da filosofia possa gozar da aprovação de todos os positivistas franceses e alemães (e possivelmente até lisonjeou o coração e o gosto de Kant: lembremos os títulos de suas principais obras), nossos novos filósofos dirão, não obstante , que os críticos são instrumentos do filósofo e, justamente por isso; como instrumentos, estão longe de serem eles próprios, filósofos! Até o grande chinês de Königsberg teria sido apenas um grande crítico.

- 211 -

Peço insistentemente que as pessoas parem de confundir os trabalhadores filosóficos, e em geral os homens da ciência, com os filósofos — e que precisamente se deve aqui dar especificamente a "cada um o que é seu"; e não dar a esses muito, muito pouco. Pode ser necessário para a educação do verdadeiro filósofo que ele mesmo deva ter pisado em todos aqueles degraus sobre os quais seus servos, os cientistas da filosofia, permanecem de pé. E devem mesmo permanecer de pé, pois ele próprio pode ter sido um crítico, um dogmático, e historiador e, além disso, poeta e colecionador, e viajante e leitor de enigmas, e moralista, vidente e "espírito livre" e quase tudo, a fim de percorrer toda a gama de valores humanos e estimativas. E que ele possa, com uma variedade de olhos e consciências, ter um olhar elevado a qualquer distância, uma visão de profundidade a qualquer altura, de um recanto a qualquer expansão. Mas todas essas são apenas condições preliminares a sua tarefa. Esta tarefa em si exige outra coisa — exige que ele crie valores. Os trabalhadores filosóficos, após o excelente modelo de Kant e Hegel, tem que fixar e formalizar um grande corpo existente de avaliações — isto é, padrões de valor anteriores. Parâmetros de valor que se tornaram predominantes, e são por um tempo chamadas de "verdades". Sejam no domínio do lógico, do político (moral) ou do artístico. Cabe a esses investigadores tornar tudo o que aconteceu e foi estimado até agora, conspícuo, concebível, inteligível e administrável. Para encurtar tudo, até mesmo o próprio "tempo", e subjugar todo o passado: uma tarefa imensa e maravilhosa, na realização da qual todo orgulho refinado, toda vontade tenaz, certamente podem encontrar satisfação. Os verdadeiros filósofos, no entanto, são os comandantes e doadores de leis. Eles dizem o: "Assim Será!" Eles determinam primeiro o "para onde" e o "porquê" da humanidade e, assim, deixam de lado o trabalho anterior de todos os pensadores filosóficos e todos os subjugadores do passado. Eles se agarram ao futuro com uma mão criativa, e tudo o que é ou foi, torna-se para eles um meio, um instrumento e um martelo. Seu "saber" é criar, sua criação é uma lei, sua vontade de verdade é — Vontade de Poder. Existem atualmente tais filósofos? Já existiram tais filósofos? Deveria haver tais filósofos algum dia?...

- 212 -

É sempre bastante óbvio para mim que o filósofo, como homem indispensável para amanhã e depois de amanhã, sempre se encontrou, e foi obrigado a encontrar-se, em contradição com o tempo em que vive. Seu inimigo sempre foi o ideal de sua época. Até então, todos aqueles extraordinários promotores da humanidade a quem chamamos de filósofos — que raramente se consideravam amantes da sabedoria, mas antes são como tolos desagradáveis e perguntadores perigosos; — encontraram sua missão, sua missão difícil, involuntária e imperativa (no final, no entanto, a grandeza da sua missão), por serem a má consciência de seu tempo. Colocando a faca do vivissecionista no peito das próprias virtudes de sua época, eles traíram seu próprio segredo. Tem sido por causa de uma nova grandeza do homem, um novo caminho não trilhado para o seu engrandecimento. Eles sempre revelaram quanta hipocrisia, indolência, autoindulgência e abandono de si mesmo. Quanta falsidade estava oculta sob os mais venerados tipos de moralidade contemporânea. Quanta virtude fora de moda! Eles sempre disseram "Devemos nos retirar daqui para onde você esteja pelo menos em casa." — "Diante de um mundo de ideias modernas" — onde se gostaria de confinar cada um em um canto, em uma "especialidade". Um filósofo, se pudesse haver filósofos hoje em dia, seria obrigado a colocar a grandeza do homem, a concepção de "grandeza", precisamente em sua abrangência e multiplicidade, e ele até determinaria o valor e a posição de acordo com a quantidade e variedade daquilo que um homem poderia suportar e assumir; de acordo com a extensão com que um homem pode ampliar sua responsabilidade. Hoje em dia o gosto e a virtude da época enfraquecem e atenuam a vontade. Nada é tão adaptado ao espírito da época como a fraqueza da vontade; consequentemente, no ideal do filósofo deve haver força de vontade, severidade e capacidade de resolução prolongada; devem especialmente ser incluídos na concepção de "grandeza", com direitos tão bons quanto a doutrina oposta, com seu ideal de uma humanidade tola, renunciante, humilde, altruísta. Era adequado para uma época oposta — como o século XVI, que sofreu com sua energia de vontade acumulada e com as mais selvagens torrentes e inundações de egoísmo na época de Sócrates. Entre homens apenas de instintos desgastados, velhos atenienses conservadores que se deixaram levar — "pelo bem da felicidade" — como eles disseram — pelo bem do prazer — como sua conduta indicava, e que tinham continuamente nos lábios as velhas palavras pomposas às quais há muito haviam perdido o direito com a vida que levavam. A ironia talvez fosse necessária para a grandeza da alma. A perversa segurança socrática do velho médico plebeu, que cortou impiedosamente a própria carne, como a carne e o coração do "nobre", com um olhar que dizia claramente — "Não se disfarce diante de mim! Aqui — nós somos iguais!" — Neste momento, pelo contrário, quando em toda a Europa o animal de rebanho só alcança e oferece honras, quando a "igualdade de direito" puder ser facilmente transformada em igualdade no erro. Quero dizer em guerra geral contra tudo que é raro, estranho e privilegiado, contra o homem superior, a alma superior, o dever superior, a responsabilidade superior, a plenipotência criativa e nobreza. Atualmente ser nobre pertence à concepção de "grandeza", desejar estar à parte, ser capaz de ser diferente, estar sozinho, ter que viver por iniciativa pessoal; e assim o filósofo vai trair algo de seu próprio ideal quando afirma "O maior será aquele que puder ser o mais solitário, o mais oculto, o mais divergente, o homem além do bem e do mal, o mestre de suas virtudes, e que tenha superabundância de vontade. Precisamente isto se chamará grandeza! Tão diverso quanto pode ser íntegro, tão amplo quanto pode ser pleno." E para fazer mais uma vez a pergunta: A grandeza seria possível em nossos dias?

- 213 -

É difícil aprender o que possa ser um filósofo, pois isso não pode ser ensinado: é preciso "saber" por experiência — ou deve-se ter o orgulho de mesmo não saber. O fato de que atualmente todas as pessoas falam de coisas das quais nunca puderam ter experiência é verdade; especialmente e infelizmente ainda mais no que diz respeito ao filósofo e às questões filosóficas. Poucos os conhecem, poucos têm permissão para conhecê-los, e todas as ideias populares sobre eles são falsas. Assim, como exemplo, a combinação verdadeiramente filosófica de uma espiritualidade ousada e exuberante que atua em ritmo acelerado; um rigor dialético e uma necessidade que não dá passos em falso é desconhecida para a maioria dos pensadores e estudiosos por sua própria experiência e, portanto, nunca se deveria falar disso em presença deles, isso é incrível para eles. Eles concebem toda necessidade como sendo problemática, como uma dolorosa obediência compulsória e um estado de coação. O próprio pensamento é considerado por eles como algo lento e hesitante, quase como um problema, e muitas vezes como "digno do suor dos nobres" — e de forma alguma como algo fácil, leve e divino, relacionado, por exemplo, à dança ou à exuberância! "Pensar" e levar um assunto "a sério", "arduamente" — isso é a mesma coisa para eles; tal tem sido apenas sua "experiência". Os artistas talvez tenham aqui uma intuição mais apurada. Aqueles que sabem muito bem que é precisamente quando eles não fazem mais nada "por obrigação", e tudo por simples necessidade, seu sentimento de liberdade, de sutileza, de poder, de fixação criativa, disposição e forma, atingem seu clímax — em resumo, então temos que necessidade e "liberdade de vontade" são então a eles a mesma coisa. Há, enfim, uma gradação de posições nos estados psíquicos, à qual corresponde a gradação de posições nos problemas; e os maiores problemas repelem implacavelmente todo aquele que se aventura muito perto deles, sem estar predestinado para sua solução pela elevação e poder de sua espiritualidade. Qual a utilidade de intelectos ágeis e cotidianos, ou desajeitados, honestos, mecânicos e empiristas, para pressionar, em sua ambição plebeia, diante de tais problemas, e por assim dizer neste "santo dos santos" — como tantas vezes acontece hoje em dia? Pés grosseiros nunca deveriam pisar em tais tapetes: isso está previsto na lei primária das coisas. As portas permanecem fechadas àqueles intrusos, embora eles possam se arremessar e quebrar suas cabeças nelas. As pessoas sempre têm que nascer para uma posição elevada, ou, mais definitivamente, têm que ser gerado para isso. Uma pessoa tem apenas o direito à filosofia — tomando a palavra em seu significado mais elevado — em virtude de sua descendência; os ancestrais, o "sangue", também decidem aqui. Muitas gerações devem ter preparado o caminho para a vinda de um filósofo; cada uma de suas virtudes deve ter sido adquirida, alimentada, transmitida e incorporada separadamente; não apenas o curso ousado, fácil, delicado e corrente de seus pensamentos, mas acima de tudo a prontidão para as grandes responsabilidades, a majestade do olhar dominante e olhar de desprezo, o sentimento de separação da multidão com seus deveres e virtudes, o patrocínio amável e a defesa de tudo o que é incompreendido e caluniado — seja um Deus ou um demônio — o deleite e a prática da justiça suprema, a arte de comandar, a amplitude da vontade, o olhar persistente que raramente admira, raramente olha para cima, raramente ama...

CAPÍTULO VII

NOSSAS VIRTUDES

- 214 -

Nossas Virtudes? É provável que também nós ainda tenhamos aquelas nossas virtudes, embora naturalmente não sejam virtudes tão sinceras e maciças, as temos por consideração e também um pouco por reverência a nossos avós. Nós, europeus do futuro, nós primogênitos do século XX — com toda a nossa perigosa curiosidade, nossa diversificação e arte de disfarçar, nossa crueldade suave e aparentemente adoçada em sentido e espírito — devemos presumivelmente, se devemos ter virtudes, ter somente aquelas que se conformaram com nossas inclinações mais secretas do coração, com nossas exigências mais ardentes. Então, procuremo-las em nossos labirintos! — onde, como sabemos, tantas coisas se perdem, tantas coisas ficam completamente perdidas! E existe algo melhor do que procurar as próprias virtudes? Não seria quase um acreditar nas próprias virtudes? Mas essa "crença nas próprias virtudes" — não seria praticamente a mesma coisa que antigamente era chamada de "boa consciência", aquela longa e respeitável trança de uma ideia que nossos avós costumavam pendurar atrás de suas cabeças, e muitas vezes também por trás de seus entendimentos? Parece, portanto, que por pouco que possamos nos imaginar antiquados e respeitáveis como avós em outros aspectos, em uma coisa somos, no entanto, netos dignos de nossos avós, os últimos europeus de boa consciência: também usamos essas tranças. Ah! Se você imaginasse que, muito em breve — tudo será diferente!

- 215 -

Como no firmamento estelar, às vezes há dois sóis que determinam o caminho de um planeta e, em certos casos, sóis de cores diferentes brilham em torno de um único planeta, ora com luz vermelha, ora verde, e então simultaneamente iluminam e inundam-no com cores heterogêneas.

Portanto, nós, homens modernos, devido ao complicado mecanismo de nosso "firmamento", somos determinados por diferentes moralidades; nossas ações brilham alternadamente com cores diferentes e raramente são inequívocas — e frequentemente há casos, também, em que nossas ações são furta-cor.

- 216 -

Para amar os inimigos? Acho que isso foi bem aprendido; e atualmente ocorrem milhares de vezes em grandes e pequenas escalas. Na verdade, às vezes acontece até coisa mais elevada e mais sublime: aprendemos a desprezar quando amamos, e precisamente quando mais amamos. Tudo isso, porém, inconscientemente, sem barulho, sem ostentação, e com a vergonha e o segredo do bem, que proíbe a expressão da palavra pomposa e da fórmula da virtude. A moralidade como atitude — opõe-se ao nosso gosto hoje em dia. Isso também é um avanço, pois foi um avanço de nossos pais que a religião como atitude finalmente se opusesse ao seu desejo, incluindo a inimizade e a amargura voltairiana contra a religião (e tudo o que antes pertencia à "livre-pensadora-pantomima"). É a música em nossa consciência, e dança em nosso espírito, que não se combinam com as ladainhas puritanas, os sermões morais e a tosca bondade.

- 217 -

Sejamos cuidadosos ao lidar com aqueles que atribuem grande importância ao fato serem reconhecidos como ícones de tato e sutileza no discernimento moral! Eles nunca nos perdoam se cometeram um erro antes de nós — (ou mesmo no que diz respeito a nós) — eles inevitavelmente se tornam nossos caluniadores e detratores instintivos, mesmo quando ainda são tidos por nossos "amigos". Bem-aventurados os esquecidos: porque eles "receberão o melhor", até mesmo por conta de seus próprios erros.

- 218 -

Os psicólogos da França — e onde mais ainda existem psicólogos hoje em dia? — nunca exauriram seu amargo e múltiplo gozo da tolice burguesa, como se... mas basta, apenas aí eles já mostram muito. Flaubert, por exemplo, o honrado notável de Rouen, não viu, nem ouviu, nem experimentou nada extraordinário afinal; era seu modo de autotormento e crueldade refinada. Como isso está ficando cansativo, eu recomendaria agora uma mudança para algo mais prazeroso — ou seja, a astúcia inconsciente com que a boa, gorda e honesta mediocridade sempre se comporta em relação aos espíritos mais elevados e às tarefas que eles têm de realizar. Aquela sutil e farpada astúcia jesuíta, que é mil vezes mais sutil que o gosto e a compreensão da classe média em seus melhores momentos — mais sutil ainda que a compreensão de suas vítimas: uma dupla prova de que o "instinto" é o mais inteligente de todos os tipos de inteligência até agora descobertos. Em resumo, vocês psicólogos, estudem a filosofia da "regra" em sua luta com a "exceção". Aí está um espetáculo digno de Deuses e da malignidade divina! Ou, em palavras mais claras, pratiquem a dissecação da "gente boa", do "*homo bonae voluntatis*", ou seja, de si próprios!

- 219 -

A prática de julgar e condenar moralmente é a vingança preferida dos intelectualmente superficiais sobre aqueles que realmente o são; é também uma espécie de indenização por serem mal dotados pela natureza e; finalmente, é uma oportunidade para adquirir espírito e tornando-se sutil — a malícia espiritualiza. Em seu íntimo eles estão contentes e crentes de que existe um padrão de acordo com o qual os que são superdotados de bens intelectuais e privilégios são iguais a eles. Eles lutam pela "igualdade de todos perante Deus" e quase precisam da crença em Deus para este propósito. É entre eles que se encontram os mais poderosos antagonistas do ateísmo. Se acaso alguém lhes dissesse: "Uma espiritualidade elevada está além de qualquer comparação com a honestidade e respeitabilidade de um homem meramente moral" — ficariam furiosos; tomarei cuidado para não dizer isso. Eu prefiro elogiá-los com minha teoria de que a espiritualidade elevada existe apenas como produto final das qualidades morais, que é uma síntese de todas as qualidades atribuídas ao homem "meramente moral", após terem sido adquiridas individualmente por meio de um longo treinamento e prática. Talvez durante toda uma série de gerações, essa espiritualidade elevada seria precisamente a espiritualização da justiça, e a severidade benéfica que sabe que está autorizada a manter a hierarquia no mundo, mesmo entre as coisas — e não apenas entre os homens.

- 220 -

Agora que o elogio da "pessoa desinteressada" se tornou tão popular, é preciso — provavelmente não sem correr riscos — ter uma ideia de em que as pessoas realmente se interessam e quais são as coisas em geral que preocupam fundamental e profundamente os homens comuns — incluindo os homens cultos, e mesmo os eruditos, e até talvez os filósofos, se as aparências não enganarem. O fato, portanto, torna-se óbvio que a maior parte do que interessa e encanta naturezas superiores, e gostos mais refinados e exigentes, parece absolutamente "desinteressante" para o homem comum — se, não obstante, ele perceber devoção a esses interesses, ele chama isso de desinteresse e se pergunta como é possível agir "desinteressadamente". Houve filósofos que poderiam dar a esse espanto popular uma expressão sedutora e mística, de outro mundo (talvez porque não conhecessem a natureza superior por experiência?), em vez de afirmar a verdade nua e francamente razoável de que a ação "desinteressada" é ação muito interessante e "interessada", desde que... "E amor?" O quê! Mesmo uma ação por amor deve ser "não egoísta"? Mas seus tolos! "E o elogio do abnegado?" Mas quem realmente ofereceu o sacrifício sabe que desejou e obteve algo por isso. Talvez algo de si mesmo por uma troca; que ele renunciou aqui para ter mais ali, talvez em geral para ser mais, ou mesmo se sentir "mais". Mas este é um reino de perguntas e respostas em que um espírito mais exigente não gosta de permanecer, pois aqui a verdade tem que abafar tanto seus bocejos quando é obrigada a responder. E, afinal, a verdade é uma mulher; e não se deve usar a força com ela.

- 221 -

"Às vezes acontece...", disse um pedante e insignificante moralista, "... que honro e respeito um homem altruísta: não, entretanto, porque ele é altruísta, mas porque acho que ele tem o direito de ser útil a outro homem à sua própria custa. Em suma, a questão é sempre quem ele é, e quem é o outro. Por exemplo, em uma pessoa criada e destinada ao comando, a abnegação e ama retração modesta, em vez de serem virtudes, seria uma limitação de virtudes; assim me parece. Todo sistema de moralidade não egoísta que se assume incondicionalmente e apela a todos, não só peca contra o bom gosto, mas também é um incentivo para os pecados de omissão, uma sedução adicional sob uma máscara de filantropia — e precisamente uma sedução e injúria aos homens de tipos mais elevados, raros e privilegiados. Os sistemas morais devem ser obrigados, antes de tudo, a se curvarem diante das hierarquias; sua presunção deve ser conduzida para casa em sua consciência até que eles entendam por completo que é imoral dizer que "o que é certo para um é adequado para outro" — assim disse aquele meu pedante moralista *bon homme*[46]. Ele talvez merecesse ser ridicularizado

46 Do francês: bom homem. (N. do R.)

quando exortou os sistemas morais a praticar a moralidade? Mas não se deve estar muito certo se deseja que os risos estejam do seu lado; um cisco de engano também pertence aos de bom gosto.

- 222 -

Onde quer que a simpatia (companheiro de sofrimento) seja pregada hoje em dia — e, se bem entendi, não se prega mais nenhuma outra religião —, que o psicólogo tenha os ouvidos abertos para toda a vaidade, por todo o barulho que é natural a esses pregadores (como é para todos os outros pregadores). Ele ouvirá uma nota áspera, gemente e genuína de abnegação. Pertence à ofuscação e feiura da Europa, que tem estado em crescimento por um século — (os primeiros sintomas dos quais já são especificados documentalmente em uma carta pensativa de Galiani a Madame d'Epinay). Se não for literalmente a causa da mesma! O homem das "ideias modernas", o macaco vaidoso, está excessivamente insatisfeito consigo mesmo — isso é perfeitamente certo. Ele sofre, e sua vaidade quer que ele apenas "sofra com seus semelhantes".

- 223 -

O europeu híbrido — um plebeu razoavelmente feio, no geral — precisa absolutamente de um traje: ele precisa da história como depósito de fantasias. Para ter certeza, ele percebe que nenhum dos trajes lhe cai bem — e então ele muda e muda. Vejamos o século XIX no que diz respeito a essas preferências precipitadas e constantes mudanças em suas máscaras de estilo, e também com relação a seus momentos de desespero por causa de "nada nos convém". É inútil nos apresentarmos como românticos, ou como clássicos, ou como cristãos, ou florentinos, ou *baroccos*, ou "nacionais", *in moribus et artibus*: isso não "nos veste"! Mas o "espírito", especialmente o "espírito histórico", ganha até com esse desespero; uma e outra vez uma nova amostra do passado ou do estrangeiro é testada, colocada, retirada, embalada e, acima de tudo, estudada. Nós somos a primeira época estudiosa *in puncto*[47] de "trajes", quero dizer, no que diz respeito à moral, aos artigos de fé, gostos artísticos e religiões. Estamos preparados como nenhuma outra era para um carnaval em grande estilo, para o mais espiritual dos festivais. Risos e arrogância, para o auge transcendental da loucura suprema e do ridículo aristofânico do mundo. Talvez ainda estejamos descobrindo o domínio de nossa invenção exatamente aqui; o domínio onde até mesmo nós ainda poderemos ser originais, provavelmente como parodistas da história geral, e como bobos

47 Do latim: Em termos. (N. do T.)

da corte sagrados. Talvez, e se nada mais deste presente tiver futuro, nosso próprio riso poderá ainda ter um futuro!

- 224 -

O sentido histórico (ou a capacidade de rapidamente adivinhar a ordem de classificação das avaliações segundo as quais um povo, uma comunidade ou um indivíduo viveu, o "instinto divino" para as relações dessas avaliações, para a relação da autoridade das avaliações à autoridade das forças operacionais) este sentido histórico, que nós, europeus, consideramos a nossa especialidade, chegou até nós na locomotiva da semibarbárie, encantadora e louca mistura de classes e raças democráticas em que a Europa foi mergulhada. E foi apenas no século XIX que reconheceu-se essa faculdade como o sexto sentido. Devido a essa mistura, o passado de todas as formas e modos de vida, e de culturas que antes eram estreitamente contíguas e sobrepostas umas às outras, flui para dentro de nós, "almas modernas". Nossos instintos agora correm em todas as direções, nós mesmos somos uma espécie de caos. No final, como já dissemos, o espírito percebe sua vantagem nisso. Por meio de nossa semibarbárie no corpo e no desejo, temos acesso secreto a todos os lugares, como uma época nobre nunca teve. Temos acesso, acima de tudo, ao labirinto de civilizações imperfeitas e a todas as formas de semibarbaridade que em algum momento existiram na terra; e na medida em que a parte mais considerável da civilização humana até agora tem sido apenas a semibarbárie, o "sentido histórico" implica quase o sentido e o instinto para tudo, o gosto e a língua para tudo: pelo que imediatamente se mostra um sentido ignóbil. Por exemplo, gostamos de Homero mais uma vez: talvez seja nossa aquisição mais feliz sabermos apreciar Homero, a quem homens de cultura distinta (como os franceses do século XVII, como Saint-Evremond, que o censuraram por seu *Esprit Vaste*[48], e mesmo Voltaire, a última voz do século) não pode e não poderia se apropriar tão facilmente — de quem eles mal se permitiam desfrutar. O muito decidido Sim e Não de seu paladar; sua repulsa prontamente apta, sua relutância hesitante em relação a tudo o que é estranho, seu horror ao mau gosto até mesmo de uma curiosidade viva e, em geral, a aversão de toda cultura distinta e autossuficiente em confessar um novo desejo, uma insatisfação com sua própria condição ou uma admiração do que é estranho: tudo isso os determina e os dispõe desfavoravelmente até mesmo para as melhores coisas do mundo que não são de sua propriedade ou não poderiam

48 Do francês: Grande espírito. (N. do R.)

se tornar suas presas. E nenhuma faculdade é mais ininteligível para esses homens do que apenas esse sentido histórico, com sua curiosidade plebeia e camuflada. O caso não é diferente com Shakespeare, aquela maravilhosa síntese de gosto hispano-mourisco-saxão, sobre a qual um antigo ateniense das amizades de Ésquilo teria quase se matado de riso ou irritação; mas nós aceitamos precisamente esta heterogeneidade selvagem, esta mistura do mais delicado, do mais grosseiro e do mais artificial, com secreta confiança e cordialidade. Nós a apreciamos como um refinamento de arte reservado expressamente para nós, e nos permitimos ser tão pouco perturbados pelos vapores repulsivos e pela proximidade da população inglesa em que vive a arte e o gosto de Shakespeare, como talvez na Chiaja de Nápoles, onde, com todos os sentidos despertos, seguimos o nosso caminho, encantados e voluntariosos, apesar do cheiro de esgoto dos bairros baixos da cidade. Que, como homens do "senso histórico", temos nossas virtudes, não se discute: somos despretensiosos, altruístas, modestos, corajosos, habituados ao autocontrole e à renúncia de nós mesmos, muito gratos, muito pacientes, muito complacentes — mas com tudo isso talvez não sejamos muito "de gosto apurado". Vamos finalmente confessar que o mais difícil para nós, homens do "sentido histórico", de apreender, sentir, saborear e amar, o que nos acha fundamentalmente preconceituosos e quase hostis, é precisamente a perfeição e a maturidade final em cada cultura e arte, o essencialmente nobre nas obras e nos homens, seu momento de mar calmo e autossuficiência tranquila, o dourado e frieza que todas as coisas mostram ao se aperfeiçoarem. Talvez nossa grande virtude do sentido histórico esteja em necessário contraste com o bom gosto, pelo menos com o elevado mau gosto; e só podemos evocar em nós mesmos imperfeitamente, hesitantemente e com compulsão as pequenas, curtas e felizes dádivas e glorificações da vida humana conforme elas brilham aqui e ali. Aqueles momentos e experiências maravilhosas quando um grande poder voluntariamente para ante o ilimitado e infinito — quando uma superabundância de deleite refinado foi desfrutada por uma repentina verificação e petrificação, por permanecer firme e plantar-se fixamente em solo ainda trêmulo. Proporcionalmente nos é estranho, vamos confessar a nós mesmos; nossa coceira é realmente a coceira do infinito, do incomensurável. Como o cavaleiro em seu cavalo arfante vai adiante, deixamos as rédeas caírem diante do infinito, nós, homens modernos, nós semibárbaros. E só estamos em nossa mais alta felicidade quando — estamos em maiores perigos.

- 225 -

Seja hedonismo, pessimismo, utilitarismo ou eudemonismo, todos aqueles modos de pensar que medem o valor das coisas de acordo com o prazer e a dor, ou seja, de acordo com as circunstâncias que os acompanham e considerações secundárias, são filosofias de rodapé e ingenuidades, que todo aquele que tem consciência dos poderes criativos e consciência de artista desprezará a zombaria, embora não sem simpatia. Simpatia por você! Certamente, isso não é simpatia como você a percebe; não é simpatia pela "angústia" social, pela "sociedade" com seus doentes e infelizes, pelos hereditariamente viciosos e defeituosos que jazem no chão ao nosso redor; menos ainda é a simpatia pelas classes escravas revoltadas, resmungonas e revolucionárias que lutam pelo poder. Elas chamam a isso "liberdade". A nossa simpatia é mais elevada e mais ampla: vemos como um homem se torna anão, como você o torna anão! E há momentos em que vemos sua simpatia com uma angústia indescritível, quando resistimos a ela — quando consideramos sua seriedade mais perigosa que qualquer tipo de leviandade. Você quer, se possível — e não existe um "se possível" mais tolo — fazer com sofrimento; e nós? Realmente parece que nós preferiríamos que isso aumentasse e piorasse mais do que nunca! Bem-estar, como você o entende — certamente não é uma meta; parece-nos um fim; uma condição que torna o homem ridículo e desprezível — e torna sua destruição desejável! A disciplina do sofrimento, a do grande sofrimento — não sabeis que foi apenas esta disciplina que produziu todas as elevações da humanidade até agora? A tensão da alma na desgraça que comunica a ela sua energia, seu estremecimento em vista da destruição e da ruína, sua inventividade e bravura em sofrer, suportar, interpretar e explorar a desgraça, e qualquer profundidade, mistério, disfarce, espírito, artifício ou grandeza foi concedida à alma — não foi concedida por meio do sofrimento, por meio da disciplina de grande sofrimento? No homem, criatura e criador estão unidos; no homem não há apenas matéria, o fragmento, o excesso, o barro, a lama, a loucura, o caos; mas há também o criador, o escultor, a dureza do martelo, a divindade do espectador e o sétimo dia. Compreende esse contraste? E que sua simpatia pela "criatura no homem" se aplica àquilo que deve ser moldado, ferido, forjado, esticado, torrado, recozido, refinado; àquilo que deve, necessariamente, sofrer; e o que significa sofrer? E nossa simpatia — você não entende a que se aplica nossa simpatia reversa, quando ela resiste a sua simpatia como o pior de todos os mimos e enervação? Então é simpatia contra simpatia! Mas, para se repetir mais uma vez, há problemas maiores que os problemas de prazer, dor e simpatia; e todos os sistemas de filosofia que lidam apenas com isso são parcas ingenuidades.

- 226 -

Nós, imoralistas. Este mundo com o qual nos preocupamos, onde devemos temer e amar; este mundo quase invisível e inaudível de obediência e comandos delicados; um mundo de "quase" em todos os sentidos; capcioso, insidioso, afiado e terno; sim, está bem protegido de espectadores desajeitados e de curiosidade familiar! Somos tecidos em uma rede forte e vestidos de deveres, e não podemos nos desligar. É precisamente aqui que somos "homens de dever" — nós mesmo! Ocasionalmente, é verdade, dançamos em nossas "correntes" e entre nossas "espadas"; e não é menos verdade que com mais frequência rangemos os dentes por causa das circunstâncias e ficamos impacientes com as secretas dificuldades de nossa sorte. Mas façamos o que quisermos, os tolos e as aparências sempre dirão de nós: "Estes são homens sem dever!" — Sempre teremos tolos e as aparências contra nós!

- 227 -

Honestidade, admitindo que é uma virtude da qual não podemos nos livrar, nós espíritos livres. — Bem, trabalharemos nisso com toda a nossa perversidade e amor, e não nos cansaremos de nos "aperfeiçoarmos" em nossa virtude, que nos é a única que resta. Possa seu olhar algum dia se espalhar como um crepúsculo dourado, azul, zombeteiro, esta civilização envelhecida com sua seriedade sombria! E se, no entanto, nossa honestidade um dia se cansar e suspirar e esticar seus membros e nos achar muito duros, e desejar que seja mais agradável, mais fácil e mais suave, como um vício agradável, continuemos duros — nós, os últimos estoicos. E vamos enviar em seu socorro qualquer maldade que tenhamos em nós: nosso desgosto pelo desajeitado e pelo indefinido. Nosso "*Nitimur in Vetitum*"[49], nosso amor pela aventura, nossa curiosidade aguçada e meticulosa, nossa mais sutil e disfarçada "vontade intelectual de poder" e "conquista universal", que perambula e vagueia avidamente por todos os reinos do futuro. Vamos com todos os nossos "demônios" em ajuda de nosso "Deus"! É provável que as pessoas nos entendam mal e nos confundam por causa disso: o que importa! Eles dirão: "Sua 'honestidade' — isso é sua diabrura e nada mais!" O que isso importa!

49 Fragmento de um verso da obra *Amores*, de Ovídio, o verso completo diz *Nitimur in vetitum semper, cupimusque negata* (do latim: sempre nos inclinamos para o proibido e desejamos o que nos é negado). Nietzsche trabalha essa ideia como uma expressão de afirmação de vida. (N. do R.)

E mesmo se eles estivessem certos — não foram todos os deuses até agora tais demônios santificados e batizados novamente? E, afinal, o que sabemos de nós mesmos? E como chamaríamos ao espírito que nos conduz? É apenas uma questão de nomes. E quantos espíritos abrigamos? Nossa honestidade, nós espíritos livres — tenhamos cuidado para que não se torne nossa vaidade, nosso ornamento e ostentação, nossa limitação, nossa estupidez! Toda virtude tende à estupidez, toda estupidez à virtude. "Estúpidos ao ponto da santidade", dizem eles na Rússia — tenhamos cuidado para que por pura honestidade não nos tornemos santos e enfadonhos! Não é a vida cem vezes curta demais para nós — para nos entediarmos? Seria preciso acreditar na vida eterna para...

- 228 -

Espero ser perdoado por descobrir que toda filosofia moral até agora foi tediosa e pertenceu a mecanismos soníferos — e que a "virtude", em minha opinião, foi mais prejudicada pelo tédio de seus defensores que por qualquer outra coisa. Ao mesmo tempo, porém, não gostaria de ignorar sua utilidade geral. É desejável que tão poucas pessoas quanto possível reflitam sobre a moral e, consequentemente, é muito desejável que a moral não se torne interessante algum dia! Mas não tenhamos medo! As coisas ainda permanecem hoje como sempre foram: não vejo ninguém na Europa que tenha (ou divulgue) uma ideia do fato de que filosofar a respeito da moral pode ser conduzido de forma perigosa, capciosa e enredadora. Que calamidade pode estar envolvida nisso? Observe, por exemplo, os infatigáveis e inevitáveis utilitaristas ingleses; quão sérios e respeitosamente eles seguem, eles andam (uma metáfora homérica expressaria melhor) nas pegadas de Bentham, assim como ele já havia seguido as pegadas do respeitável Helvetius! (não, ele não era um homem perigoso esse Helvetius — "*ce senateur Pococurante*"[50], para usar uma expressão de Galiani). Nenhum pensamento novo, nenhuma nova versão ou uma melhor expressão de um pensamento antigo, nem mesmo uma história fiel ao que se pensava anteriormente sobre o assunto: uma literatura totalmente impossível, a menos que se saiba como fermentá-lo com alguma maldade. Com efeito, o antigo vício inglês chamado *cant*, que é a hipocrisia moral, insinuou-se também nesses moralistas (que certamente devemos ler com olhos abertos para seus motivos, caso seja necessário lê-los). Desta vez oculto sob a nova forma do espírito científico; além disso, não está ausente

50 Do latim: Homem natureza. Nietzsche buscava a aceitação das características humanas como algo natural do ser, contrastando com a moralidade cristã. (N. do R.)

deles uma luta secreta contra as dores da consciência, de que uma raça de ex-puritanos deve sofrer naturalmente com a moral, em todos os seus remendos científicos. (Não é um moralista o oposto de um puritano? — Quer dizer, como um pensador que considera a moralidade como questionável, como digna de interrogação, em suma — como um problema? Moralizar não é imoral?) No final, todos eles querem que a moralidade inglesa seja reconhecida como autorizada, tanto quanto a humanidade, ou a "utilidade geral" ou "a felicidade do maior contingente" —, não! A felicidade da Inglaterra será mais bem servida assim. Eles gostariam, por todos os meios, de se convencer de que a busca pela felicidade inglesa, quero dizer, após conforto e moda (e no grau mais elevado, uma cadeira no Parlamento), é, ao mesmo tempo, o verdadeiro caminho da virtude. De fato, à medida que houve virtude no mundo até então, ela apenas consistiu em tal esforço. Nenhum desses pastores de rebanho, pesados e conscientes, (que se comprometem a defender a causa do egoísmo como propício ao bem-estar geral) quer ter qualquer conhecimento ou noção dos fatos de que o "bem-estar geral" não é ideal, nem objetivo, e nenhuma noção que possa ser apreendida, mas é apenas uma panaceia — que o que é justo para um pode não ser justo para outro —, que a exigência de uma moralidade para todos é realmente um detrimento para os homens superiores, em resumo, que existe uma hierarquia, uma gradação entre o homem e o homem e, consequentemente, entre moralidade e moralidade. Eles são uma espécie de homens despretensiosos e fundamentalmente medíocres; esses ingleses utilitários e, como já observamos, na medida em que são tediosos, não se pode pensar o suficiente sobre sua utilidade. Deve-se até encorajá-los, como foi tentado nos versos a seguir:

Saúde, bravos e dignos carregadores!
Para trabalhos mais longos e pesados
— melhores recompensas.
Sem ânimo e sem vontade de sorrir
Mais duros na cabeça e nos braços;
Sem encanto, nunca alegres,
Eternamente medíocres,
SEM GÊNIO E SEM ESPÍRITO!

- 229 -

Nessas épocas seguintes, que até podem estar orgulhosas de sua humanidade, ainda permanece muito medo, muito superstição diante da "selvagem fera", cujo domínio constitui o próprio orgulho dessas eras mais humanas. E mesmo algumas verdades óbvias, como se por um acordo de séculos, há muito permaneceram sem serem ditas, porque têm a aparência de ajudar a fera finalmente morta voltar à vida. Eu talvez me arrisco a algo quando permito que tal verdade escape; deixe outros capturá-lo novamente e dar-lhe tanto "leite do sentimento piedoso[51]."

Para beber, ele se deitará, quieto e esquecido, em seu antigo canto. É preciso aprender de novo sobre a crueldade e abrir os olhos. Deve-se finalmente aprender a impaciência, a fim de que tais erros grosseiros imodestos — como, por exemplo, foram alimentados por filósofos antigos e modernos com respeito à tragédia. Não possam mais vagar virtuosa e corajosamente. Quase tudo que chamamos de "cultura superior" é baseado na espiritualização e intensificação da crueldade. Esta é minha tese; a "fera" não foi absolutamente morta, ela vive, floresce; apenas foi — transfigurada. O que constitui o prazer doloroso da tragédia é a crueldade; aquilo que opera agradavelmente na assim chamada, simpatia trágica, e na base mesmo de tudo o que é sublime, até as mais altas e delicadas emoções da metafísica, obtém sua doçura unicamente do ingrediente misturado da crueldade. O que o romano desfruta na arena, o cristão no êxtase da cruz, o espanhol ao ver o touro e as estacas, ou a tourada, o japonês dos dias atuais que abre caminho para a tragédia, o operário dos subúrbios parisienses que tem saudades de revoluções sangrentas, a Wagnerienne que, com vontade desequilibrada, "sofre" diante da apresentação de "Tristão e Isolda". O que todos eles apreciam e se esforçam com misterioso ardor para beber, é o cálice da grande "crueldade" de Circe. Aqui, com certeza, devemos deixar inteiramente de lado a psicologia desajeitada de outros tempos, que só poderia ensinar no que diz respeito à crueldade que se originou ao ver o sofrimento de outros. Há um gozo abundante, superabundante mesmo em alguém o próprio sofrimento, ao causar o próprio sofrimento — e onde quer que o homem se tenha permitido ser persuadido à renúncia no sentido religioso, ou à automutilação, como entre os fenícios e ascetas ou; em geral, à dessensualização, descarnalização e contrição, aos espasmos de arrependimento puritano, à vivissecção de consciência e ao *sacrifizia dell' inteletto*. Semelhante a Pascal, ele é secretamente seduzido e impelido à frente por sua crueldade, pela perigosa emoção de crueldade para si mesmo. — Finalmente, consideremos que mesmo o buscador do conhecimento opera como um artista e exaltador da crueldade, à medida que compele seu espírito a perceber contra sua própria inclinação. E muitas vezes contra a vontade de seu coração —

51 Schiller, em *Guilherme Tell* - Ato IV, Cena 3.

ele o força a dizer não, onde ele gostaria de afirmar sim, amar e adorar. Na verdade, cada instância de tomar uma coisa profunda e fundamentalmente é uma violação, uma injúria intencional da vontade fundamental do espírito, que instintivamente visa a aparência e a superficialidade. Mesmo em todo desejo por conhecimento há uma gota de crueldade.

- 230 -

Talvez o que eu teria dito aqui sobre a "vontade fundamental do espírito" não possa ser entendido sem maiores detalhes. Posso dar-me uma palavra de explicação. Aquele elemento imperioso que é popularmente chamado de "espírito" deseja ser mestre interna e externamente; e sentir-se mestre; tem a vontade de uma multiplicidade para uma vontade de simplicidade. Uma vontade obrigatória, domesticadora, imperiosa e essencialmente governante. Seus requisitos e capacidades aqui são os mesmos que os fisiologistas atribuem a tudo o que vive, cresce e se multiplica. O poder do espírito de se apropriar de elementos estranhos se revela em uma forte tendência de assimilar o novo ao antigo, de simplificar o múltiplo, de ignorar ou repudiar o absolutamente contraditório. Assim como ele arbitrariamente destaca, torna proeminente e falsifica para si mesmo certos traços e linhas nos elementos estrangeiros, em cada porção do "mundo exterior". Seu objetivo, portanto, é a incorporação de novas "experiências"; o sortimento de coisas novas nos antigos arranjos — em resumo, crescimento; ou mais apropriadamente, o sentimento de crescimento, o sentimento de poder aumentado — este é o seu objetivo. Esta mesma vontade tem a seu serviço um impulso do espírito aparentemente oposto. Uma preferência repentinamente adotada pela ignorância, pelo fechamento arbitrário, pelo fechamento das janelas, pela negação interior disto ou daquilo, proibição de abordagem, uma espécie de atitude defensiva contra muito do que é cognoscível. Um contentamento com a obscuridade, com o horizonte fechado, uma aceitação e aprovação da ignorância. Como tudo o que é necessário de acordo com o grau de seu poder de apropriação — seu "poder digestivo" —, para falar figura ativamente. (E de fato "o espírito" se assemelha a um estômago mais do que qualquer outra coisa). Aqui também pertence uma propensão ocasional do espírito de se deixar enganar (talvez com uma leve suspeição de que não seja assim, mas só pode passar como tal). Um deleite na incerteza e na ambiguidade, um gozo exultante de arbitrariedade, estreiteza e mistério fora do caminho, do muito próximo, do primeiro plano, do ampliado, do diminuído, do disforme, do embelezado. Um gozo da arbitrariedade de todas essas manifestações de poder. Finalmente, neste contexto, há a prontidão não inescrupulosa do espírito para enganar outros espíritos e se disfarçar diante deles — a pressão e o esforço constante de um poder criador, moldador e mutável. O espírito desfruta nisso sua astúcia e sua variedade de disfarces, goza também de sua sensação de segurança. É precisamente por suas artes metamórficas que se mostra mais bem protegido e oculto! Acontece com essa tendência para a aparência, para a simplificação, para um disfarce, para uma capa, em suma, para um exterior. Pois todo exterior é como um manto — opera a tendência sublime do homem de conhecimento, que assume e insiste em assumir as coisas de maneira profunda, variada e completa; como uma espécie de crueldade da consciência intelectual e do gosto, que todo pensador corajoso reconhecerá em si mesmo, desde que, como deveria ser, ele tenha aguçado e endurecido seus olhos por tempo suficiente para a introspecção e esteja acostumado à disciplina severa e até a palavras severas. Ele dirá: "Há algo de cruel na tendência do meu espírito." — que os virtuosos e amáveis tentem convencê-lo de que não é assim! Na verdade, soaria melhor se, em vez de nossa crueldade, talvez nossa "honestidade extravagante" fosse falada, sussurrada e glorificada. Nós, espíritos livres, muito livres. E algum dia talvez esta seja realmente nossa — glória póstuma! Enquanto isso — pois ainda temos muito tempo — deveríamos estar menos inclinados a nos enfeitar com tal verborragia moral tão floreada e franjada. Todo o nosso trabalho anterior nos deixou enjoados desse gosto e dessa sua alegre exuberância. São palavras lindas, brilhantes, vibrantes e festivas: honestidade, amor à verdade, amor à sabedoria, sacrifício pelo conhecimento, heroísmo da verdade! Há algo nelas que faz o coração se encher de orgulho. Mas nós, anacoretas e marmotas, há muito tempo nos convencemos, em todo o segredo da consciência de um anacoreta, de que esse digno desfile de verborragia também pertence ao velho adorno falso, enfeitado e dourado da inconsciente vaidade humana. E que mesmo sob tal lisonjeiro colorido e repintado, o terrível texto original *Homo Natura* deve ser novamente reconhecido. Com efeito, traduzir o homem de volta à natureza; dominar as muitas interpretações vãs e visionárias e seus significados subordinados que até agora foram riscados e pintados sobre o eterno texto original, *Homo Natura*. Para fazer com que o homem passe a estar diante do homem como agora, endurecido pela disciplina da ciência, está diante das outras formas da natureza, com destemidos olhos de Édipo, e ouvidos de Ulisses tapados, surdo às tentações do velho pássaro metafísico. Apanhadores, que gritaram para ele por muito tempo: "Tu és mais! Tu és mais alto! Tu tens uma origem diferente!" — esta pode ser uma tarefa estranha e tola, mas é uma tarefa! Quem pode negar? Por que escolhemos essa tarefa tola? Ou, para colocar a questão de forma diferente: "Por que o conhecimento afinal?" Cada um vai nos perguntar sobre isso. E assim pressionados, nós, que nos perguntamos centenas de vezes, não encontramos e não podemos encontrar nenhuma resposta melhor...

- 231 -

O aprendizado nos altera, faz o que toda nutrição faz que não apenas "conserva", como o fisiologista sabe. Mas no fundo de nossas almas, bem "lá embaixo", certamente há algo indizível, um granito de destino espiritual, de decisão predeterminada e resposta a perguntas predeterminadas e escolhidas. Em cada problema fundamental fala um imutável "Eu sou isto". Um pensador não pode aprender de novo sobre o homem e a mulher, por exemplo, mas pode apenas aprender plenamente. Ele pode apenas seguir até o limite o que está "fixo" neles mesmos. Em certas ocasiões, encontramos algumas soluções para problemas que nos criam fortes crenças; doravante talvez podemos chamá-las de "convicções". Mais tarde — vemos nelas apenas pegadas para o autoconhecimento, guias para o problema que nós próprios somos — ou, mais corretamente, para a grande estupidez que personificamos. Nosso destino espiritual, o factível em nós, aquilo que não se aprende bem "lá embaixo." Em vista deste elogio liberal que acabei de fazer a mim mesmo, talvez seja mais fácil me permitir expressar algumas verdades sobre "a mulher como ela é" — desde que se saiba, desde o início, que literalmente elas são meramente — minhas verdades.

- 232 -

A mulher deseja ser independente e, por isso, começo a esclarecer aos homens sobre "a mulher como ela é". Este é um dos piores desenvolvimentos da fealdade geral da Europa. O que poderiam essas atrapalhadas tentativas de cientificismo feminino e autoexposição trazerem à luz! A mulher tem muitos motivos para se envergonhar: na mulher há tanto pedantismo, tanta superficialidade, maestria, presunção mesquinha, e desenfreada indiscrição escondidos. Estude apenas o comportamento da mulher em relação aos filhos! O que realmente foi melhor contido e dominado até agora pelo medo do homem? Ai, se alguma vez a "mulher eternamente tediosa" — e tédio elas tem bastante — tiver permissão para se apresentar! Se ela começa radicalmente e por princípio a desaprender sua sabedoria e sua arte — de encantar, de brincar, de espantar a tristeza, de aliviar e tonar fáceis as coisas. Se ela se esquecer de sua delicada aptidão para desejos agradáveis! Já se levantaram as vozes femininas, que, por Santo Aristófanes! — assustam. Com clareza médica afirma-se de maneira ameaçadora o que a mulher exige primeiro e finalmente do homem. Não é do pior gosto que a mulher se propõe a ser científica? A iluminação até agora tem sido felizmente um assunto dos homens, uma dádiva dos homens — permaneçamos assim — "entre nós". E no final, em vista de tudo o que as mulheres escrevem sobre "mulher", podemos muito bem ter consideráveis dúvidas se a mulher realmente deseja a iluminação sobre si mesma. E poderia desejá-la. Se a mulher não busca com isso um novo ornamento para si mesma — acredito que a ornamentação pertence ao eternamente feminino? Então, ela deseja fazer-se temer; talvez com isso deseje obter o domínio. Mas ela não quer a verdade. Em que a mulher se importaria com a verdade? Desde o início, nada é mais estranho, mais repugnante ou mais hostil à mulher do que a verdade. Sua grande arte é a falsidade, sua principal preocupação é a aparência e a beleza. Confessemos, nós homens: honramos e amamos esta mesma arte e este mesmo instinto na mulher. Nós que temos a árdua tarefa e para nosso lazer procuramos de bom grado a companhia de seres sob cujas mãos, olhares e delicadas loucuras, nossa seriedade, nossa gravidade e profundidade parecem quase loucuras a nós. Por fim, faço a seguinte pergunta: a própria mulher alguma vez reconheceu a profundidade na mente de uma mulher ou a justiça no coração de outra mulher? E não é verdade que a "mulher" como um todo foi até agora mais desprezada pela própria mulher, e não por nós? Nós homens desejamos que a mulher não continue a se comprometer esclarecendo-nos; assim como era o cuidado do homem e a consideração pela mulher, quando a Igreja decretou: *mulier taceat in ecclesia*[52]. Foi em benefício das mulheres quando Napoleão falou a muito eloquente Madame de Stael para que compreendesse: *mulier taceat in politicis*[53]*!* E, na minha opinião, ele é um verdadeiro amigo das mulheres que clama hoje por elas: *mulier taceat de muliere*[54]*!*.

- 233 -

Trai a corrupção dos instintos — além do fato de que trai também o mau gosto — quando uma mulher se refere a Madame Roland, ou Madame de Stael, ou Monsieur George Sand, como se algo fosse assim provado em

52 Do latim: a mulher deve permanecer em silêncio na igreja. Essa passagem tem origem na Bíblia, em 1 Coríntios 14:34-35, onde Paulo de Tarso dá as instruções à comunidade cristã da igreja de Corinto. (N. do R.)

53 Paródia da frase anterior, que pode ser traduzida como "a mulher deve permanecer em silêncio na política". (N. do R.)

54 Uma nova paródia, desta vez sendo traduzida como "a mulher deve permanecer em silêncio sobre as mulheres", que seria uma crítica ao julgamento de mulheres por parte de outras. (N. do R.)

prol da "mulher como ela é." Entre os homens, essas são as três mulheres cômicas em essência — nada mais! — e são apenas os melhores contra-argumentos involuntários contra a emancipação e autonomia femininas.

- 234 -

Estupidez na cozinha: a mulher como cozinheira. A terrível negligência com que se administra a alimentação da família e do dono da casa! Mulher não entende o que significa comida e insiste em ser cozinheira! Se a mulher fosse uma criatura pensante, ela certamente deveria, como cozinheira durante milhares de anos, ter descoberto os fatos fisiológicos mais importantes e, dessa mesma forma, possuir a arte da cura! Por causa das más cozinheiras — e por toda a falta de razão na cozinha — o desenvolvimento da humanidade tem sido atrasado há muito tempo, e gravemente retardado. Mesmo hoje as coisas estão muito pouco melhores. Este é um ensinamento às moças do ensino médio.

- 235 -

Há frases e ditos de fantasia! Há frases, pequenos amontoados de palavras, em que toda uma cultura, toda uma sociedade se cristaliza de repente. Entre elas está a observação incidental de Madame de Lambert a seu filho: "*Mona mi, ne vous permettez jamais que des folies, qui vous fassent grand plaisir.*"[55]. Aliás, esta é a mais maternal e sábia observação que já foi dirigida a um filho.

- 236 -

Não há dúvidas de que toda mulher nobre fará oposição ao que Dante e Goethe acreditavam sobre elas. O primeiro quando cantou "*Ella guardava suso, ed io in lei.*"[56]; e o último quando interpretou: "*das Ewig-Weibliche zieht uns hinan.*"[57]; pois isso é exatamente o que elas sempre acreditam sobre os homens.

- 237 -

SETE AFORISMOS PARA AS MULHERES

Como se esvai para longe o maior tédio quando um homem as corteja!

Ai, a idade! A ciência e a cultura, torna virtuosa até a menos pura delas.

55 Do francês: Meu querido, nunca se permita outras loucuras senão aquelas que lhe deem grande prazer. (N. do R.)

56 Do alemão: Ela olhava para o alto e eu a olhava. (N. do T.)

57 Do alemão: O Eterno Feminino nos atrai ao alto. (N. do T.)

Quando se encontram trajes sombrios e silêncio, eles fazem toda dama parecer bem dotada.

A quem agradeço por minhas bem-aventuranças? A Deus! — e à minha excelente costureira!

Quando jovem: uma caverna enfeitada com flores! Quando velha: um dragão habita ali.

O nome é distinto, as pernas estão ótimas, o homem também: Oh, ele era meu!

Um breve discurso e o sentimento do povo: piso escorregadio para um tolo!

- 237A -

Até agora as mulheres eram tratadas pelos homens como pássaros que, perdendo o rumo, caíram de um precipício: como algo delicado, frágil, selvagem, estranho, doce e animador. Mas também como algo que deve ser aprisionado para se evitar que voe para longe.

- 238 -

Errar no problema fundamental de "homem X mulher", negar aqui o mais profundo antagonismo e a necessidade de uma tensão eternamente hostil; sonhar aqui talvez com direitos iguais, formação igual, reivindicações e obrigações iguais: isso é um típico sinal da superficialidade. E um pensador que se provou superficial neste perigoso assunto — superficial por instinto! Pode geralmente ser considerado suspeito, ou mais; como traído, como revelado. Ele provavelmente se mostrará muito "baixo" para todas as questões fundamentais da vida, tanto no futuro quanto no presente, e será incapaz de descer a qualquer abismo. Por outro lado, um homem que tem profundidade de espírito, bem como de desejos, e também a profundidade da benevolência que é capaz de severidade e dureza, e facilmente se confunde com elas, só pode pensar na mulher como os orientais: ele deve concebê-la como uma posse, como propriedade confinável, como um ser predestinado ao serviço e a cumprir sua missão nele — ele deve se posicionar nesta questão sobre a imensa racionalidade da Ásia, sobre a superioridade do instinto da Ásia, como os gregos fizeram anteriormente. Os melhores herdeiros e estudiosos da Ásia — que, como se sabe, com sua crescente cultura e amplitude de poder, desde Homero à época de Péricles, tornaram-se gradativamente mais rigorosos em relação às mulheres, em suma, mais orientais. Quão necessário! Quão lógico e até mesmo quão humanamente desejável isso era, consideremos por nós mesmos!

- 239 -

O sexo mais fraco nunca foi tratado com tanto respeito pelos homens como agora. Isso pertence à tendência e ao gosto fundamental da democracia, da mesma forma que o desrespeito à velhice. Como se maravilhar que tal abuso seja feito a respeito disto? Elas querem mais, aprendem a fazer reivindicações, o tributo de respeito é finalmente sentido como algo insuportável; a rivalidade por direitos, na verdade, a própria luta real, seria preferida. Em uma palavra, a mulher está perdendo os pudores. E acrescentemos imediatamente que ela também está perdendo o gosto. Ela está desaprendendo a temer o homem: mas a mulher que "desaprende a temer" sacrifica seus instintos mais femininos. Essa mulher deve se aventurar quando a qualidade que inspira medo no homem — ou mais definitivamente, o homem no homem — não é mais desejada ou totalmente desenvolvida, é razoável e também inteligível o suficiente. O que é mais difícil de entender é que exatamente assim — a mulher se deteriora. É o que se passa hoje em dia: não nos iludamos! Sempre que o espírito industrial triunfou sobre o espírito militar e aristocrático, a mulher luta pela independência econômica e jurídica de um escriturário: a "mulher como escriturária" está inscrita no portal da sociedade moderna em formação. Enquanto ela assim se apropria de novos direitos, aspira a ser "dona" e inscreve o "progresso" da mulher em suas bandeiras e estandartes. O oposto se realiza com terrível evidência: Mulheres Retrógradas. Desde a Revolução Francesa, a influência da mulher na Europa diminuiu na proporção em que ela aumentou seus direitos e reivindicações; e a "emancipação da mulher", à medida que é desejada e exigida pelas próprias mulheres (e não apenas pelos machos rasos), mostra-se assim um notável sintoma do crescente enfraquecimento e amortecimento dos instintos mais femininos. Há estupidez nesse movimento, uma estupidez quase masculina, da qual uma mulher bem-educada — que é sempre uma mulher sensata — pode sentir-se profundamente envergonhada. Perder a intuição quanto ao terreno sobre o qual ela mais certamente poderia alcançar a vitória; negligenciar o exercício no uso de suas armas adequadas; deixar-se ir diante do homem, talvez até "para o livro", onde antes se mantinha no controle e em uma humildade refinada e artística; neutralizar com sua audácia virtuosa a fé do homem em um ideal velado, fundamentalmente diferente na mulher, algo eterno, necessariamente feminino. Dissuadir o homem de maneira enfática e loquaz da ideia de que a mulher deve ser preservada, cuidada, protegida e mimada, como algum animal doméstico delicado, estranhamente selvagem e muitas vezes agradável; a coleção desajeitada e indignada de tudo da natureza da servidão e escravidão que a posição da mulher na ordem da sociedade até então existente acarretou e ainda acarreta (como se a escravidão fosse um contra-argumento, e não uma condição de toda cultura superior, de cada elevação de cultura). O que tudo isso significa, senão uma desintegração dos instintos femininos, uma desfeminização? Certamente, há um número suficiente de amigos idiotas e corruptores de mulheres entre os asnos eruditos do sexo masculino, que aconselham a mulher a se defeminar dessa maneira e a imitar todas as tolices de que o "homem" na Europa, a "masculinidade" europeia, sofre. Que gostaria de rebaixar a mulher à "cultura geral". Na verdade, até mesmo ao jornal aderir e se intrometer na política. Aqui e ali, eles desejam até transformar as mulheres em espíritos livres e trabalhadoras literárias; como se uma mulher sem piedade não fosse algo perfeitamente detestável ou ridículo para um homem profundo e ímpio. Em quase todos os lugares seus nervos estão sendo arruinados pelos tipos mais mórbidos e perigosos de música (nossa última música alemã), e ela está diariamente ficando mais histérica e mais incapaz de cumprir sua primeira e última função, a de gerar filhos robustos. Querem "cultivá-la" em geral ainda mais, e pretendem, como dizem, tornar o "sexo mais fraco" forte pela cultura; como se a história não ensinasse da maneira mais enfática que o "cultivo" do homem e dos seus enfraquecimentos — isto é, o enfraquecimento, a dissipação e o definhamento de sua força de vontade — sempre acompanharam um ao outro, e que as mulheres mais poderosas e influentes do mundo (e, por último, a mãe de Napoleão) acabaram de agradecer por sua força de vontade — e não aos seus professores — por seu poder e ascendência sobre os homens. O que inspira respeito na mulher, e muitas vezes medo também, é sua natureza, que é mais "natural" do que a do homem, sua flexibilidade astuta genuína, carnívora, suas garras de tigre sob a luva, sua inocência em relação ao egoísmo, sua falta de treinamento e selvageria inata, a incompreensibilidade, extensão e desvio de seus desejos e virtudes. O que, apesar do medo, suscita simpatia pela bela e perigosa gata, a "mulher", é que ela parece mais aflita, mais vulnerável, mais necessitada de amor e mais condenada à desilusão do que qualquer outra criatura. Medo e simpatia, é com esses sentimentos que o homem até agora se colocou na presença da mulher, sempre com um pé já enfiado na tragédia, que se dilacera enquanto se delicia. O quê? E tudo isso agora vai acabar? E o desencanto da mulher está em andamento? O tédio da mulher está evoluindo lentamente? Oh, Europa! Europa! Nós conhecemos o animal com chifres que sempre foi mais atraente a ti, do qual o perigo está sempre te ameaçando novamente! Tua velha fábula pode mais uma vez se tornar "história". Uma imensa estupidez pode mais uma vez dominar-te e levar-te embora! E não há nenhum Deus escondido embaixo dela — não! Isso é apenas mais uma "ideia", uma "ideia moderna"!

CAPÍTULO VIII

POVOS E PAÍSES

- 240 -

Escutei, de novo pela primeira vez, a abertura de Richard Wagner ao Mastersinger: é uma peça de arte magnífica, deslumbrante, pesada, moderna; que tem o orgulho de pressupor dois séculos de música para que ainda permaneça viva. É uma honra para os alemães que tal orgulho não tenha sido em vão! Que sabores e forças, que estações e climas não encontramos misturados nela? Ela nos impressiona por nos parecer antiga, e em outro momento nos soa estranha e amarga, mas muito moderna; é tão arbitrária quanto pomposamente tradicional, não raramente é travessa, e ainda mais frequentemente é áspera e grosseira. — Tem fogo e coragem, e ao mesmo tempo, a casca solta e parda das frutas que amadurecem tarde demais. Ela flui ampla e plena, e de repente há um momento de hesitação inexplicável, como uma lacuna que se abre entre a causa e o efeito, uma opressão que nos faz sonhar, quase um pesadelo; mas já se amplia e se amplia novamente, a velha corrente de deleite — o deleite múltiplo — de velha e nova felicidade; incluindo especialmente a alegria do artista em si mesmo, que ele se recusa a esconder, sua surpresa e feliz consciência de seu domínio dos expedientes aqui empregados, os novos expedientes de arte recém-adquiridos e imperfeitamente testados que ele aparentemente nos apresenta. Ao todo, entretanto, nenhuma beleza, nenhuma sulista, nada da delicada claridade meridional do céu, nada de graça, nenhuma dança, dificilmente uma vontade de lógica; e até uma certa falta de jeito, que também é enfatizada, como se o artista quisesse nos dizer: "Isso faz parte da minha intenção" — uma cortina pesada, algo arbitrariamente bárbaro e cerimonioso, um flerte de conceitos e espirituosidade eruditos e veneráveis; algo alemão no melhor e no pior sentido da palavra, algo no múltiplo estilo alemão, sem forma e inesgotável; uma certa potência alemã e superplenitude de alma, que não tem medo de se esconder sob os refinamentos da decadência — que, talvez, se sinta mais à vontade aí. Um símbolo real e genuíno da alma alemã, que é ao mesmo tempo jovem e envelhecida, muito madura e ainda com todo um futuro. Esse tipo de música expressa melhor o que penso dos alemães: eles pertencem ao anteontem e ao depois de amanhã — eles ainda não têm um hoje.

- 241 -

Nós, os "bons europeus", também temos horas em que nos permitimos um patriotismo caloroso, um mergulho e uma recaída em velhos amores e visões estreitas. Acabei de dar um exemplo disso. Horas de entusiasmo nacional, de angústia patriótica e todos os outros tipos de inundações de sentimento à moda antiga. O que para nós demoraria apenas algumas horas, os espíritos mais obtusos talvez só consigam remover os limitadores de suas operações após tempo considerável; alguns em meio ano, outros em meia vida, de acordo com a velocidade e a força com que digerem e "processam seus materiais". Na verdade, eu poderia pensar em raças lentas e hesitantes, que mesmo na nossa Europa em rápida mudança, exigiriam meio século antes que pudessem superar tais ataques atávicos de patriotismo e apego ao solo, e voltar mais uma vez à razão, ou seja, ao "bom europeísmo". E enquanto divagava sobre essa possibilidade, por acaso me tornei testemunha de uma conversa entre dois velhos patriotas, ambos eram evidentemente deficientes auditivos e, consequentemente, falavam bem alto. "Ele tem tanto, e sabe tanto, filosofia quanto um camponês ou um estudante", disse o outro "Ele ainda é inocente. Mas o que isso importa hoje em dia! É a época das massas: elas mentem sobre tudo o que é maciço. E o mesmo ocorre na política. Um estadista que ergue para eles uma nova Torre de Babel, alguma monstruosidade de império e poder, que eles chamam de "grandiosa". Que importa se formos mais prudentes e conservadores, entretanto, não abandonamos a velha crença de que é apenas o grande pensamento que dá grandeza a uma ação ou caso. Suponhamos que um estadista levasse seu povo à posição de ser obrigado a praticar "alta política", para o qual eram por natureza mal dotados e preparados, de modo que teriam que sacrificar suas velhas e confiáveis virtudes, por amor a uma nova e duvidosa mediocridade. Supondo que um estadista condenasse seu povo em geral a "praticar política", quando eles tivessem até então algo melhor para fazer e pensar a respeito, e quando nas profundezas de suas almas, eles foram incapazes de se libertar de um ódio prudente da inquietação, do vazio e das disputas ruidosas das nações essencialmente praticantes de política. Supondo que tal estadista fosse estimular as paixões adormecidas e avidez de seu povo, deveria fazer um estigma de sua timidez anterior e deleite em indiferença, uma ofensa de seu exotismo e permanência oculta, deveria depreciar suas inclinações mais radicais, subverter suas consciências, estreitar suas mentes e seus gostos "nacionais". O quê? Um estadista que deveria fazer tudo isso, ao qual as pessoas teriam que fazer penitência durante todo o seu futuro, se tivessem um futuro, tal estadista seria grande, não é?" "Sem dúvida!" — respondeu o outro velho patriota com veemência. "Do contrário não poderia ter feito isso! Talvez fosse loucura desejar tal coisa! Mas talvez tudo o que é grande tenha sido tão louco no seu início!" "Mau uso das palavras!" — gritou seu interlocutor, contraditoriamente — "Forte! Forte! Forte e louco! Não é ótimo!" Os velhos obviamente ficaram exaltados enquanto gritavam suas "verdades"um ao outro, mas eu, em minha felicidade e isolamento, considerei logo como o mais forte pode se tornar senhor dos fortes, e também que há uma compensação para a superficialização intelectual de uma nação — ou seja, o aprofundamento de outra.

- 242 -

Quer o chamemos de "civilização", "humanização" ou "progresso", que agora distingue o europeu, quer o chamemos simplesmente, sem elogios ou censura, pela fórmula política do Movimento Democrático na Europa; por trás de todas as fachadas morais e políticos apontadas por tais fórmulas, segue-se um imenso processo fisiológico, que estende sempre o processo de assimilação dos europeus, seu crescente distanciamento das condições sob as quais, climática e hereditariamente, as raças unidas se originam, sua crescente independência de cada meio definido, que por séculos se inscreveria de bom grado com iguais demandas de alma e corpo, isto é, o lento surgimento de uma espécie de homem essencialmente supranacional e nômade, que possui, fisiologicamente falando, um máximo de arte e poder de adaptação como sua típica distinção. Este processo do Europeu em Evolução, que pode ser retardado em seu tempo por grandes recaídas, mas talvez apenas ganhe e cresça com veemência e profundidade. A tempestade ainda violenta e o estresse do "sentimento nacional" pertencem a ele, e também o anarquismo que está surgindo atualmente. Esse processo provavelmente chegará a resultados com os quais seus ingênuos propagadores e panegiristas, os apóstolos das "ideias modernas", menos se importariam em contar. As mesmas novas condições sob as quais, em média, ocorrerá um nivelamento e uma mediocrização do homem — um homem útil, trabalhador, diversamente prestativo e inteligentemente gregário — são, no mais alto grau, adequadas para dar origem a homens excepcionais das mais perigosas e atraentes qualidades. Pois, enquanto a capacidade de adaptação, que a cada dia tenta mudar as condições e começam um novo trabalho a cada geração, quase a cada década, torna impossível a potência do tipo; ao passo que a impressão coletiva de tais futuros europeus será provavelmente a de numerosos trabalhadores falantes, de vontade fraca e muito pouco hábeis, que exigem um mestre, um comandante, como exigem seu pão de cada dia. Enquanto, portanto, a democratização da Europa tenderá para a produção de um tipo preparado para a escravidão no sentido mais sutil do termo. O homem forte irá necessariamente, em casos individuais e excepcionais, tornar-se mais forte e mais rico do que talvez jamais tenha sido antes — devido à falta de preconceito de sua escolaridade, devido à imensa praticidade, dissimulação e arte. Eu quis dizer que a democratização da Europa é ao mesmo tempo um arranjo involuntário para a criação de déspotas —, levando à palavra todos os seus significados, mesmo em seu sentido mais espiritual.

- 243 -

Ouvi com prazer que nosso sol está se movendo rapidamente em direção à constelação de Hércules. E espero que os homens nesta terra façam como o sol. E nós, acima de tudo! Nós, os bons europeus!

- 244 -

Houve um tempo em que era costume chamar os alemães de "profundos" por meio da distinção; mas agora que um novo tipo de germanismo mais bem-sucedido é cobiçoso de outras honrarias e talvez perca "expertise" em tudo o que tem profundidade, é quase oportuno e patriótico duvidar de que não nos enganamos anteriormente com esse elogio. Em resumo, se a profundidade alemã não é no fundo algo diferente e pior — é algo da qual, graças a Deus, estamos a ponto de nos livrarmos com sucesso. Tentemos, então, reaprender no que diz respeito à profundidade alemã; a única coisa necessária para esse propósito é uma pequena dissecação da alma alemã. A alma alemã é acima de tudo multifacetada, variada em sua fonte, agregada e sobreposta, mais do que efetivamente construída. Isso se deve a sua origem. Um alemão que se encorajasse a afirmar: "Duas almas, ai de mim, habitam em meu peito!", daria um palpite errado sobre a verdade ou, mais corretamente, ficaria muito aquém da verdade sobre o número de almas. Como um povo formado pela mais extraordinária mistura e mescla de raças, talvez até com uma preponderância do elemento pré-ariano como o "povo do centro" em todos os sentidos do termo —, os alemães são mais intangíveis, mais amplos, mais contraditórios, mais desconhecidos, mais incalculáveis, mais surpreendentes e ainda mais aterrorizantes do que outros povos são para si próprios. Eles escapam da definição e, portanto, são os únicos desesperos dos franceses. É característico dos alemães que a pergunta: "O que é o alemão?" nunca morra entre eles. Kotzebue certamente conhecia seus alemães muito bem: "Nós somos conhecidos" — gritaram-lhe jubilosamente — mas Sand também achava que os conhecia. Jean Paul sabia o que estava fazendo quando se declarou indignado com as mentiras, mas lisonjas e exageros patrióticos de Fichte. Mas é provável que Goethe pensasse de forma diferente sobre os alemães de Jean Paul, embora reconhecesse que ele estava certo em relação a Fichte. É uma questão o que Goethe realmente pensava dos alemães? Mas sobre muitas coisas ao seu redor ele nunca falava explicitamente, e durante toda a vida soube manter um astuto silêncio — provavelmente tinha bons motivos para isso. É certo que não foram as "Guerras da Independência" que o fizeram erguer os olhos com mais alegria, assim como não foi a Revolução Francesa. O evento pelo qual ele reconstruiu seu "Fausto" e, na verdade, todo o problema do "homem", era a aparência de Napoleão. Há palavras de Goethe nas quais ele condena com impaciente severidade, como se de uma terra estrangeira, aquilo de que os alemães se orgulham. Ele certa vez definiu a famosa mentalidade alemã como "indulgência para com as suas próprias fraquezas e as dos outros". Ele estava errado? É característico dos alemães que raramente se esteja totalmente errado a respeito deles. A alma alemã tem passagens e galerias nela, há cavernas, esconderijos e masmorras ali. Sua desordem tem muito do encanto pelo misterioso, o alemão está bem familiarizado com os atalhos para o caos. E como tudo ama seu símbolo, assim o alemão ama as nuvens e tudo o que é obscuro, em evolução, crepuscular, úmido e envolto. Parece-lhe que tudo o que é incerto, subdesenvolvido, autodeslocado e crescente é "profundo". O próprio alemão não existe, está tornando-se, está "desenvolvendo-se". "Desenvolvimento" é, portanto, a descoberta essencialmente alemã e o sucesso no grande domínio das fórmulas filosóficas. Uma ideia dominante que, junto com a cerveja e a música alemãs, está trabalhando para germanizar toda a Europa. Os estrangeiros ficam espantados e atraídos pelos enigmas que a natureza conflitante na base da alma alemã lhes propõe (enigmas que Hegel sistematizou e Richard Wagner acabou musicando). "Bem-humorado e rancoroso" — tal justaposição, absurda no caso de todas as outras pessoas, é infelizmente muito frequentemente justificada na Alemanha. Basta viver um pouco entre os suábios para saber disso! A falta de jeito do estudioso alemão e sua aversão social combinam assustadoramente bem com seu equilíbrio físico na corda e sua agilidade e ousadia, as quais todos os deuses aprenderam a temer. Se alguém deseja ver a "alma alemã" demonstrada *ad oculos*[58], que olhe apenas para o gosto alemão, para as artes e costumes alemães. Que grosseira indiferença ao "gosto"! Como o mais nobre e o mais comum estão ali em justaposição! Quão desordenada e rica é toda a constituição desta alma! O alemão arrasta em sua alma, ele arrasta em tudo que vive. Ele digere mal seus eventos; ele nunca "acaba" com eles. E a profundidade alemã costuma ser apenas uma "digestão" difícil e hesitante. E, assim como todos os inválidos crônicos, todos os dispépticos gostam do que é conveniente. O alemão ama a "franqueza" e a "honestidade"; é tão conveniente ser franco e honesto! Essa confidência, essa complacência, essa exibição das credenciais da honestidade alemã, é provavelmente o disfarce mais perigoso e mais bem-sucedido que o alemão está mostrando hoje em dia: É sua própria arte mefistofélica. Com isso ele ainda pode "conseguir muito"! O alemão se deixa levar e, assim, olha com olhos alemães fiéis, azuis e vazios. E outros países o confundem imediatamente com seu roupão! Eu queria dizer isso, deixe a "profundidade alemã" ser o que for; apenas entre nós talvez tomemos a liberdade de rir disso. Faremos bem em continuar de agora em diante a honrar sua aparência e bom nome, e não barganhar muito nossa antiga reputação de um povo profundo pela "esperteza" prussiana e por inteligência e arrojo de Berlim. É sábio para um povo posar, e deixar-se ser considerado profundo, desajeitado, bem-humorado, honesto e tolo. Pode até ser — profundo fazer isso! Finalmente, devemos honrar o nosso nome! Não somos chamados de "*das 'tuische' Volk, das Täusche-Volk*"[59] — à toa...

- 245 -

Os "bom e velho tempo" já passou, cantava-se em Mozart — como nós estamos felizes por seu rococó ainda nos falar, por sua "boa companhia", seu terno entusiasmo, seu prazer infantil pelos chineses e seus floreios,

58 Do latim: Aos olhos. Usada quando algo é demonstrado de forma muito clara. (N. do R.)

59 Do alemão: o povo alemão, o povo enganador. Há aqui um jogo linguístico com a semelhança entre as palavras "tuische" (enganador) e "deutsch" (alemão), onde elas se juntam em uma só formando "Täusche-Volk". (N. do R.)

sua cortesia de coração, sua saudade do que era elegante, do amoroso, do tropeço, do choroso e de sua crença no Sul. Ainda podem apelar para algo que resta em nós! Ah, um dia ou outro vai acabar! Mas quem pode duvidar que vai acabar prematuramente com a inteligência e o gosto por Beethoven! Pois ele foi apenas o último eco de uma pausa e uma transição no estilo, e não, como Mozart, o último eco de um grande gosto europeu que existia há séculos. Beethoven é um evento intermediário entre uma velha e suave alma que está constantemente se quebrando e uma futura alma super-jovem que está sempre chegando. Espalha-se pela sua música o crepúsculo das eternas perda e esperança extravagante. A mesma luz em que a Europa foi banhada quando sonhou com Rousseau, quando dançou em volta da Árvore da Liberdade da Revolução e, finalmente, quase caiu em adoração diante de Napoleão. Mas quão rapidamente esse sentimento agora empalidece, quão difícil é hoje mesmo a apreensão deste sentimento, quão estranhamente soa aos nossos ouvidos a linguagem de Rousseau, Schiller, Shelley e Byron; linguagem que coletivamente o mesmo destino da Europa foi capaz de falar, que soube cantar em Beethoven! O que quer que a música alemã tenha trazido depois, pertence ao Romantismo, isto é, a um movimento que, historicamente considerado, foi ainda mais curto, mais fugaz e mais superficial do que aquele grande interlúdio, a transição da Europa de Rousseau a Napoleão e a ascensão da democracia. Weber — mas o que nos importa hoje em dia com "Freyschutz" e "Oberon"! Ou "Hans Heiling" e "Vampyr" de Marschner! Ou mesmo o "Tannhauser" de Wagner! Que está extinto, embora ainda não esquecido da música. Além disso, toda essa música do Romantismo não era nobre o suficiente? Não era musical o suficiente para manter sua posição em qualquer lugar, exceto no teatro e diante das massas? Desde o início foi uma música de segunda categoria, pouco apreciada pelos genuínos músicos. Foi diferente com Felix Mendelssohn, aquele mestre sossegado que, por sua alma mais leve, mais pura, mais feliz, logo adquiriu admiração e foi esquecido com igual rapidez: como o belo episódio da música alemã. Mas no que diz respeito a Robert Schumann, que levou as coisas a sério e desde o início foi levado a sério. — Ele foi o último a fundar uma escola — não consideramos agora como uma satisfação, um alívio, uma libertação, que mesmo assim o romantismo de Schumann tenha superado? Schumann, fugindo para a "Suíça Saxônica" de sua alma, com uma natureza meio Werther, meio Jean-Paul (certamente não como Beethoven! Certamente não como Byron!) — sua música para Manfred é um erro e um mal-entendido para a extensão da injustiça; Schumann, com seu gosto, que era fundamentalmente um pequeno gosto (isto é, uma propensão perigosa — duplamente perigosa entre os alemães — para o lirismo silencioso e a embriaguez dos sentimentos). Afastando-se constantemente, retraindo-se e retraindo-se timidamente, um fraco nobre que revelava-se apenas com alegria e tristeza anônimas, desde o início uma espécie de menina e *noli me tangere*[60]. Esse Schumann já era apenas um evento alemão na música, e não mais um evento europeu, como Beethoven o fora, em um grau ainda maior Mozart havia sido. Com Schumann, a música alemã foi ameaçada por seu maior perigo, o de perder a voz da alma europeia e afundar em um assunto meramente nacional.

- 246 -

Que tortura são os livros escritos em alemão para os leitores que tem o "terceiro" ouvido! Como fica indignado ao lado do pântano de sons sem melodia e ritmos sem dança que giram lentamente, que os alemães chamam de "livro"! E até o alemão que lê livros! Quão preguiçosamente, quão relutantemente, quão mal ele lê! Quantos alemães sabem, e consideram obrigatório saber, que há arte em toda boa frase? Arte que deve ser adivinhada, para que a frase seja entendida! Se houver um mal-entendido sobre sua época, por exemplo, a frase em si será mal compreendida! Que não se duvide das sílabas rítmicas, que se sinta a quebra da rígida simetria como intencional e como um encanto, que se dê um ouvido fino e paciente a todo "*staccato*[61]" e a todo "*rubato*[62]"; aquele deve adivinhar o sentido na sequência das vogais e ditongos, e quão delicada e ricamente eles podem ser tangidos e reintegrados na ordem de seu arranjo! Quem entre os alemães que leem livros é complacente o suficiente para reconhecer tais deveres e requisitos, e para saber ouvir tanta arte e intenção na linguagem? Afinal, alguém simplesmente "não tem ouvidos para isso"; e assim os contrastes de estilo mais marcantes não são ouvidos, e a arte mais delicada é, por assim dizer, desperdiçada para surdos. Esses foram meus pensamentos quando percebi quão desajeitados e confusos, ao trocarem algumas palavras, ficaram dois mestres na arte de escrever prosa: um, cujas palavras caem hesitante e friamente, como do telhado de uma caverna úmida. Ele conta com seu som e eco maçantes; e o outro que manipula sua linguagem como uma espada flexível, e do braço até os dedos dos pés sente a perigosa

60 Do latim: não me toque. Esta frase é associada a Jesus no momento em que Ele ressuscitou (João 20:17), quando diz para Maria Madalena: "Não me toque, pois ainda não voltei para o Pai." (N. do R.)

61 Forma de articular as notas em que são executadas com um espaço de tempo entre elas, tornando-as destacadas. (N. do R.)

62 Técnica onde o solista toma a liberdade para acelerar ou retardar as notas, dando dinâmica à sua apresentação. (N. do R.)

bem-aventurança da trêmula e muito afiada lâmina, que deseja morder, sibilar e cortar.

- 247 -

O pouco que o estilo alemão tem a ver com harmonia e com o ouvido é demonstrado pelo fato de que justamente os nossos bons músicos escrevem mal. O alemão não lê em voz alta, não lê para o ouvido, mas apenas com os olhos; e enquanto lê coloca suas orelhas longe, numa gaveta. Na antiguidade, quando um homem lia — o que raramente era o bastante —, lia algo para si mesmo e em voz alta; ele ficava surpreso quando alguém lia em silêncio e buscava secretamente a razão disso. Em voz alta: quer dizer, com todos os inchaços, inflexões e variações de tom e mudanças de tempo, de que o antigo mundo público se deleitava. As leis do estilo escrito eram então as mesmas do estilo falado; e essas leis dependiam em parte do surpreendente desenvolvimento e requisitos refinados do ouvido e da laringe; em parte na força, resistência e poder dos pulmões antigos. No sentido antigo, um período é antes de tudo um todo fisiológico, na medida em que é compreendido em uma respiração. Períodos como ocorre em Demóstenes e Cícero, enchendo duas vezes e soltando duas vezes o pulmão, ou mesmo tudo de uma vez, eram prazeres para os homens da antiguidade, que sabiam por sua própria escolaridade como apreciar ali a virtude, a raridade e a dificuldade na libertação de tal período. Nós realmente não temos direito aos grandes períodos; nós, homens modernos, que estamos sempre com falta de ar em todos os sentidos! Na verdade, aqueles antigos eram todos diletantes no falar, consequentemente conhecedores, e consequentemente também críticos. Eles levaram seus oradores ao mais alto grau; da mesma maneira que no século passado, momento em que todas as damas e cavalheiros italianos sabiam cantar. Assim o virtuosismo da canção (e com ela também a arte da melodia) atingiu seu ponto alto. Na Alemanha, entretanto, até bem recentemente, quando um tipo de eloquência de plataforma começou tímida e desajeita o suficiente para bater suas jovens asas, havia propriamente falando, apenas um tipo de discurso público e aproximadamente artístico — aquele proferido do púlpito. Os pregadores eram os únicos na Alemanha que sabiam o peso de uma sílaba ou de uma palavra, de que maneira uma frase atinge, salta, corre, flui e chega ao fim. Só eles tinham essa consciência nos ouvidos, muitas vezes uma consciência pesada. Por razões que não faltam, porque a proficiência na oratória deveria ser atingida, especialmente por um alemão, quase sempre tarde demais. A obra-prima da prosa alemã é, portanto, e com razão, a obra-prima de seu maior pregador: a Bíblia tem sido até agora o melhor livro alemão. Comparada com a Bíblia de Lutero, quase tudo o mais é meramente "literatura" — algo que não cresceu na Alemanha e, portanto, não criou e não cria raízes nos corações alemães, como a Bíblia fez.

- 248 -

Existem dois tipos de gênios: um que antes de tudo cria e procura sempre criar, e outro que se deixa frutificar e dar à luz de boa vontade. E da mesma forma, entre as nações talentosas, existem aquelas para quem o problema da gravidez da mulher foi transferido, e a tarefa secreta de formar, amadurecer e aperfeiçoar. Os gregos, por exemplo, eram uma nação desse tipo, e assim são os franceses; e outros que têm de frutificar e se tornar a causa de novos modos de vida — como os judeus, os romanos e, com toda a modéstia que se pergunta: como os alemães? Nações torturadas e arrebatadas por febres desconhecidas e irresistivelmente forçadas a sair de si mesmas, amorosos e saudosos de raças estrangeiras (por exemplo, que preferem "deixar-se frutificar") e, além disso, é imperioso, ser consciente de se possuir esta força geradora e, consequentemente, ser fortalecido "pela graça de Deus". Esses dois tipos de gênios procuram um ao outro como um homem e uma mulher, mas eles também se entendem mal — justamente como homem e mulher.

- 249 -

Cada nação tem sua própria "tartufice" (hipocrisia) — e a isso chama de sua virtude. Ninguém sabe, e nunca poderia saber o que há de melhor em cada uma.

- 250 -

O que a Europa deve aos judeus? Muitas coisas; coisas boas e más e, acima de tudo, uma coisa que possui natureza tanto do melhor como do pior: o grande estilo da moralidade, o temor e majestade das exigências infinitas, de significados infinitos. Todo o romantismo e sublimidade do questionamento moral e, consequentemente, apenas o elemento mais atraente, sedutor e requintado nessas iridescências e seduções para a vida, em cujo reflexo o céu de nossa cultura europeia, seu céu noturno, agora brilha. Talvez brilhe. Por isso, nós, artistas, entre os espectadores e filósofos, somos — gratos aos judeus.

- 251 -

Deve ser levado em conta, se várias nuvens e distúrbios — em suma, leves ataques de estupidez — passam por cima do espírito de um povo que sofre e deseja sofrer da febre nervosa e de ambição política. Como exemplo, entre os alemães do presente — há alternadamente a loucura antifrancesa, a loucura antissemita, a loucura antipolonesa, a loucura romântica cristã, a loucura wagneriana, a loucura teutônica, a loucura prussiana (basta olhar para aqueles pobres historiadores, Sybel e Treitschke, e suas cabeças bem enfaixadas), e qualquer outra coisa que esses pequenos obscurecimentos do espírito e de consciência alemães possam ser chamados. Queira ser perdoado que eu, também, quando em uma curta e ousada estada em terreno muito infecto, não permaneci totalmente isento dessa doença, mas como qualquer outra pessoa, comecei a entreter pensamentos sobre assuntos que não me diziam respeito: o primeiro sintoma de infecção política. Sobre os judeus, por exemplo, ouça o seguinte: Eu nunca conheci um alemão que fosse favoravelmente inclinado aos judeus; e por mais decidido que o repúdio do antissemitismo real possa ser por parte de todos os homens prudentes e políticos, esta prudência e política talvez não sejam dirigidas contra a natureza do sentimento em si, mas apenas contra seu excesso perigoso, e especialmente contra a desagradável e infame expressão desse excesso de sentimento. Neste ponto não devemos nos enganar. Que a Alemanha tem judeus amplamente suficientes; que o estômago alemão, o sangue alemão, tem dificuldade (e por muito tempo terá essa dificuldade) em dispor apenas desta quantidade de "judeus" — como o italiano, o francês e o inglês fizeram por meio de uma digestão mais forte. Esta é a declaração e a linguagem inconfundíveis de um instinto geral, ao qual se deve ouvir e segundo o qual se deve agir. "Não entrem mais judeus! E fechem as portas, especialmente para o Leste (também para a Áustria)" — assim comanda o instinto de um povo cuja natureza ainda é débil e incerta, de modo que poderia ser facilmente apagado, facilmente extinto, por uma raça mais forte. Os judeus, no entanto, são sem dúvida a raça mais forte, mais dura e mais pura que atualmente vive na Europa. Eles sabem como ter sucesso mesmo nas piores condições (na verdade, melhor do que nas favoráveis), por meio de virtudes de algum tipo, que hoje em dia gostaríamos de rotular de vícios — devido sobretudo a uma fé resoluta que não precisa se envergonhar das "ideias modernas", elas só se alteram, quando se alteram, da mesma forma que o Império Russo o faz. Conquista — como um império que tem muito tempo e não é de ontem, ou seja, de acordo com o princípio, "o mais lentamente possível"! Um pensador que tem o futuro da

Europa no coração, em todas as suas perspectivas sobre o futuro, calculará sobre os judeus, como calculará sobre os russos, como acima de tudo, os fatores mais seguros e prováveis no grande jogo e batalha de forças. Aquilo que atualmente é chamado de "nação" na Europa, e na verdade é mais um *res facta*[63] do que *res nata*[64] (na verdade, às vezes essa semelhança é confundida a um *res ficta et picta*[65]). É, em todos os casos, algo em evolução, jovem, facilmente deslocado, e não ainda uma raça, muito menos uma raça *aere perennius*[66]. Como os judeus, deve-se evitar, com muito cuidado contra essas nações", todo tipo de rivalidade e hostilidade acalorada! É certo que os judeus, se desejassem — ou se fossem levados a isso, como os antissemitas parecem desejar; poderiam agora ter a ascendência, ou melhor, literalmente a supremacia, sobre a Europa; igualmente é certo que não estão trabalhando e planejando para esse fim. Enquanto isso, eles esperam e desejam, mesmo de forma importuna, ser aceitos e absorvidos pela Europa. Eles desejam ser finalmente assentados, autorizados e respeitados em algum lugar, e desejam acabar com esta vida nômade para o "judeu errante", e deve-se certamente levar em conta esse impulso e tendência, e avanço (pois isso significa uma mitigação dos instintos judaicos), para o qual talvez seja útil e justo banir os truculentos antissemitas do país. Deve-se fazer avanços com toda a prudência, e com seleção, quase como a nobreza inglesa faz. É lógico que os tipos mais poderosos e fortemente marcados do novo germanismo poderiam entrar em relação com os judeus com a menor hesitação, por exemplo, o oficial nobre da fronteira prussiana, seria interessante de muitas maneiras observar o gênio para o dinheiro e a paciência (e especialmente sem intelecto e espiritualidade — infelizmente estão faltando em lugares específicos). Não poderia, além disso, ser anexado e treinado na arte hereditária de comandar e obedecer — para a qual o país em questão agora tem uma reputação clássica. Mas aqui é conveniente interromper meu discurso festivo e minha alegre teutomania, pois já alcancei meu assunto sério, o "problema europeu", como eu o entendo — a criação de uma nova casta governante para a Europa.

- 252 -

Os ingleses; eles não são uma raça filosófica: Bacon representa um ataque ao espírito filosófico em geral; Hobbes, Hume e Locke, fizeram um rebaixamento e uma depreciação das ideias de um "filósofo" por mais de um

63 Do latim: Coisa feita. Aponta algo feito, sobre o qual não restam dúvidas acerca da veracidade. (N. do R.)

64 Do latim: Coisa nascida. Indica algo que surgiu naturalmente. (N. do R.)

65 Do latim: Coisa fictícia e pintada. Diz-se de algo que foi criado pela imaginação ou representado artisticamente. (N. do R.)

66 Do latim: Mais durável que o bronze. É um fragmento da obra *Odes*, do poeta romano Homero. A frase completa diz: "*Exegi monumentum aere perennius*" (Ergui um monumento mais durável que o bronze). (N. do R.)

século. Foi contra Hume que Kant se ergueu e cresceu; foi certamente Locke de quem Schelling disse, "*je méprise Locke*". Na luta contra a estultificação mecânica inglesa do mundo, Hegel e Schopenhauer (junto com Goethe) estavam de acordo; os dois irmãos gênios hostis na filosofia, que empurraram em direções opostas do pensamento alemão, e assim se injustiçaram como só irmãos fariam. O que está faltando na Inglaterra e sempre faltou, aquele meio-ator retórico sabia muito bem, o absurdo e confuso Carlyle, que procurava esconder sob caretas apaixonadas o que sabia sobre si mesmo. A saber, o que estava faltando em Carlyle — real poder do intelecto, real profundidade de percepção intelectual, em suma, filosofia. É característico de uma raça tão pouco filosófica se apegar firmemente ao Cristianismo. Eles precisam de sua disciplina para "moralizar" e humanizar. O inglês, mais sombrio, sensual, teimoso e brutal que o alemão — é por isso mesmo, como o mais vil dos dois, também o mais piedoso. Ele tem mais necessidade do Cristianismo. Para narinas mais finas, este próprio Cristianismo inglês ainda tem uma mancha característica de tédio e excesso alcoólico, para os quais, por boas razões, é usado como um antídoto: um veneno mais fino para neutralizar um mais grosseiro. Uma forma mais fina de envenenamento está de fato um passo à frente com pessoas de maneiras grosseiras, um passo em direção à espiritualização. A grosseria inglesa e a modéstia rústica ainda são mais satisfatoriamente disfarçadas pela pantomima cristã, pelas orações e cantoria de salmos (ou, mais corretamente, é assim explicada e expressa de forma diferente). E para a manada de bêbados e libertinos que anteriormente aprenderam grunhidos morais sob a influência do Metodismo (e mais recentemente como um "Exército de Salvação"), um ataque penitencial pode realmente ser a manifestação relativamente mais elevada de "humanidade" à qual podem ser elevados: tanto pode ser razoavelmente admitido. O que, no entanto, ofende mesmo ao inglês mais humano é a falta de música, para falar figurativamente (e também literalmente); ele não tem ritmo nem dança nos movimentos de sua alma e corpo. Em verdade, nem mesmo o desejo de ritmo e dança, de "música". Ouça-os falando; veja a mais bela mulher inglesa caminhando. Em nenhum país do mundo existem mais belas pombas e cisnes; e finalmente, ouça-os cantando! Mas aí já seria pedir demais...

- 253 -

Há verdades que são mais bem reconhecidas pelas mentes medíocres, porque se adaptam melhor a elas, há verdades que só possuem encantos e poder de sedução para os espíritos medíocres: alguém é levado a esta conclusão provavelmente desagradável, agora que a influência de ingleses respeitáveis, mas medíocres — posso mencionar Darwin, John Stuart Mill e Herbert Spencer — começam a ganhar ascendência na região de classe média do gosto europeu. Na verdade, quem poderia duvidar de que é útil para tais mentes ter ascendência por um tempo? Seria um erro considerar o motor altamente desenvolvido e em ascensão como especialmente qualificado para determinar e coletar muitos pequenos fatos comuns e deduzir conclusões deles; como exceções, eles estão desde o início em uma posição não muito favorável para aqueles que são "as regras". Afinal, eles têm mais a fazer do que apenas perceber: com efeito, eles têm que ser algo novo, eles têm que significar algo novo, eles têm que representar novos valores! O abismo entre conhecimento e capacidade é talvez maior, e também mais misterioso, do que se pensa: o homem capaz no grande estilo, o criador, possivelmente terá de ser uma pessoa ignorante; por outro lado, para descobertas científicas como as de Darwin, uma certa estreiteza, aridez e zelo laborioso (em suma, algo inglês) podem não ser desfavoráveis para chegar a eles. Finalmente, não esqueçamos que os ingleses, com sua profunda mediocridade, provocaram uma vez antes uma depressão geral da inteligência europeia. O que vem sendo chamado de "ideias modernas" ou "as ideias do século XVIII" ou "ideias francesas" e que, consequentemente, contra as quais a mente alemã se levantou com profundo desgosto — são de origem inglesa, não há dúvida sobre isso. Os franceses eram apenas os macacos e atores dessas ideias, seus melhores soldados e, da mesma forma, ai de mim! Suas primeiras e mais profundas vítimas; pois, devido à diabólica anglomania das "ideias modernas", o *âme française*[67] afinal tornou-se tão leve e frágil que hoje nos lembramos, quase com descrença, de seus séculos dezesseis e dezessete; sua força profunda e apaixonada, sua excelência inventiva. É preciso, no entanto, manter esse veredito de justiça histórica de maneira determinada e defendê-lo dos preconceitos e aparências atuais: a *noblesse* europeia — de sentimento, gosto e maneiras, tomando a palavra em todos os sentidos elevados — é a obra e a invenção da França; a ignomínia europeia, o plebeísmo das ideias modernas — é a obra e a invenção da Inglaterra.

- 254 -

Mesmo atualmente a França ainda é a sede da cultura mais intelectual e refinada da Europa. É ainda a escola secundária do gosto; mas é preciso saber como encontrar essa "França dos gostos". Aqueles a quem esse

67 Do francês: Alma francesa. (N. do T.)

refinamento pertence se mantém bem escondidos: pode ser um pequeno número em quem vive e esteja corporificado, além de talvez serem homens que não se apoiam em pernas mais fortes, em parte podem ser fatalistas, hipocondríacos, inválidos; em parte pessoas tais que desejam estar acima destas indulgências e deste refinamento, mas que têm a ambição para se enclausurar. Todos eles têm algo em comum: mantêm os ouvidos fechados diante da loucura delirante e dos jatos barulhentos do democrático *Bourgeois*. Na verdade, neste momento uma França embriagada e brutalizada se espalha em primeiro plano. Recentemente celebrou uma verdadeira orgia de mau gosto e, ao mesmo tempo, de autoadmiração, no funeral de Victor Hugo. Também há algo bastante comum a eles: uma predileção por resistir à germanização intelectual; e uma incapacidade ainda maior de fazê-lo! Nesta França do intelecto, que também é uma França do pessimismo, Schopenhauer talvez tenha se tornado mais em casa e mais nativo do que jamais foi na Alemanha; para não falar de Heinrich Heine, que há muito se reencarnou nos liristas mais refinados e meticulosos de Paris; ou de Hegel, que atualmente, na forma de Taine — o primeiro dos historiadores vivos, exerce uma influência quase tirânica. No que se refere a Richard Wagner, porém, quanto mais a música francesa aprende a se adaptar às reais necessidades da *âme moderne*[68], mais ela se torna "wagnerita". Pode-se prever com segurança isso de antemão — já está acontecendo o suficiente! Há, entretanto, três coisas das quais os franceses ainda podem se orgulhar como sua herança e posse, e como indeléveis sinais de sua antiga superioridade intelectual na Europa, apesar de toda germanização e vulgarização voluntária ou involuntária do gosto. Primeiro, a capacidade de emoção artística, de devoção à "forma", para a qual foi inventada a expressão *L'art pour L'art*[69], junto com numerosas outras. Tal capacidade não faltou na França durante três séculos; e devido a sua reverência pelo "pequeno número", ela tornou possível uma espécie de música de câmara da literatura, que é procurada em vão em outras partes da Europa. A Segunda coisa pela qual os franceses podem reivindicar uma superioridade na Europa está a sua cultura milenar, multifacetada, moralística, pela qual se encontra em média, mesmo nos mesquinhos *romanciers*[70] dos jornais e do acaso "Boulevardiers de Paris", uma sensibilidade e curiosidade psicológica, da qual, por exemplo, não se tem nenhuma concepção (para não falar da coisa em si!) na Alemanha. Os alemães carecem de alguns séculos do trabalho moralista

68 Do francês: Alma moderna. (N. do T.)
69 Do francês: A arte pela arte. (N. do R.)
70 Do francês: Romancistas (N. do R.)

necessário para isso, o que, como dissemos, a França não guardou rancor. Aqueles que chamam os alemães de "ingênuos" por causa disso os elogiam por um defeito. (Como o oposto da inexperiência e inocência alemãs em *voluptate psychologica*[71], que não está muito remotamente associada com a monotonia das relações alemãs — e como a expressão de maior sucesso da genuína curiosidade francesa e do talento inventivo neste domínio de emoções delicadas, Henri Beyle pode ser notado. Aquele notável antecipatório e precursor, que, com um era napoleônica, atravessou sua Europa; na verdade, vários séculos da alma europeia, como um topógrafo e descobridor dela. Foram necessárias duas gerações para superá-lo de uma forma ou de outra, para divino muito depois alguns dos enigmas que o deixaram perplexo e extasiado. Este estranho epicurista e homem de interrogatório, o último grande psicólogo da França). Há ainda uma Terceira pretensão de superioridade: no caráter francês há um meio caminho bem-sucedido na síntese entre norte e sul, que os faz compreender melhor muitas coisas e impõe-lhes outras que um inglês nunca poderá compreender. Seu temperamento, virado alternadamente de norte para o sul, no qual de tempos em tempos o sangue provençal e Lígure espuma, os preserva do terrível cinza do norte, do espectrismo conceitual sem sol e da pobreza de sangue. Nossa enfermidade do paladar alemão, para a excessiva prevalência de que no momento presente, sangue e ferro, ou seja, "alta política", tem sido prescrita com grande resolução (de acordo com uma perigosa arte de cura, que me faz esperar e esperar, mas ainda não há esperança). Também há ainda na França uma pré-compreensão e boas-vindas prontas para aqueles homens mais raros e raramente satisfeitos, que são muito compreensivos para encontrar satisfação em qualquer tipo de paternidade, e sabem como amar o Sul quando no Norte e o Norte quando no Sul; os *midlanders* nascidos, os "bons europeus". Para eles, Bizet fez música, esse último gênio, que viu uma nova beleza e sedução, que descobriu um pedaço do Sul na música.

- 255 -

Defendo que muitas precauções devem ser tomadas contra a música alemã. Suponha que uma pessoa ame o Sul como eu o amo; como uma grande escola de recuperação para os piores males espirituais e sensuais, como uma profusão e refulgência solar ilimitada que propaga uma existência soberana que acredita em si mesma. Bem, tal pessoa aprenderá a ser um pouco cauteloso contra a música alemã, porque, ao prejudicar novamente seu paladar, também

71 Do latim: Prazer psicológico. (N. do R.)

prejudicará novamente sua saúde. Esse sulista, um sulista não por origem, mas por convicção, se sonha com o futuro da música, também deve sonhar com ela se libertando da influência do Norte; e deve ter em seus ouvidos o prelúdio de uma música mais profunda, mais poderosa e talvez mais perversa e misteriosa; uma super música alemã, que não enfraqueça, empalideça e morra, como toda música alemã, ao ver o mar azul e devasso e a claridade mediterrânea do céu. Uma música supraeuropeia, que se mantenha mesmo na presença do pôr do sol marrom do deserto, cuja alma é semelhante à palmeira; e pode estar em casa e pode vagar com grandes, belas e solitárias feras... Eu poderia imaginar uma música cujo encanto mais raro seria não saber mais do bem e do mal; apenas que aqui e ali talvez o enjoo de algum marinheiro, algumas sombras douradas e fraquezas tenras possam varrê-la levemente. Uma arte que, de longe, veria as cores de um mundo moral afundando e quase incompreensível fugindo em sua direção, e seria suficientemente hospitaleira e profunda para receber estes tão tardios fugitivos.

- 256 -

Devido ao estranhamento mórbido que a mania da nacionalidade induziu e ainda induz entre as nações da Europa. Devido também aos políticos míopes e apressados, que com a ajuda dessa mania, estão atualmente no poder; e não suspeite até que ponto a política de desintegração que eles perseguem deve necessariamente ser apenas uma política de interlúdio. Devido a tudo isso e muito mais que agora é totalmente indizível, os sinais mais inconfundíveis de que a Europa deseja a unificação agora são esquecidos, ou interpretados erroneamente e falsamente. Com todos os homens mais profundos e generosos deste século, a verdadeira tendência geral do misterioso trabalho de suas almas era preparar o caminho para aquela nova síntese e, provisoriamente, antecipação do europeu do futuro. Somente em suas simulações, ou em seus momentos de fraqueza, talvez na velhice, eles pertenceram às "pátrias"; só descansaram de si mesmos quando se tornaram "patriotas". Penso em homens como Napoleão, Goethe, Beethoven, Stendhal, Heinrich Heine, Schopenhauer; não devo estar errado se também contar com Richard Wagner entre eles, sobre quem não se deve deixar ser enganado por seus próprios mal-entendidos, (gênios como ele raramente têm o direito de se compreenderem); muito menos, é claro, pelo ruído impróprio com que agora é resistido e combatido na França. Permanece o fato, no entanto, de que Richard Wagner e o tardio romanticismo francês dos anos quarenta, são mais próximos e intimamente relacionados um com o outro. Eles são semelhantes, fundamentalmente semelhantes, em todas as alturas e profundidades de seus requisitos; é a Europa, a única Europa, cuja alma pressiona com urgência e saudade, ascensão e saída, em sua arte multifacetada e turbulenta — para onde? Em uma nova luz? Em direção a um novo sol? Mas quem tentaria expressar com precisão o que todos esses mestres dos novos modos de falar não poderiam expressar com clareza? É certo que a mesma tempestade e estresse os atormentavam; que procuraram da mesma maneira, esses últimos grandes buscadores! Todos eles impregnados de literatura até os olhos e ouvidos — os primeiros artistas da cultura literária universal — em sua maioria, até eles próprios escritores, poetas, intermediários e misturadores das artes e dos sentidos. (Wagner, como músico, é contado entre os pintores, como poeta entre músicos, como artista geralmente entre atores). Todos eles fanáticos por expressão "a qualquer custo". Menciono especialmente Delacroix, o parente mais próximo de Wagner; todos eles grandes descobridores no reino do sublime, também do repugnante e terrível; ainda maiores descobridores de efeito, em exibição, na arte do vitrinismo. Todos eles talentosos muito além de seu gênio, virtuosidades por dentro e por fora, com acessos misteriosos a tudo que seduz, atrai, restringe e perturba; inimigos natos da lógica e da linha reta, ansiando pelo estranho, o exótico, o monstruoso, o tortuoso e o contraditório. Como homens, tântalos da vontade, *plebeus parvenus*[72], que se sabiam incapazes de uma nobre era ou de uma lentidão na vida e nas ações. Pensem em Balzac, por exemplo: operários desenfreados, quase se destruindo pelo trabalho; antinomianos e rebeldes de maneiras, ambiciosos e insaciáveis, sem equilíbrio e alegria; todos eles finalmente se despedaçando e afundando na cruz cristã (e com razão, pois quem deles teria sido suficientemente profundo e suficientemente original para uma filosofia anticristã?). No todo, uma ousada, uma classe esplendidamente arrogante, ambiciosa e arrasadora de homens superiores, que primeiro tiveram que ensinar a seu século. E é o século das massas — a concepção de "homem superior"...

Que os amigos alemães de Richard Wagner consintam juntos se há algo puramente alemão na arte wagneriana, ou se a sua distinção não consiste precisamente em vir de fontes e impulsos supra-alemães. Em relação ao qual não pode ser subestimado o quão indispensável Paris foi para o desenvolvimento desse seu tipo; que a força de seus instintos o fez desejar visitar no momento mais decisivo, e como todo o estilo de seu procedimento, de seu autoapostolado, só poderia se aperfeiçoar à vista do original socialista

72 Junção dos termos *plebeus* (classe mais baixa da sociedade) e *parvenus* (recém-chegado ou aquele que ascendeu socialmente). É usada para descrever pessoas de origem humilde que se tornaram ricas, mas ainda são vistas como pobres. (N. do R.)

francês. Em uma comparação mais sutil, talvez seja descoberto, para honra da natureza alemã de Richard Wagner, que ele agiu em tudo com mais força, ousadia, severidade e elevação do que um francês do século XIX poderia ter feito — devido às circunstâncias que nós, alemães, estamos ainda mais perto da barbárie do que os franceses.

Talvez até a criação mais notável de Richard Wagner não seja apenas atualmente, mas para sempre inacessível, incompreensível e inimitável para toda a raça latina dos últimos tempos. A figura de Siegfried, aquele homem muito livre, que provavelmente é excessivamente livre, muito duro, muito alegre, muito saudável, muito anticatólico para o gosto das velhas e mansas nações civilizadas. Ele pode até ter sido um pecado contra o Romantismo, este Siegfried antilatino. Bem, Wagner expiou amplamente esse pecado em seus velhos dias tristes, quando — antecipando um gosto que entretanto passou para a política — ele começou, com a veemência religiosa peculiar a ele, para pregar, pelo menos, "O Caminho de Roma", se não caminhar nele. Para que estas últimas palavras não sejam mal interpretadas, pedirei em meu auxílio algumas rimas poderosas, que revelarão até a ouvidos menos delicados o que significa, o que quero dizer contra o "último Wagner" e sua música "Parsifal":

Esse é o nosso modo, Alemão?
Do coração alemão veio esse murmúrio vexado?
Do corpo alemão, essa penitência?
É nossa esta dilatação sacerdotal das mãos,
esta exaltação fumegante de incenso?
O nosso é este vacilante, molenga, cambaleante,
Este bem incerto badalar de sinos?
Esse é o nosso modo alemão?
Pense bem! — ainda não terminaram o percurso
Pois o que você ouve é Roma.
A Fé de Roma sem uma boa intenção!

CAPÍTULO IX

O QUE É NOBRE?

- 257 -

Cada elevação do tipo "homem" tem sido até agora obra de uma sociedade aristocrática e sempre será — uma sociedade que acredita em uma longa escala de hierarquias e diferenças de valor entre os seres humanos; e exigindo a escravidão de uma ou outra forma. Sem o "*pathos*[73]" da distância, tal como surge da diferença encarnada de classes, do constante olhar superior da casta dominante sobre subordinados e instrumentos, e de sua prática igualmente constante em obedecer e comandar, de manter-se abaixado e a distância. Que outro "*pathos*" mais misterioso poderia surgir? O anseio por um novo alargamento de distância dentro da própria alma, a formação de estados cada vez mais elevados, mais raros, mais amplos, mais abrangentes. Em suma, apenas a elevação do tipo "homem", a continuação "autossuperação do homem", para usar uma fórmula moral em um sentido supramoral. Certamente, não se deve resignar a nenhuma ilusão humanitária sobre a história da origem de uma sociedade aristocrática (isto é, da condição preliminar para a elevação do tipo "homem"). A verdade é dura. Vamos reconhecer sem preconceitos como todas as civilizações superiores até agora se originaram? Homens com uma natureza ainda brutal, bárbaros em todos os terríveis sentidos da palavra, homens predadores, ainda em posse de uma força de vontade ininterrupta e um desejo de poder, lançaram-se sobre raças mais fracas, mais morais e mais pacíficas (Talvez comerciantes e comunidades camponesas), ou sobre velhas civilizações suaves nas quais a força vital final estava tremeluzindo em fogos de artifício brilhantes de inteligência e depravação. No início, a casta nobre sempre foi a casta bárbara; sua superioridade não consistia em primeiro lugar em seu físico, mas em seu poder psíquico. Eles eram

73 Do grego: paixão, emoção, sofrimento. (N. do R.)

homens mais completos — o que em todos os pontos também implica o mesmo que "bestas mais completas".

- 258 -

A corrupção — como indicação de que a anarquia ameaça estourar entre os instintos e de que o fundamento das emoções, denominado "vida" está convulsionado — é algo radicalmente diferente de acordo com a organização em que se manifesta. Quando, por exemplo, uma aristocracia como a da França no início da Revolução, jogou fora seus privilégios com nojo sublime e se sacrifica ao excesso de seus sentimentos morais, isso é corrupção: foi realmente apenas o ato final da corrupção que existiu durante séculos, em virtude da qual aquela aristocracia abdicou passo a passo de suas prerrogativas senhoriais e se rebaixou a uma função de realeza (no fim até com sua decoração e traje de gala). O essencial, no entanto, em uma aristocracia boa e saudável é que ela não deve se considerar uma função da realeza ou da comunidade, mas como o significado e a mais alta justificativa disso — que deve, portanto, aceitar com uma boa consciência o sacrifício de uma legião de indivíduos, que, por seu uso, devem ser suprimidos e reduzidos a homens imperfeitos, a escravos e instrumentos. Sua crença fundamental deve ser precisamente que a sociedade não tem permissão de existir por si mesma, mas apenas como uma fundação e um patamar, por meio do qual uma classe selecionada de seres pode ser capaz de se elevar a seus deveres mais elevados e, em geral, uma existência superior: como aquelas trepadeiras que buscam o sol em Java — são chamadas de Cipó Matador — que circundam um carvalho por tanto tempo e tantas vezes com os braços, até que, finalmente, bem acima dele, mas apoiadas por ele, podem se desdobrar seu topo à luz plena, exibindo sua felicidade.

- 259 -

Abster-se mutuamente de injúrias, de violência, de exploração e colocar a própria vontade em pé de igualdade com a dos outros; isso pode resultar em um certo rude sentido na boa conduta entre os indivíduos quando as condições necessárias são dadas (a saber, a real semelhança dos indivíduos em quantidade de força e gradação de valor, e sua correlação dentro de uma organização). Tão logo, no entanto, como alguém desejasse tomar este princípio de forma mais geral, e se possível até mesmo como o "Princípio Fundamental da Sociedade", imediatamente revelaria o que realmente é — ou seja, uma "Vontade de Negação" da vida, um princípio de dissolução e decadência. Aqui é preciso pensar profundamente e resistir a toda fraqueza sentimental: a própria vida é essencialmente uma apropriação, injúria, conquista do estranho e do fraco, supressão, severidade, obstrução de formas peculiares, incorporação e, pelo menos, para dizer o mínimo, exploração. Mas por que alguém deveria usar para sempre justamente essas palavras nas quais durante séculos um propósito depreciativo foi estampado? Mesmo a organização dentro da qual, como foi anteriormente suposto, os indivíduos se tratam como iguais — isso ocorre em toda aristocracia saudável — deve ela mesma, se for uma organização viva e não moribunda, fazer tudo isso em relação a outros corpos, que os indivíduos dentro dela evitam fazer uns aos outros, terá que ser uma "Vontade de Poder" encarnada, se esforçará para crescer, para ganhar terreno, atrair para si e adquirir ascendência — não devido a qualquer moralidade ou imoralidade, mas porque vive, e porque a vida é precisamente "Vontade de Poder". Em nenhum ponto, no entanto, a consciência comum dos europeus está mais disposta a ser corrigida do que neste assunto. As pessoas agora deliram em toda parte, mesmo sob o pretexto de ciência, sobre as condições futuras da sociedade em que "o caráter explorador" deve estar ausente. Isso soa aos meus ouvidos como se eles prometessem inventar um modo de vida que deveria se abster de todas as funções orgânicas. "Exploração" não pertence a uma sociedade depravada, ou a uma sociedade imperfeita e primitiva. Ela pertence à natureza do vivente como função orgânica primária, é uma consequência da "Vontade de Poder" intrínseca, que é precisamente a "Vontade de Vida" — desde que como uma teoria esta seja uma novidade. Como a realidade é o "Fato Fundamental" de toda a história; sejamos agora honestos conosco mesmos!

- 260 -

Em um passeio pelas muitas moralidades mais refinadas e grosseiras que até agora prevaleceram ou ainda prevalecem na terra, descobri certos traços que se repetem regularmente juntos e conectados um ao outro, até que finalmente dois tipos primários se revelaram a mim, e uma radical distinção foi trazida à luz. Existe "moralidade-mestre" e "moralidade-escravo" — eu acrescentaria imediatamente, no entanto, que em todas as civilizações superiores e mistas, também há tentativas de reconciliar as duas moralidades. Mas encontra-se ainda mais frequentemente a confusão e mal-entendido mútuo deles. Na verdade, às vezes, sua justaposição íntima — até mesmo no mesmo homem, dentro de uma alma. As distinções de valores morais têm se originado em uma casta governante, agradavelmente consciente de ser diferente da classe governada — ou entre a classe governada, os escravos e dependentes de todos os tipos. No primeiro caso, quando são os governantes que determinam o conceito de "bom", é a disposição exaltada e orgulhosa que é considerada o traço distintivo e que determina a ordem de classificação. O tipo de homem nobre separa de si mesmo os seres nos quais o oposto desta disposição exaltada e orgulhosa se manifesta, ele os despreza. Note-se de imediato que neste primeiro tipo de moralidade a antítese "bom" e "mau" significa praticamente o mesmo que "nobre" e "desprezível" — a antítese "bom" e "mal" é de origem diferente. O covarde, o tímido, o insignificante e aqueles que pensam apenas de utilidade estreita são desprezados; além disso, também, os desconfiados, com seus olhares constrangidos, os que se humilham, o tipo de homem canino que se deixa abusar, os bajuladores mendicantes e, acima de tudo, os mentirosos. É uma crença fundamental de todos os aristocratas que as pessoas comuns sejam mentirosas. "Nós, os verdadeiros" — a nobreza da Grécia antiga se autodenominava. É óbvio que em todos os lugares as designações de valor moral foram inicialmente aplicadas aos homens; e foram apenas derivativamente e em um período posterior aplicados às ações. É um erro grosseiro, portanto, quando os historiadores da moral começam com perguntas como: "Por que as ações simpáticas foram elogiadas?" O tipo de homem nobre se considera um determinante de valores; ele não precisa ser aprovado; ele passa o julgamento: "O que é prejudicial para mim é prejudicial em si mesmo"; sabe que só ele mesmo confere honra às coisas; ele é um "Criador de Valores". Ele honra tudo o que reconhece em si mesmo; tal moralidade equivale à autoglorificação. Em primeiro plano está o sentimento de plenitude, de poder, que busca transbordar, a felicidade da alta tensão, a consciência de uma riqueza que desejaria dar e doar. O homem nobre também ajuda os desafortunados, mas não — ou mal — por piedade, mas sim por um impulso gerado pela superabundância de poder. O homem nobre honra em si o poderoso, também aquele que tem poder sobre si mesmo, que sabe falar e calar, que tem prazer em se submeter à severidade e à dureza, e tem respeito por tudo o que é severo e duro. "Wotan colocou um coração duro em meu peito", diz uma velha saga escandinava. Isso é, assim, corretamente expresso na alma de um orgulhoso Viking. Esse tipo de homem se orgulha até de não ter sido feito para ter simpatia; o herói da saga, portanto, acrescenta a advertência: "Quem não tiver um coração duro quando jovem, nunca terá." Os nobres e bravos que pensam assim são os que estão mais afastados da moralidade que vê precisamente na simpatia, ou no agir para o bem dos outros, ou no desinteresse, a característica da moral; a fé em si mesmo, o orgulho de si mesmo, uma inimizade radical e ironia para com a "abnegação". Pertencem definitivamente à nobre moralidade, assim como o desprezo descuidado e a precaução na presença da simpatia e do "coração caloroso". É o poderoso quem sabe como honrar, é sua arte, seu domínio de invenção. A profunda reverência pela idade e pela tradição. Toda a lei repousa nessa dupla reverência: — a crença e o preconceito em favor dos ancestrais e desfavoráveis aos recém-chegados é típica da moralidade dos poderosos; e se, inversamente, os homens de "ideias modernas" acreditam quase que instintivamente no "progresso" e no "futuro", e estão cada vez mais desrespeitosos à velhice, a origem ignóbil dessas "ideias" se traiu complacentemente com isso. A moralidade da classe dominante, entretanto, é mais especialmente estranha e irritante para o gosto dos dias de hoje, devido à severidade de seu princípio de que se tem deveres apenas para com seus iguais; que se possa agir em relação a seres de uma categoria inferior, em relação a tudo que é estrangeiro. Assim como parece bom para alguém, ou "como os desejos do coração" e, em qualquer caso," além do bem e do mal": é aqui que a simpatia e sentimentos semelhantes podem ter um lugar. A capacidade e a obrigação de exercer gratidão prolongada e vingança prolongada — ambas apenas dentro do círculo de iguais —, alegria em retaliação, refinamento da ideia na amizade, uma certa necessidade de ter inimigos como saídas para as emoções da inveja, brigas, arrogância — em verdade, para ser um bom amigo. Todas essas são características típicas da moral nobre, que, como foi apontado, não é a moralidade das "ideias modernas", e é, portanto, atualmente difícil de realizar, e também de desenterrar e revelar. É diferente com o segundo tipo de moralidade, a "moralidade-escravo". Supondo que os maltratados, os oprimidos, os sofredores, os não emancipados, os cansados e os incertos de si mesmos devam moralizar, qual será o elemento comum em suas estimativas morais? Provavelmente uma suspeita pessimista em relação a toda situação do homem encontrará expressão; talvez uma condenação do homem, junto com sua situação. O escravo tem um olho desfavorável para as virtudes dos poderosos; ele tem ceticismo e desconfiança, um refinamento de desconfiança de tudo que seja "bom" e que ali é homenageado. Ele se convenceria de que a própria felicidade lá não é genuína. Por outro lado, aquelas qualidades que servem para aliviar a existência de sofredores são trazidas em destaque e inundadas de luz. É aqui que a simpatia, a bondade, a mão amiga, o coração caloroso, a paciência, a diligência, a humildade e a amizade alcançam a honra; pois aqui essas são as qualidades mais úteis e quase o único meio de suportar o fardo da existência. A moralidade dos escravos é essencialmente a moralidade da utilidade. Aqui está a origem da famosa antítese "bem" e "mal": — o poder e a periculosidade residem no mal, um certo terror, sutileza e força, que não admitem ser desprezados. De acordo com a "moralidade-escravo", portanto, o homem "mau" desperta medo. De acordo com a "moralidade mestre", é precisamente o homem "bom" que desperta o medo e procura despertá-lo, enquanto o homem mau é considerado um ser desprezível. O contraste atinge seu máximo quando, de acordo com as consequências lógicas da moralidade do escravo, uma sombra de depreciação — pode ser leve e bem-intencionada — finalmente se liga ao homem "bom" dessa moralidade. Porque, de acordo com o pensamento servil, o homem bom deve, em todo caso, ser um homem seguro: ele é afável, engana-se facilmente, talvez um pouco estúpido, *un bon homme*. Onde quer que a moralidade escrava ganhe ascendência, a linguagem mostra uma tendência a aproximar os significados das palavras "bom" e "estúpido". Uma última diferença fundamental: o "Desejo de Liberdade", o instinto de felicidade e os refinamentos do sentimento de liberdade pertence necessariamente à moral dos escravos, já que o artifício e o entusiasmo em reverência e devoção são os sintomas regulares de um modo aristocrático de pensar e estimar. Portanto, podemos compreender sem maiores detalhes por que amar como uma paixão — é a nossa especialidade europeia. Deve ser absolutamente de origem nobre; como se sabe, sua invenção se deve aos poetas-cavaleiros provençais, aqueles homens brilhantes e engenhosos do "*gaio saber*"[74], a quem a Europa tanto deve e quase se deve por completo.

- 261 -

A vaidade é, talvez, uma das coisas de mais difícil compreensão a um homem nobre; ele será tentado a negá-la, onde outro tipo de homem pensa que a vê com evidência. O problema para ele é representar para sua mente os seres que buscam despertar uma boa opinião sobre si mesmos que eles próprios não possuem. E, consequentemente, também não "merecem" — e que ainda acreditam nessa boa opinião posteriormente. Isso lhes parece, por um lado, de tão mau gosto e tão desrespeitoso e, por outro lado, tão grotescamente irracional, que eles gostariam de considerar a vaidade uma exceção, e duvida disso na maioria dos casos quando se fala dela. Ele dirá, por exemplo: "Posso estar enganado sobre meu valor e, por outro lado, posso, no entanto, exigir que meu valor seja reconhecido por outros precisamente como eu o avalio. Isso,

74 Do latim: Gaia ciência. (N. do T.)

no entanto, não é vaidade, "mas uma presunção do eu, ou ainda, na maioria dos casos, aquilo que se chama 'humildade' e também 'modéstia'". — Ou dirá ainda: — "Por muitas razões posso deliciar-me com a boa opinião dos outros, talvez porque os ame e honre, e me regozije com todas as suas alegrias, talvez também porque sua boa opinião endossa e fortalece minha crença em minha própria boa opinião, talvez porque a boa opinião alheia, mesmo nos casos em que não a compartilho, também é útil a mim, ou me dá alguma promessa de utilidade. Tudo isso, porém, não é vaidade. "O homem de caráter nobre deve primeiro trazer à força para sua mente, especialmente com a ajuda da história, desde tempos imemoriais, que em todos os estratos sociais, de qualquer forma dependente, o homem comum foi apenas aquilo pelo que passou. Não estando acostumado a fixar valores, ele não atribuiu nem a si mesmo nenhum outro valor além daquele que seu mestre lhe atribuiu, (é o peculiar 'Direito dos Mestres" criar valores). Pode ser considerado como resultado de um atavismo extraordinário, que o homem comum, mesmo hoje, ainda esteja ESPERANDO uma opinião sobre si mesmo e, então, instintivamente se submetendo a ela. Ainda que isso não se aplique apenas para uma opinião "boa", mas também para uma opinião má e injusta (pense, por exemplo, na maior parte das autoavaliações e autodepreciações que as mulheres crentes aprendem de seus confessores, e que em geral, o cristão crente aprende com sua Igreja). Na verdade, de acordo com a lenta ascensão da ordem social democrática (e sua causa, a mistura do sangue de senhores e escravos), o impulso originalmente nobre e raro dos senhores de atribuir um valor a si mesmos e "pensar bem" por si mesmos, serão agora mais e mais encorajados e ampliados. Mas sempre tem uma propensão mais velha, mais ampla e mais radicalmente arraigada que se opõe a ela — e no fenômeno da "vaidade" essa tendência mais velha domina a mais jovem. O vaidoso se alegra com toda boa opinião que ouve sobre si mesmo (independentemente do ponto de vista de sua utilidade, e igualmente independentemente de sua verdade ou falsidade), assim como sofre com toda má opinião; pois ele se sujeita a ambas — ele se sente sujeito a ambas, por aquele instinto de sujeição mais antigo que irrompe de si. É "o escravo" no sangue do homem simples, os restos da astúcia do escravo — e quanto do "escravo" ainda é deixado na mulher, por exemplo — que busca seduzir a boas opiniões sobre si mesma. É também o escravo que imediatamente a seguir prostrou-se diante dessas opiniões, como se não as tivesse convocado. E, para repetir: a vaidade é um atavismo.

- 262 -

Uma espécie se origina, e um tipo se torna estabelecido e forte na longa luta com condições desfavoráveis especificamente constantes. Por outro lado, é sabido, pela experiência dos criadores, que as espécies que recebem alimento superabundante, e em geral um excedente de proteção e cuidado, tendem imediatamente de forma mais marcante a desenvolver variações. E são férteis em prodígios e monstruosidades.(também em vícios monstruosos). Agora olhe para uma comunidade aristocrática, digamos uma antiga pólis grega, ou Veneza, como um artifício voluntário ou involuntário com o propósito de criar seres humanos. Há homens lado a lado, atirados sobre os seus próprios recursos, que querem fazer prevalecer a sua espécie, principalmente porque têm de prevalecer, sob pena de correr o terrível perigo de serem exterminados. O favor, a superabundância, a proteção faltam sob os quais as variações são promovidas. A espécie precisa de si mesma como espécie, como algo que, precisamente em virtude de sua dureza, sua uniformidade e simplicidade de estrutura, pode em geral prevalecer e se tornar permanente na luta constante com seus vizinhos, ou com vassalos rebeldes, ou ameaçadores de rebelião. A mais variada experiência ensina--lhe quais são as qualidades às quais deve principalmente o fato de ainda existir, apesar de todos os deuses e homens, e até agora ter sido vitorioso. A essas qualidades ele chama de virtudes, e somente a essas virtudes ele desenvolve até a maturidade. Ele o faz com severidade; na verdade, deseja severidade; toda moralidade aristocrática é intolerante na educação dos jovens, no controle das mulheres, nos costumes do casamento, nas relações de velhos e jovens, nas leis penais (que visam apenas os degenerados). Conta a própria intolerância entre as virtudes, sob o nome de "justiça". Um tipo com poucos, mas muito traços marcados, uma espécie de homens severos, guerreiros, sabiamente silenciosos, reservados e reticentes (e como tal, com a sensibilidade mais delicada para o encanto e nuances da sociedade é assim estabelecida), não afetada pelas vicissitudes de gerações. A luta constante com condições desfavoravelmente uniformes é, como já observado, a causa de um tipo estável e duro. Finalmente, porém, o resultado é um estado de coisas feliz, a enorme tensão é relaxada. Talvez não haja mais inimigos entre os povos vizinhos, e os meios de vida, mesmo para o gozo da vida, estão presentes em superabundância. De um só golpe o vínculo e o constrangimento da velha disciplina se cortam; ela não é mais considerada necessária, como uma condição de existência — se continuasse, só poderia fazê-lo como uma forma de luxo, como um gosto arcaizante.

Variações, sejam elas desvios (para o mais elevado, mais refinado e raro), ou deteriorações e monstruosidades, aparecem repentinamente em cena na maior exuberância e esplendor; o indivíduo ousa ser individual e desapegar-se. Neste ponto de virada da história, manifestam-se, lado a lado, e muitas vezes misturados e emaranhados, um magnífico, um múltiplo crescimento semelhante a uma floresta virgem que se estende ao alto, uma espécie de tempo tropical na rivalidade do crescimento, e uma decadência e autodestruição extraordinárias, devido aos egoísmos ferozmente opostos e aparentemente em explosão, que lutam entre si "por sol e luz" e não podem mais atribuir qualquer limite, restrição ou tolerância para si mesmos por meio da moralidade até então existente. Foi essa própria moralidade que tão enormemente acumulou forças, que dobrou o arco de maneira tão ameaçadora — agora está "desatualizado", está ficando "desatualizado". O ponto perigoso e inquietante foi alcançado quando a vida maior, mais multifacetada e mais abrangente é vivida além da velha moralidade. O "indivíduo" se destaca e é obrigado a recorrer ao seu próprio legislador, as suas próprias artes e artifícios de autopreservação, autoelevação e autopreservação. Nada além de novos "porquês", nada além de novos "comos", sem outras fórmulas comuns, mal-entendidos e desconsideração em associação uns com os outros, decadência, deterioração e os desejos mais elevados assustadoramente emaranhados. O gênio da raça transbordando de todas as cornucópias do bem e do mal, uma portentosa simultaneidade de primavera e outono, cheia de novos encantos e mistérios peculiares à corrupção fresca, ainda inesgotável, ainda incansável. O perigo está novamente presente, a mãe da moralidade, grande perigo. Este tempo mudou para o indivíduo, para o vizinho e amigo, para a rua, para seu próprio filho, para seu próprio coração, para todos os recessos mais pessoais e secretos de seus desejos e volições. O que os filósofos morais que aparecem nesta época terão que pregar? Eles descobrem, esses espectadores e vadios atentos, que o fim se aproxima rapidamente, que tudo ao seu redor se decompõe e se deteriora. Que nada durará até depois de amanhã, exceto uma espécie de homem, o incurável medíocre. Só os medíocres têm a perspectiva de continuar e se propagar; eles serão os homens do futuro, os únicos sobreviventes; "Seja como eles, torne-se um medíocre!" — agora é a única moralidade que ainda tem significado, que ainda é ouvida. Mas é difícil pregar essa moralidade da mediocridade! Nunca pode confessar o que é e o que deseja! Tem que falar de moderação e dignidade e dever e amor fraternal — terá dificuldade em ocultar sua ironia!

- 263 -

Existe um instinto pela hierarquia, que mais do que qualquer outra coisa já é o sinal de um categoria mais alta. Há um deleite nas nuances da reverência que leva a inferir origem e hábitos nobres. O refinamento, a bondade e a elevação de uma alma são colocados em um teste perigoso quando algo passa por ser do mais alto nível, mas ainda não está protegido pelo temor da autoridade de toques intrusivos e incivilidades. Algo que segue seu caminho como um pedra de toque viva, indistinta, não descoberta e provisória, talvez voluntariamente velada e disfarçada. Aquele cuja tarefa e prática é investigar as almas, se valerá de muitas variedades desta mesma arte para determinar o valor último de uma alma, a ordem inalterável e inata de classificação a que pertence. Ele a testará por seu instinto por reverência. *Différence Engendre Haine*[75] — a vulgaridade de muitas naturezas jorra repentinamente como água suja, quando qualquer vaso sagrado, qualquer joia de santuários fechados, qualquer livro com as marcas de um grande destino, é trazido a sua frente. Por outro lado, há um silêncio involuntário, uma hesitação do olhar, uma cessação de todos os gestos, pelo que é indicado quando uma alma sente a proximidade do que é mais digno de respeito. A forma como, no geral, a reverência pela Bíblia tem sido mantida até agora na Europa, é talvez o melhor exemplo de disciplina e refinamento de maneiras que a Europa deve ao Cristianismo: livros de tal profundidade e significado supremo requerem para sua proteção uma tirania externa da autoridade, para adquirir um período de milhares de anos necessário para esgotá-los e decifrá-los. Muito foi alcançado quando o sentimento foi finalmente instilado nas massas (os patentes rasas e os "intestinos rápidos" de todo tipo), de que eles não têm permissão para tocar em tudo, que há experiências sagradas antes das quais eles devem tirar os sapatos e afastar as mãos impuras — é quase seu maior avanço em direção à humanidade. Ao contrário, nas chamadas classes cultas, os que acreditam nas "ideias modernas", nada é tão repulsivo quanto sua falta de vergonha, a fácil insolência de olhos e mãos com que tocam, provam e dedilham tudo; e é possível que ainda haja mais nobreza relacionada ao gosto, e mais tato para reverência entre o povo, entre as classes mais baixas do povo, especialmente entre os camponeses, do que entre os leitores de jornais do submundo do intelecto, a classe culta.

75 Do francês: A Diferença Engendra Ódio. (N. do T.)

- 264 -

Não pode ser apagado da alma de um homem o que seus ancestrais fizeram como atividade constante; se eles foram, talvez, economizadores diligentes e apegados a uma mesa e uma caixa de dinheiro; cidadãos modestos em seus desejos, modestos também em suas virtudes; ou se estavam acostumados a comandar de manhã à noite, apreciadores de prazeres rudes e provavelmente de deveres e responsabilidades ainda mais rudes; ou se, finalmente, em um momento ou outro, eles sacrificaram antigos privilégios de nascimento e posse, a fim de viver inteiramente para sua fé — para seu "Deus" — como homens de uma consciência inexorável e sensível, que enrubesce a cada compromisso. É totalmente impossível para um homem não ter as qualidades e predileções de seus pais e ancestrais em sua constituição, sejam quais forem as aparências que possam sugerir o contrário. Este é o problema da raça. Concedido que se saiba algo sobre os pais, é admissível tirar uma conclusão sobre a criança. Qualquer tipo de incontinência ofensiva, qualquer tipo de inveja sórdida ou de vanglória desajeitada pessoal — as três coisas que juntas constituem o tipo plebeu genuíno em todos os tempos. Isso deve passar para a criança, tão certo quanto o sangue ruim; e com a ajuda da melhor educação e cultura, só conseguiremos enganar em relação a essa tal hereditariedade. E o que mais a educação e a cultura tentam fazer hoje em dia! Em nossa era muito democrática, ou melhor, muito plebeia, "educação" e "cultura" devem ser essencialmente a arte de enganar — enganar em relação à origem, em relação ao plebeianismo herdado de corpo e alma. Um educador que hoje pregasse a verdade acima de tudo, e clamasse constantemente aos seus alunos: "Sede verdadeiros! Sede naturais! Mostrai-vos como sois!" — mesmo um burro tão virtuoso e sincero aprenderia em pouco tempo a recorrer à *furca* de Horácio, para *naturam expellere*. Com quais resultados? O "Plebeismo" *usque recorret*[76]

- 265 -

Correndo o risco de desagradar ouvidos inocentes, sugiro que o egoísmo pertence à essência de uma alma nobre, refiro-me à inalterável crença de que para um ser como "nós", outros seres devem estar naturalmente em sujeição, e devem se sacrificar a si próprios. A alma nobre aceita o fato de seu egoísmo sem questionar, e também sem consciência de aspereza, constrangimento ou arbitrariedade nele, mas sim como algo que pode

76 A expressão por completo seria "Naturam expelles furca, tamen usque recurret" (do latim: Expulse a natureza com um forcado, ainda assim ela sempre volta.), e foi retirada do livro I das Epístolas de Horácio, Carta X. (N. do R.)

ter sua base na lei primária das coisas. Se ele buscou uma designação para isso, diria: "É a própria justiça." Ele reconhece, em certas circunstâncias, que o fizeram hesitar a princípio, que existem outras igualmente privilegiadas; assim que ele resolve esta questão de posição, ele se move entre aqueles iguais e igualmente privilegiados com a mesma segurança, no que diz respeito à modéstia e ao delicado respeito, que desfruta nas relações consigo mesmo — de acordo com um mecanismo celestial inato que todos as estrelas entendem. É um exemplo a mais de seu egoísmo, essa astúcia e autolimitação na relação com seus iguais. Cada estrela é semelhante a um egoísta; ele se honra nelas, e nos direitos que concede a eles, ele não tem dúvidas de que a troca de honras e direitos, como a essência de todas as relações, pertence também à condição natural das coisas. A alma nobre dá conforme recebe, movida pelo apaixonado e sensível instinto de retribuição, que está na raiz de sua natureza. A noção de "favor" não tem, *inter pares*[77], significado nem idoneidade; pode haver uma maneira sublime de dar presentes como se fossem leves vertendo de alguém do alto, e de bebê-los sedentos como gotas de orvalho; mas para essas artes e exibições, a alma nobre não tem aptidão. Seu egoísmo o impede aqui; em geral, ele olha "para cima" com má vontade — ele olha para a frente, horizontalmente e deliberadamente, ou para baixo. Ele sabe que se encontra no alto.

- 266 -

"*Só se pode estimar verdadeiramente aquele que não cuida de si mesmo.*" — Goethe, a Rath Schlosser.

- 267 -

Os chineses têm um provérbio que as mães ensinam aos filhos: "*Siao--Sin*"[78]. Esta é uma tendência fundamental nas civilizações modernas. Não tenho dúvidas de que um grego antigo também observaria, antes de mais nada, que nós, europeus de hoje, que somos anões. Só nesse aspecto deveríamos ser imediatamente "desagradáveis" a ele.

- 268 -

O que é, afinal, ignomínia? Palavras são símbolos vocais para ideias; ideias, entretanto, são símbolos mentais mais ou menos definidos para sensações frequentemente comuns e concorrentes, para grupos de sensações.

77 Do latim: entre iguais. (N. do R.)
78 Do mandarim: Torne o seu coração pequeno. Também pode ser traduzido como "tome cuidado." (N. do R.)

Não é suficiente usar as mesmas palavras para nos entendermos; devemos também empregar as mesmas palavras para o mesmo tipo de experiências internas. Devemos no final ter experiências em comum. Por isso, os povos de uma nação se entendem melhor do que os pertencentes a nações diferentes, mesmo quando usam a mesma língua; ou melhor, quando as pessoas viveram juntas por muito tempo em condições semelhantes (de clima, solo, riscos, necessidade, trabalho), origina-se daí uma entidade que "se entende" — ou seja, uma nação. Em todas as almas, um número semelhante de experiências recorrentes prevaleceu sobre as que ocorrem mais raramente. Sobre esses assuntos, as pessoas se entendem rapidamente e sempre mais rapidamente — a história da linguagem é a história de um processo de abreviação; com base nessa compreensão rápida, as pessoas sempre se unem cada vez mais. Quanto maior o perigo, maior é a necessidade de concordar rápida e prontamente sobre o que é necessário. Não se entender mal uns aos outros em perigo — isso é o que não pode ser dispensado na relação entre pessoas. Também em todos os amores e amizades, tem-se a experiência de que nada desse tipo continua quando se descobre que, ao usar as mesmas palavras, uma das duas partes tem sentimentos, pensamentos, intuições, desejos ou medos diferentes daqueles tidos pela outra pessoa. (O medo do "eterno mal-entendido": esse é o bom gênio que tantas vezes impede que pessoas de sexos opostos tenham apegos apressados, aos quais o sentido e o coração os levam — e não algum "gênio da espécie" schopenhaueriano!) Quaisquer grupos de sensações dentro de uma alma desperta mais prontamente, começa a falar e dar a palavra de comando. Estes decidem quanto à ordem geral de classificação de seus valores e determinam, em última instância, sua lista de coisas desejáveis. As estimativas de valor de um homem revelam algo da estrutura de sua alma, e onde ela vê suas condições de vida, suas necessidades intrínsecas. Supondo agora que a necessidade desde os tempos antigos reuniu apenas os homens que poderiam expressar requisitos e experiências semelhantes por símbolos semelhantes; o que resulta no geral que a fácil comunicação da necessidade, que implica, em última análise, submeter-se apenas a experiências comuns, deve ter sido das mais potentes de todas as forças que até agora operaram sobre a humanidade.

Quanto mais próximos, e mais comuns as pessoas tiveram suas diversas relações, levarão maior vantagem; os mais selecionados, mais refinados, mais exclusivistas e dificilmente compreensíveis tendem a permanecer sozinhos; eles sucumbem a acidentes em seu isolamento e raramente se propagam. Deve-se apelar a estas imensas forças opostas, a fim de impedir esse progresso natural, *progressus in símile*[79] à evolução do homem em direção ao semelhante, ao comum, ao mediano, ao gregário — ao vulgar!

- 269 -

Quanto mais um psicólogo — um psicólogo nato, inevitável e adivinho de almas — volta sua atenção para casos e indivíduos mais selecionados, maior é o perigo de ser sufocado pela simpatia: ele precisa de severidade e alegria mais do que qualquer outro homem. Pois a corrupção, a ruína dos homens superiores, das almas com constituição mais incomum, é de fato a regra. É terrível ter tal regra sempre diante dos olhos. O tormento múltiplo do psicólogo que descobriu essa ruína, que descobriu uma vez, e então descobriu repetidamente ao longo de toda a história, esse "desespero" interior universal aos homens superiores, esse eterno "tarde demais" em todos os sentidos. Pode talvez um dia ser a causa de ele se voltar com amargura contra sua própria sorte e de fazer uma tentativa de autodestruição de "se arruinar". Pode-se perceber em quase todo psicólogo uma inclinação reveladora para relações prazerosas com homens comuns e bem-organizados; revela-se assim o fato de que ele sempre precisa de cura, de uma espécie de fuga e esquecimento, para longe do seu discernimento e incisividade — que é o seu "negócio" — impostos à sua consciência. O medo de sua memória é peculiar a ele. Ele é facilmente silenciado pelo julgamento de outros; ele ouve com semblante impassível como as pessoas honram, admiram, amam e glorificam, onde ele percebeu — ou até mesmo onde esconde seu silêncio ao concordar expressamente com alguma opinião plausível. Talvez o paradoxo de sua situação se torne tão terrível que, precisamente onde ele aprendeu a grande simpatia, junto com o grande desprezo, a multidão, os instruídos e os videntes, por sua vez, aprenderam a grande reverência — reverência por "grandes homens" e animais maravilhosos. Por causa dos quais se abençoa e honra a pátria, a terra, a dignidade do homem e de si mesmo, a quem se dirige os jovens e em vista de quem os educa. E quem sabe se não em todos os grandes casos até agora exatamente o mesmo aconteceu: que a multidão adorava um Deus, e que o "Deus" era apenas um pobre animal de sacrifício! O sucesso sempre foi o maior mentiroso — e o "trabalho" em si é um sucesso. O grande estadista, o conquistador, o descobridor, estão disfarçados em suas criações até ficarem irreconhecíveis. A "obra" do artista,

79 Do latim: Progresso em direção ao semelhante. (N. do R.)

do filósofo, só inventa aquele que a criou, é reputado por tê-la criado; os "grandes homens", como são reverenciados, são pobres pequenas ficções compostas posteriormente. No mundo dos valores históricos a cunhagem de moedas falsas predomina. Aqueles grandes poetas, por exemplo, como Byron, Musset, Poe, Leopardi, Kleist, Gogol (não me arrisco a citar nomes muito maiores, mas tenho-os em mente), como agora aparecem, e talvez fossem obrigados a ser: homens do momento, entusiastas, sensuais e infantis, levianos e impulsivos em sua confiança e desconfiança; com almas nas quais geralmente alguma falha deve estar escondida. Muitas vezes se vingando de suas obras por uma contaminação interna. Muitas vezes buscando o esquecimento em sua ascensão de uma memória muito verdadeira, muitas vezes perdidos na lama e quase apaixonados por ela, até se tornarem como os fogos-fátuos ao redor dos pântanos e fingirem ser estrelas — as pessoas então os chamam de idealistas. Muitas vezes lutam contra uma repulsa prolongada, com um fantasma de descrença que sempre reaparece, que os torna frios e os obriga a definhar por glória e devorar "a fé como ela é" — fora das mãos de aduladores intoxicados. Que tormento para aqueles que os descobriu são esses grandes artistas e os chamados homens superiores! É, portanto, concebível que seja apenas da mulher — que é clarividente no mundo do sofrimento, e também infelizmente ansiosa para ajudar e salvar em uma extensão muito além de seus poderes —, que eles aprenderam tão prontamente aqueles surtos de ilimitada e devotada simpatia, que a multidão, acima de tudo, a reverente multidão, não entende e se sobrecarrega com interpretações curiosas e gratificantes. Essa simpatia invariavelmente se ilude quanto ao seu poder; a mulher gostaria de acreditar que o amor pode fazer tudo. É a superstição que lhe é peculiar. Ai, aquele que conhece o coração descobre quão pobre, desamparado, pretensioso e desajeitado é até mesmo o melhor e mais profundo amor. Ele descobre que antes destrói do que salva! É possível que sob a fábula sagrada e caricata da vida de Jesus se esconde um dos casos mais dolorosos do martírio do "Conhecimento do Amor". Martírio do coração mais inocente e ambicioso, que nunca se fartou de nenhum amor humano, desse amor exigido, que exigiu inexoravelmente e freneticamente ser amado e nada mais, com terríveis explosões contra aqueles que lhe recusaram seu amor. A história de uma pobre alma insaciada e insaciável no amor; que teve que inventar o inferno para mandar para lá quem não o amasse, e que enfim, iluminada do amor humano, teve que inventar um Deus que é todo amor, todo capacidade para o amor. Que tem pena do amor humano, porque é tão mesquinho, tão ignorante! Aquele que tem tais sentimentos, aquele que tem tanto conhecimento sobre o amor — e procura a morte! Mas por que alguém deveria lidar com questões tão dolorosas? Desde que, é claro, ninguém seja obrigado a fazê-lo.

- 270 -

A arrogância intelectual e o ódio de cada homem que sofreu profundamente — quase determina a ordem de classificação sobre o quanto os homens podem sofrer. A certeza arrepiante, com a qual ele está completamente imbuído e colorido, de que em virtude de seu sofrimento ele sabe mais que o mais astuto e sábio pode saber. Que ele está familiarizado, e "em casa", em muitos mundos distantes e terríveis dos quais "vocês nada sabem"! Essa arrogância intelectual silenciosa do sofredor, esse orgulho dos eleitos do conhecimento, do "iniciado", do quase sacrificado, encontra todas as formas de disfarce necessárias para se proteger do contato com mãos oficiosas e simpatizantes e, em geral, de tudo o que não é seu igual no sofrimento. O sofrimento profundo torna-se nobre: ele separa. Uma das formas mais refinadas de disfarce é o epicurismo, junto com uma certa ousadia ostentosa de gosto, que leva o sofrimento levianamente e se põe na defensiva contra tudo o que é doloroso e profundo. Eles são "jovens homens" que fazem uso da alegria porque são mal compreendidos por causa disso. Eles desejam ser mal compreendidos. Existem "mentes científicas" que fazem uso da ciência, porque ela dá uma aparência alegre e porque a cientificidade leva à conclusão de que uma pessoa é superficial. Eles desejam conduzir a uma falsa conclusão. Existem mentes insolentes livres que de bom grado esconderiam e negariam que são corações quebrantados, orgulhosos, incuráveis (O cinismo de Hamlet — O caso de Galiani); e, ocasionalmente, a própria loucura é a máscara de um infeliz conhecimento, correto ao extremo. Daqui se segue que é parte de uma humanidade mais refinada ter reverência "pela máscara" — e não fazer uso da psicologia e da curiosidade no lugar errado.

- 271 -

O que mais profundamente separa dois homens é um sentido e escala de pureza diferentes. O que importa com toda a sua honestidade e utilidade recíproca, o que importa com toda a sua boa vontade mútua: o fato ainda permanece — eles "não podem cheirar um ao outro"! O mais alto instinto de pureza coloca aquele que é afetado por ela no isolamento mais extraordinário e perigoso, como um santo. Pois é apenas a santidade — a mais alta espiritualização do instinto em questão. Qualquer tipo de conhecimento de um excesso indescritível na alegria do banho, qualquer tipo de ardor ou sede que impele perpetuamente a alma da noite para o dia, e da escuridão, da "aflição" para a clareza, brilho, profundidade, e refinamento. Tanto quanto tal tendência distingue — é uma tendência nobre — ela também separa. A pena do santo é pena da sujeira do humano, demasiado humano. E há escalas e alturas onde a própria piedade é considerada por ele como impureza, como sujeira.

- 272 -

Sinais de nobreza: nunca pensar em rebaixar nossos deveres ao nível de deveres a todos. Não estar disposto a renunciar ou compartilhar nossas responsabilidades; contar nossas prerrogativas, e o exercício delas, entre nossos deveres.

- 273 -

Um homem que se esforça por grandes coisas, olha para cada um que encontra em seu caminho como um meio de avanço, ou também um atraso ou obstáculo — ou ainda um lugar de descanso temporário. Seu peculiar e elevado prêmio aos seus semelhantes só é possível quando ele atinge sua elevação e o domina. A impaciência e a consciência de estar sempre condenado à comédia até aquele momento — pois até a contenda é uma comédia e esconde o fim, como todo meio faz —, estragam todas as relações para ele. Esse tipo de homem conhece a solidão e o que há de mais venenoso nela.

- 274 -

"O Problema Daqueles Que Esperam." Boas oportunidades são necessárias, e muitos elementos incalculáveis, para que um homem superior, em quem a solução de um problema está adormecida, possa ainda agir, ou "irromper" — como alguém diria — no momento certo. Em média não acontece; e em todos os cantos da terra há pessoas sentadas esperando que mal sabem até que ponto estão esperando, e menos ainda que esperam em vão. Ocasionalmente, também, o chamado para acordar chega tarde demais — a chance que dá "permissão" para agir — quando sua melhor juventude e força para a ação se esgotam para ficar sentado quieto. E quantos, no momento em que "saltam", descobriram com horror que seus membros estão entorpecidos e seu espírito está pesado demais! "É tarde demais" — disse ele a si mesmo, e tornou-se desconfiado de si mesmo e, daí em diante, para sempre inútil. No domínio do gênio, não pode o "Rafael sem mãos" (tomando esta expressão em seu sentido mais amplo), talvez não ser a exceção, mas a regra? Talvez o gênio não seja tão raro; mas sim as quinhentas mãos que ele requer para tiranizar o *Karpós*[80] — "o tempo certo" — para não perder a chance do cavalo arreado!

- 275 -

Aquele que não deseja ver o que há de elevado em um homem, olha ainda mais detidamente para o que nele é defeituoso e superficial — e assim se revela.

- 276 -

Em todos os tipos de perdas e danos, a alma inferior e mais grosseira está em melhor situação do que a alma mais nobre. Os perigos desta última devem ser maiores, a probabilidade de que venha a sofrer e perecer é de fato imensa, considerando a multiplicidade de condições de sua existência. Num lagarto, cresce novamente a cauda que se parte; e no homem não é assim.

- 277 -

É uma pena! Sempre essa velha história! Quando um homem termina de construir sua casa, ele descobre que aprendeu sem perceber algo que absolutamente ele deveria saber antes de começar a construí-la. O eterno e fatal — "Tarde demais"! A melancolia de ter tudo completo!

- 278 -

Andarilho, quem és? Te vejo seguir teu caminho sem desprezo, sem amor, com olhos insondáveis, úmidos e tristes como uma sonda que voltou à luz insaciado de todas as profundezas. O que buscavas lá embaixo? Com um peito que nunca suspira, com lábios que escondem o teu ódio, com uma mão que apenas fracamente agarra: quem és tu? O que fizeste? Descanse aqui: este lugar tem hospitalidade para todos — refresca-te! E quem quer que tu sejas, o que agora te agradaria? O que poderia servir para te refrescar? Apenas diga,

80 Do grego: fruto, colheita, resultado. (N. do R.)

tudo o que eu tenho, eu te ofereço! "Para me refrescar? Para me refrescar? Oh, tu, intrometido, o que dizes? Mas dá-me, eu te peço..." O quê? Fala!

— "Outra máscara! Uma segunda máscara!"

- 279 -

Homens de profunda tristeza se traem quando estão felizes. Eles têm um modo de agir agarrando-se a esta felicidade como se fossem sufocá-la e estrangulá-la por ciúme. Ah, eles sabem muito bem que em algum tempo ela fugirá deles!

- 280 -

"Péssimo! Muito mau! O quê? Ele está voltando?" Sim! Mas você o entende mal quando reclama disso. Ele volta como todo aquele que está prestes a fazer o seu melhor salto.

- 281 -

"As pessoas acreditarão em mim? Mas eu insisto que elas acreditem em mim: sempre pensei de forma muito insatisfatória em mim e sobre mim mesmo; apenas em casos muito raros, apenas compulsoriamente, sempre sem prazer no assunto. Pronto para divagar sobre mim mesmo, e sempre sem fé no resultado, devido a uma invencível desconfiança das possibilidades de autoconhecimento. O que me levou a sentir uma "*contradictio in adjecto*" mesmo na ideia de "conhecimento direto" que os teóricos se permitem. Esta questão de fato é, bem dizer, a coisa mais certa que eu sei sobre mim mesmo. Deve haver uma espécie de repugnância em mim por acreditar em algo definitivo sobre mim mesmo. Existiria talvez algum enigma nisso? Provavelmente; mas felizmente, nada para os meus próprios dentes. Talvez isso traia a espécie a que pertenço? "Mas não a mim mesmo, pois para mim está tudo muito conveniente."

- 282 -

– "Mas o que aconteceu com você?" — "Não sei" — disse ele, hesitante. — "Talvez as harpias tenham voado sobre minha mesa." — Às vezes acontece hoje em dia que um homem gentil, sóbrio e reservado fica repentinamente louco, quebra os pratos, vira a mesa, grita, delira e choca todo mundo — e finalmente se retira, envergonhado, e furioso consigo mesmo — mas para onde? Para qual propósito? Para morrer de fome? Sufocar-se com suas memórias? Para quem tem os desejos de uma alma elevada e delicada, e raramente encontra a mesa posta e a comida preparada, o perigo será sempre grande. Hoje em dia, porém, é extraordinariamente grande. Lançado no meio de uma era barulhenta e plebeia, com a qual ele não gosta de comer do mesmo prato, ele pode prontamente morrer de fome e sede, ou, se entregar, finalmente, de náusea repentina. Provavelmente todos nós nos sentamos em mesas às quais não pertencemos; e precisamente os mais espirituais de nós, que são os mais difíceis de nutrir, conhecem a perigosa indigestão que se origina de uma percepção repentina e desilusão sobre nossa comida e nossos companheiros: — A conhecida náusea depois do jantar.

- 283 -

Se alguém deseja elogiar, é um delicado e ao mesmo tempo um nobre autocontrole, louvar apenas quando não se concorda — caso contrário, em verdade, elogiar-se-ia, o que é contrário ao bom gosto. Um autocontrole, com certeza, que oferece excelente oportunidade e boa provocação a um constante mal-entendido. Para poder se permitir este verdadeiro luxo de bom gosto e moralidade, não se deve viver entre imbecis intelectuais, mas sim entre homens cujos mal-entendidos e erros divertem com seu refinamento — ou terá que pagar caro por isso! “Ele me elogia, portanto reconhece que estou certo!” Esse método estúpido de inferência estraga metade de nossas vidas como contemplativos — pois traz os asnos para nossa destra e amizade.

- 284 -

Viver numa vasta e orgulhosa tranquilidade; sempre mais... Ter ou não ter as emoções, o A Favor e O Contra, conforme se escolhe; ceder-se a eles por horas. Sentar-se sobre eles como em cavalos, e frequentemente como em jumentos. Pois é preciso saber como fazer uso de sua estupidez, bem como de seu fogo. Para conservar as trezentas fachadas; também os óculos escuros: pois há circunstâncias em que ninguém deve nos olhar nos olhos, muito menos em nossas “motivações”. E escolher para companhia aquele vício malandro e alegre, a polidez. E permanecer mestre de suas quatro virtudes: coragem, perspicácia, simpatia e solidão. Pois a solidão é uma virtude para nós, como uma tendência sublime e uma inclinação para a pureza, que adivinha que com o contato do homem com o homem — “em sociedade” — deve ser inevitavelmente impuro. Toda a sociedade nos torna — de alguma forma, em algum lugar ou em algum momento — vulgares, “lugares-comuns”.

- 285 -

Os maiores eventos e pensamentos — os maiores pensamentos, no entanto, são os maiores eventos — demoram a ser compreendidos. As gerações que são contemporâneas a eles não experimentam tais eventos. Elas vivem além deles. Algo acontece a eles como se fosse no reino das estrelas. A luz das estrelas mais distantes é a mais longa em alcançar o homem; e antes que ela chegue, o homem nega — que haja estrelas ali. "Quantos séculos uma mente requer para ser compreendida?" — esse também é um padrão, também se faz uma escala de posições e uma etiqueta com ela, tal como é necessário para a mente e para as estrelas.

- 286 -

"*Aqui a visão está desimpedida, e a mente exaltada.*"

— Mas há um tipo reverso de homem, que ainda que esteja em elevada altura e que também tenha a vista desimpedida — insiste em olhar para baixo.[81]

- 287 -

O que é nobre? O que a palavra "nobre" ainda nos significa em nossos dias? Como o homem nobre se trai, como ele é reconhecido sob este céu pesado e nublado do plebeianismo inicial, pelo qual tudo se torna opaco e plúmbeo? Não são suas ações que estabelecem sua reivindicação. As ações são sempre ambíguas, sempre inescrutáveis; e nem são suas "obras". Hoje em dia, encontramos entre os artistas e estudiosos muitos daqueles que traem com suas obras que um profundo desejo de nobreza os impele; mas esta mesma necessidade de nobreza é radicalmente diferente das necessidades da própria alma nobre, e é de fato o sinal eloquente e perigoso da falta dela. Não são as obras, mas a crença que aqui é decisiva e determina a ordem de classificação. Para empregar mais uma vez uma velha fórmula religiosa com um significado novo e mais profundo é alguma certeza fundamental que uma alma nobre tem sobre si mesma; algo que não deve ser procurado, não deve ser encontrado e talvez, também, não deve ser perdido. A "Nobre Alma" tem reverência por si mesma.

- 288 -

Há homens que são inevitavelmente intelectuais, que se virem e se retorcem como quiserem e ponham as mãos diante de seus olhos traiçoeiros — como se a mão não fosse traidora. Sempre fica claro que eles têm algo que

81 Palavras do Dr. Marianus em "Fausto", de Goethe. - Parte II, Ato V.

escondem — a saber, o intelecto. Um dos meios mais sutis de enganar, pelo menos o maior tempo possível, e de representar com sucesso a si mesmo como mais estúpido do que realmente é — o que na vida cotidiana é muitas vezes tão desejável quanto um guarda-chuva, é o chamado entusiasmo, incluindo o que lhe pertence, por exemplo, a virtude. Pois, como disse Galiani, quem foi obrigado a saber: *Vertu est enthousiasme*![82]

- 289 -

Nos escritos de um misantropo, sempre se ouve algo do eco do deserto; algo dos tons murmurantes e da tímida vigilância da solidão. Em suas palavras mais fortes, até em seu próprio grito, soa uma nova e mais perigosa espécie de silêncio, de ocultação. Aquele que se sentou dia e noite, de final de ano a final de ano, sozinho com sua alma em discórdia e em diálogo íntimo, aquele que se tornou um urso das cavernas, ou um caçador de tesouros, ou um guardião de tesouros e dragões em sua caverna — pode ser um labirinto, mas também pode ser uma mina de ouro. Suas próprias ideias acabam adquirindo uma cor crepuscular própria e um odor, tanto de profundidade quanto de mofo, algo incomunicável e repulsivo, que sopra frio em cada transeunte. O recluso não acredita que um filósofo — supondo que um filósofo sempre foi, em primeiro lugar, um recluso — expresse suas opiniões reais e definitivas em livros; os livros não são escritos precisamente para esconder o que há em nós? De fato, ele o fará duvidar se um filósofo poderia ter opiniões "definitivas e reais"; se atrás de cada caverna nele não há, e deve necessariamente haver, uma caverna ainda mais profunda, um mundo mais amplo, estranho e rico além da superfície, um abismo atrás de cada abismo, abaixo de cada "fundação". Toda filosofia é uma filosofia de primeiro plano. Este é o veredito de um recluso: "Há algo arbitrário no fato de que o filósofo veio a se posicionar aqui, fez uma retrospectiva e olhou em volta; que ele aqui deixou sua pá de lado e não cavou mais profundo. — Também há algo de suspeito nisso." Toda filosofia também resume uma filosofia; cada opinião é também uma válvula de escape, cada palavra também é uma máscara.

- 290 -

Todo pensador profundo tem mais medo de ser compreendido do que de ser mal compreendido. Este último talvez fira sua vaidade; mas

82 Do latim: O entusiasmo é uma virtude! (N. do R.)

o primeiro fere seu coração, sua simpatia, que sempre diz: "Ah, por que você ainda desejaria passar por esses mesmos sofrimentos?"

- 291 -

O homem, animal complexo, mentiroso, astuto e inescrutável, estranho aos demais animais por seu artifício e sagacidade mais do que por sua força, inventou a boa consciência para finalmente gozar de sua alma como algo simples. E toda a moralidade é uma falsificação longa e audaciosa, em virtude da qual geralmente o prazer aos olhos da alma se torna possível. Desse ponto de vista, talvez haja muito mais na concepção de "arte" do que geralmente se acredita.

- 292 -

Um filósofo: é um homem que constantemente experimenta, vê, ouve, suspeita, espera e sonha coisas extraordinárias; que é atingido por seus próprios pensamentos como se viessem de fora, de cima e de baixo; como uma espécie de rajadas e relâmpagos particulares; que talvez seja uma tempestade cheia de novos relâmpagos. Um homem portentoso, em torno do qual sempre há estrondos, resmungos, bramidos e algo estranho acontecendo. Um filósofo: infelizmente, um ser que muitas vezes foge de si mesmo, muitas vezes tem medo de si mesmo, mas cuja curiosidade sempre o faz "voltar a si".

- 293 -

Um homem que diz: "Gosto disso, pego para mim e pretendo guardá-lo e protegê-lo de todos"; um homem que pode conduzir um caso, levar a cabo uma resolução, permanecer fiel a uma opinião, segurar uma mulher, punir e derrubar a insolência. Um homem que tem sua indignação e sua espada, e a quem os fracos, os sofredores, os oprimidos e até os animais se submetem e pertencem de boa vontade e naturalmente. Em suma, esse homem é um mestre por natureza. Quando tal homem tem simpatia, bem! Essa simpatia tem valor! Mas de que vale a simpatia de quem sofre! Ou mesmo daqueles que pregam simpatia! Existe hoje, em quase toda a Europa, uma irritabilidade doentia e uma sensibilidade para com a dor, e também uma irritabilidade repulsiva em reclamar, um efeminizante, que, com a ajuda da religião e do absurdo filosófico, procura se apresentar como algo superior. Existe um culto regular ao sofrimento. A designação daquilo que é chamado de "simpatia" por tais grupos de visionários é sempre, creio eu, a primeira coisa que salta aos olhos. É preciso proibir resoluta e radicalmente essa última forma de mau gosto; e, finalmente, o desejo de que as pessoas coloquem um bom amuleto nos pescoços e nos corações, a "Gaia Ciência" — *Fröhliche Wissenchaft* —, como sendo uma proteção.

- 294 -

"O Vício Olimpiano" — apesar do filósofo que, como um inglês genuíno, tentou trazer o riso para a má fama de todas as mentes pensantes — "Rir é uma doença grave da natureza humana, que toda mente pensante se esforçará para superar" (Hobbes). Eu até me permitiria classificar os filósofos de acordo com a qualidade de seu riso — até aqueles que são capazes do riso dourado. E supondo que os deuses também filosofem, o que estou fortemente inclinado a acreditar, devido a muitas razões. Não tenho dúvidas de que eles também sabem rir assim de uma maneira nova e supra-humana — e à custa de todas as coisas sérias! Os deuses gostam do ridículo; e parece que eles não conseguem conter o riso, mesmo em assuntos sagrados.

- 295 -

O gênio do coração, tal como possui aquele grande e misterioso, o deus tentador e aliciador das consciências, cuja voz pode descer ao mais íntimo de cada alma, que não fala uma palavra nem lança um olhar em que não se possa haver motivo ou toque de sedução, a cuja perfeição pertence o saber como se apresentar. Não como ele é, mas em um disfarce que atua como uma restrição adicional para seus seguidores se apertarem cada vez mais perto dele, para segui-lo mais cordial e completamente. O gênio do coração, que impõe silêncio e atenção a tudo que é ruidoso e presunçoso, que suaviza as almas rudes e as faz sentir um novo anseio — de deitar-se plácido como um espelho, para que os céus profundos nele se reflitam. O gênio do coração, que ensina as mãos desajeitadas e apressadas a hesitar e a agarrar com mais delicadeza; que cheira o tesouro escondido e esquecido, a gota de bondade e a doce espiritualidade sob o gelo escuro e espesso, e é uma vara de adivinhação a cada grão de ouro. Há muito enterrado e aprisionado na lama e na areia. O gênio do coração, do contato com o qual cada um sai mais rico; não favorecido ou surpreso, não como se estivesse satisfeito e oprimido pelas coisas boas dos outros; mas mais rico em si mesmo, mais novo do que antes, quebrado, soprado e tocado por um vento degelo. Mais incerto, talvez, mais delicado, mais frágil, mais machucado, mas cheio de esperanças que ainda carecem de nomes, cheio de uma nova e corrente vontade, cheio de uma nova e contracorrente má vontade... Mas o que estou fazendo, meus amigos? De quem estou falando com vocês? Já me esqueci de mim mesmo que nem lhes disse o nome dele? A menos que você já tenha adivinhado por si mesmo quem é esse deus e espírito questionável, que deseja ser elogiado de tal maneira? Pois, como acontece com todo aquele que desde a infância sempre esteve fora de casa e a caminho, em terras estrangeiras. Eu também encontrei em meu caminho muitos espíritos estranhos e perigosos; acima de tudo, porém, e sempre, aquele de quem acabo de falar. Na verdade, não menos personagem do que o deus *Dionísio*, o grande enganador e tentador, a quem, como sabeis, uma vez ofereci em segredo e reverência minhas primícias — o último, ao que me parece, que oferecem um sacrifício a ele, pois não encontrei ninguém que pudesse entender o que eu estava fazendo. Nesse tempo, porém, aprendi muito, aprendi demais, sobre a filosofia desse deus e, como disse, de boca em boca — eu, o último discípulo e iniciado do deus *Dionísio*; e talvez possa, finalmente, começar a dar a vocês, meus amigos, tanto quanto me é permitido, um gostinho desta filosofia? Em voz baixa, apenas como é adequado: pois tem a ver com muito do que é secreto, novo, estranho, maravilhoso e misterioso. O próprio fato de *Dionísio* ser um filósofo e, portanto, sobre deus também filosofar, parece-me uma novidade que não é desinteressante, e talvez possa levantar suspeitas precisamente entre os filósofos. Entre vocês, meus amigos, há menos a dizer contra isso, exceto que eu tenha chegado tarde demais e não seja a hora certa; pois, como me foi revelado, vocês hoje em dia relutam em acreditar em Deus e nos deuses. Pode acontecer, também, que, na franqueza de minha história, eu deva ir além do que é agradável aos estritos usos de seus ouvidos? Certamente o Deus em questão foi mais longe, muito mais longe, nesses diálogos, e sempre esteve muitos passos à minha frente... Na verdade, se fosse permitido, eu deveria dar-lhe, segundo uso humano, belas ondas cerimoniosas de brilho e mérito, eu deveria exaltar sua coragem como investigador e descobridor, sua honestidade destemida, sua veracidade e amor pela sabedoria. Mas tal Deus não sabe o que fazer com toda aquela respeitável trapalhada e pompa. "Guarde isso — ele diria — para você mesmo e para aqueles como você, e para quem mais precisar! Eu... não tenho motivos para cobrir minha nudez!" Suspeita-se que esse tipo de divindade e filósofo carecem de vergonha! Ele disse uma vez: "Em certas circunstâncias eu amo a humanidade" — e referiu-se assim a Ariadne, que estava presente. "Na minha opinião o homem é um animal agradável, bravo, inventivo, que não há igual na terra, ele abre seu caminho até mesmo diante de todos os labirintos. Eu gosto do homem, e muitas vezes penso em como posso avançá-lo ainda mais e torná-lo mais forte, mais mal e mais profundo." — "Mais forte, mais mal e mais profundo?" — Eu perguntei horrorizado. — "Sim — disse ele novamente — mais forte, mais maligno e mais profundo; e também mais bonito!" — e assim o deus tentador sorriu com seu sorriso tranquilo, como se tivesse acabado de fazer um elogio encantador. Aqui se vê de imediato que não é apenas a vergonha que falta a essa divindade; e, em geral, há boas bases para supor que em algumas coisas os deuses poderiam todos eles vir a nós, homens, para instrução. Nós, homens, somos — mais humanos.

- 296 -

Ai de mim! O que são vocês, afinal — meus pensamentos escritos e pintados! Não faz muito tempo vocês eram tão diversificados, jovens e maliciosos, tão cheios de espinhos e especiarias secretas, que me fizeram espirrar e rir — e agora? Vocês já abandonaram sua novidade, e alguns de vocês, temo, estão prontos para se tornarem verdades, tão imortais que parecem, tão pateticamente honestos, tão tediosos! E alguma vez foi diferente? O que então escrevemos e pintamos, nós mandarins chineses com pincéis? Nós, imortalizadores de coisas que se destinam a ser escritas, o que só nós somos capazes de pintar? Infelizmente, apenas aquilo que está prestes a murchar e começa a perder o perfume! Infelizmente, apenas tempestades de exaustão e afastamento e sentimentos amarelos tardios! Ai, apenas pássaros que se perdem e cansados pelo voo, agora se deixam capturar com as mãos. Com a nossa mão! Nós imortalizamos o que não pode mais viver e voar por muito tempo; apenas coisas que estão exaustas e maduras! E é apenas para uma tarde, vocês, meus pensamentos escritos e pintados, para os quais ainda tenho cores, muitas cores. Talvez, muitos tons variados e cinquenta amarelos e marrons e verdes e vermelhos — mas ninguém vai adivinhar. Assim como vocês, olhei em sua manhã, suas faíscas repentinas e maravilhas de minha solidão! Vocês, meus velhos, amados — maus pensamentos!

DAS ALTURAS DOS MONTES

Nietzsche

1

Oh, meio-dia da vida! Oh, temporada de delícias!
        Parque do meu verão!
Alegria inquieta por olhar, por espreitar, por escutar...
Aguardo meus amigos, estou pronto noite e dia,
Onde estão vocês, meus amigos? É a hora certa! É tempo!

2

A vocês, não é o cinza da geleira hoje
        Como guirlandas de rosas?
O riacho procura por vocês, e correm com fios de desejo
E se impulsionam ainda mais aos ventos do alto azul,
Para observá-los do ponto de vista da águia, do mais alto.

3

Minha mesa está no alto estendida a você
        Quem habita assim
Perto das estrelas, e tão abaixo nos abismos profundos?
Meu reino — que reino tem limites mais amplos?
Meu mel — quem teria sorvido de sua fragrância?

4

Amigos, vocês estão aí! Ai de mim! Mas eu não sou
        Aquele a quem procuram?
Vocês olham e param surpresos —
        Melhor se sua ira pudesse expressar!
Já não sou mais eu? Mudaram as mãos, o rosto, os pés?
E o que eu sou, a vocês meus amigos, agora não sou?

5

Eu sou agora outro? Estranho eu sou a mim mesmo?
        Fugido, no entanto, de mim mesmo?
Um lutador, por si mesmo muitas vezes foi vencido?
Se opondo com frequência a minha própria potência,
Ferido e prejudicado pela própria vitória?

6

Procurei onde o vento sopra mais forte. E lá
Eu aprendi a morar
Onde nenhum homem habita,
nas solitárias geleiras dos ursos-brancos,
E me esqueci de Deus e homens — de orações e maldições?
Tornei-me um fantasma perambulando nas geleiras?

7

Sim, meus velhos amigos! Olhem! Agora parecem pálidos,
cheios de amor e de medo!
Partam! Ainda não tenham rancor. Aqui vocês nunca viveriam.
Aqui neste reino distante, de gelo e de pedras,
Aqui deve-se ser um caçador, e igual a um cabrito-montês.

8

Eu me tornei um caçador do mal? Veja como
Dobro meu arco em tensão!
O mais forte é aquele que alcançou essa tensão.
Ai, tenha cuidado agora! Essa flecha é bastante perigosa,
Como nenhuma outra! — Voltem em segurança, aos seus lares!

9

Sim, vá! Já suportastes o suficiente, oh, coração;
Forte era a tua esperança;
Para novos amigos, mantenha teus portais sempre abertos,
Deixe os antigos em paz. Esqueça as recordações!
Você era jovem outrora, agora — você é ainda mais jovem!

10

O que nos uniu uma vez, o laço de uma esperança,
(Quem agora lê os sinais,
essas linhas, agora desaparecendo, o amor ali escreveu?).
E as comparo com um pergaminho, que a mão é tímida
para tocar — como folhas estalando, chamuscadas e secas.

11

Oh! Amigos não são mais! Eles são — que nome eles dão?
Apenas fantasmas de amigos

Batendo nas janelas e em meu coração à noite,
Olham para mim, e falam: “Mas éramos amigos” e vão,
Oh, palavras murchas, antes cheirosas como as rosas!

12

Oh, desejos da juventude, que não se compreende!
Pelos quais eu muito ansiava,
Que eu considerava mudados como eu, parentes próximos:
Mas eles envelheceram e, foram se afastando de mim:
Apenas aqueles que são mutáveis permanecem em meu mundo!

13

Oh, meio-dia da Vida! O deleite da minha segunda juventude!
Oh, meu jardim de verão!
Alegria inquietante em desejar, para espreitar, para escutar!
Aguardo meus amigos! E estou pronto noite e dia,
Para meus novos amigos. Venham! Venham! A hora é esta!

14

Esta música acabou — o doce e triste grito da saudade
Morreu na ponta da língua;
Um mago a compôs, ele é um amigo oportuno,
O amigo do meio-dia — não! Não me pergunte quem ele é!
Aconteceu ao meio-dia, quando Um se tornou Dois.

15

Nós agora comemoraremos, com a certeza de nosso triunfo,
A festa das festas:
Chegou o nosso convidado, o hóspede dos hóspedes,
Zaratustra!
O mundo agora ri, o terrível véu foi rasgado,
E agora é a hora do casamento entre a Luz e as Trevas.